山下智恵子
Chieko Yamashita

サダと二人の女

風媒社

サダと二人の女◉目次

プロローグ

この間まで、鯉のぼりが勢いよく泳いでいた空が、青い布をピンと張ったように、今朝も晴れわたっている。

昭和十一（一九三六）年五月十八日。東京市荒川区尾久町の黒い瓦屋根のつづく街並み。待合「満佐喜《まさき》」の玄関を出た女は、帯の前にちょっと手をあて、空を見上げた。昨日も、その前も、そのまた前も、空はこんなにきっぱりと青かったろうか。何もかも、今朝は特別に、ちがってみえる。世界が、まるで変わってしまった。女は軽やかな、嬉しいような気分だった。

あの二階の部屋に、男は眠っている。枕元には、雑誌も置いてきた。あの甘えかかるような目は、固く閉じたままだろう。鼻の頭にくしゃっと皺をよせるようにして笑うと、子どものように可愛い笑顔になった男。もう二度と起き上がることはない深い眠り。しっかりと蒲団をかぶせてきた。私を、気が遠くなるほど歓ばせ、泣かせ、宙に放ってあてどない彼方へまで昇りつめさせたあの部分は、横たわる男のからだにはもう無い。誰にも渡さない。触れさせない。

女はまた、確かめるように帯を押さえてみる。かすかに、酸いような血のにおいがする。それさえも、女をうっとりとさせる。ここにあれがある。胸の鼓動につれて、かすかに息をするように、隆起を繰り返す。あの人の下着も身につけている。驚くほどほとばしったあの人の血を、襦袢の衿にも腰巻にも塗りたくってきた。そう思うと、また嬉しさのようなものがこみあげて唇がほころんでしまう。夜会巻に結った髪の衿あしをなであげながら、女はまたからだの芯が、熱くほてるようで、両股をぎゅうっとしめつけた。男のものがうち深く入っている時そうすると、あの部分が喜んでまたぐいと勢いを増したものだ。しめつけてはゆるめ、しめつけてはゆるめると、あの人は喜んで、カワイイ、カワイイと私の唇を吸いつづけてくれた。

あの人の女房にだって誰にだって、渡すものか。ゼッタイ触れさせるもんか。定《さだ》・吉《きち》二人きり。横たわる男の左内腿に指で血をつけて書いた文字。さらに、男のからだに牛刀で彫みつけた時のたかぶりが、全身に潮のように湧きあがってきて、女は初夏の午前の陽を浴び身ぶるいをした。

さあ、死のうか、逃げようか。頭の裏側にひろがる混沌の泥の中で、女はまた微笑をもらした。もう愛しすぎるほど愛した。泉のように湧いてくるそのみなもと、男根と陰嚢も切り取った。紙に包んで腹につけ、男のふんどしをその上からぐるぐる巻いている。これ以上、何も望まない。これでいい。

女はうなずき、再び歩き出した。

1　和服の似合う女

平成十二（二〇〇〇）年五月。

寺の総門をくぐると、若楓が目に痛いほど明るい。楠もやわらかな新芽を大樹全体に吹きこぼしている。

澄んだ鳥の声が、あちこちで聞こえる。それを縫うように、鳩のくぐもった低い声。参道の両側に瓦屋根つきのお堂が数基ならぶ。地蔵は馬に乗ったり、微笑んで立っていたりする。

格子造りのまえ囲いに、赤や黄など派手な色のよだれかけが、結びつけてある。小さな色とりどりの千羽鶴の房がさがっているのもある。

中門をくぐると、ま正面に五重塔があらわれた。

二百年近く風雨にさらされた木造建築の姿は、ある痛ましさに似たものを含んではいるが、それでも、毅然とたっている。全体がくすんだ茶色の建物の中で、正面の扉の金細工が、緑青でそこだけ青い。数羽の鳩が、塔の前を、うなずくようにリズミカルに頭を動かして歩いてゆく。羽根の柔らかそうなのに比べ皺だらけの赤い脚と爪が、砂利にくい入る。鳩たちの生も、決して安楽なものではないと、ひび割れた脚が知らせている。

さらに進むと、左手に急勾配の石段があらわれる。楓のレースのようなきみどり、もこもことかたまった楠の若葉。椎の類の白っぽいパステル調のみどりに覆われた下に、石段は観音堂と鐘楼へと続いている。

石段を、細身の和服の女が降りてくる。勾配は急だが、段数が多いので一段ずつの高さは浅い。きざはしの両側に、三十三体の小さな観音像が、降り積もった落葉に埋もれるように、安置されている。

髪を束ねた細面の女は、視線がぐいとそちらにひっぱられるほど、洗練された雰囲気だ。川端萌子は、下から石段に足をかけ、女を見上げた。芯が褐色に変わりきたなく散り敷いている段を登る。格別のあてもなく、七十段余はある石段の中ほどで、女とすれちがった。

和服の女は、中央に縦にしつらえられた鉄製の手すりに、ちょっとからだをあずけるようにして、立ちどまった。腰をひねったような姿が、垢抜けている。そこだけ、空気がちがっているように見えた。昔、美しかった老女のようであり、また案外若いのかもしれないと思わせる雰囲気もある。

銀ねずみ色の鱗模様の単衣を、襟元となだらかな肩の線を見せて、しっくり着こなしている。単衣帯を、やや斜めに崩して結んでいた。女は伏し目だったが、すれちがいざまに、一瞬萌子に流し目をくれて、ゆっくり降りていった。瓜実顔に、形のいい唇がすこし微笑するように口角があがっていた。

萌子の頭上で、鴉が空気を切り裂くように、鋭く鳴いた。舞台から抜け出てきたような女の出現に気をとられて、思わず石段を登りきってしまった。ちょっと途方にくれたような気分になる。萌子は正面の赤や黄、青のだんだら幕に飾られた観音堂と、左手の鐘楼の中間に立って、ぼんやりした。ここまで登ったのだから、鐘でもついてみようか。

毎月、五日と十三日の縁日には、山門から参道の両側にも、五重塔のまわりにも、びっしりと露店や食べもの屋の屋台が並び、かけ声がとびかう。

参詣の老女たちが、店を覗きこんだり植木市をひやかしたりして、人の流れはゆるゆると動いたり滞ったりして、ごったがえす。クコやサンザシや松の実などを、升ではかって売る店。下駄や草履の年配向きの品ぞろえの店。まむしを漬けたガラス壜を呼びものに、なにやら怪しげな品を客に宣伝する店もある。山もりのシラス干しや煮干しを、寄って来る野良猫から守ろうと、禿頭の男が手を振りまわす。ゴム紐や老女用の下着をひろげる店先で、しゃがみこむザックを背にしょった老女たち。大日如来をまつった大日殿への登り口にはいつも植木市が出ている。

古いフィルムの映像が薄れていくように、今日は、あの五と十三の縁日の賑わいとかけ離れた静かな風景が、寺の境内に戻っている。憎らしいほど和服の似合う女は、この広い寺の、あるいはその裏手につづく林の中のどこへ向かって歩いていったのだろうか。

十円硬貨を一枚、鐘楼の横の木箱に投げ入れた。撞木に振りまわされるような危なっかしさに、思わず自分を笑う小さな声がもれてしまった。それでもどうにか転びもせず、太い綱にたわめられた木が、怪獣めいたいぼいぼだらけの大鐘を叩いた。ぼああん。

予期したよりは、響きの良い音が耳を打ち身を包む。だが、腹の底にこたえるような力強さはない。もう一度。今度は両脚をふんばり、綱のしなりとリズムをからだに尋ねるようにして力をためわめ、鐘に撞木を打ちつけた。さっきよりは、しゃっきりと強い音が周囲にひろがっていった。あの女は、この鐘の音を聴いているだろうか。

ここ八事山興正寺は、二代尾張藩主、徳川光友が帰依したことにより、徳川家祈願所として栄えた。徳川家の庇護のもとに、真言密教の教学と修行用の道場として、諸堂が建立される。貞享五（一六八八）年頃のことである。開祖は天瑞円照という高野山で修行をつんだ和尚。現在は、高野山真言宗の別格本山と称せられている。

名古屋市の東南部に位置する閑静な住宅地の八事南部と、多くの大学が集まり交通量も多い幹線道路を有する八事北部。その二本の大きな道路にはさまれ、地下鉄八事駅付近に広大な敷地を持つこの寺は、格式高い名刹といわれる。

だが、老人国といわれるようになった近年では、〝ぽっくり寺〟として庶民の人気スポットになっている。

〝ぽっくり寺〟のいわれは、毎月五日と十三日の大随求明王、虚空蔵菩薩の御縁日に端を発している。この日は、本堂で大がかりな加持祈祷会がおこなわれることと、大随求明王に念ずれば、長病みすることなくぽっくりと往生できるという言い伝えがあるからだ。七月《ななつき》参りといって、縁日に通して七ヵ月参詣し、下着等に印を押してもらい、それを身につければ、霊験あらかた、下《しも》の世話にならずころりと死ねるという俗信が広まっている。地方から観光バスで乗りつけてくる老女群団もいる。

五月の連休、五月五日が一番の賑わいを見せたあと、急に人影がひき、周囲の緑が色濃くなった。樹々の葉の呼吸のせいか、境内が巨大な空気清浄器になったようだ。かすかに青くさい、それでいて甘やかな大気に満ちている。その精気にみちた空気を吸い込んで、心穏やかに散歩できるといいのだが。


「いい忘れたけど、来週引っ越す予定だから」

朝、出勤する姿になって、今夜は御飯はいらないという言葉のあとに、言い放った娘、雅美の言葉が浮きあがってくる。

「引っ越すって？　誰が？　どこへ」

「バッカみたい。私がに決まってるでしょ」

雅美は玄関に向かう。

「ちょっと待ってよ。だから、急にどうしてなの？」

「時間がないの、遅刻する」

いらだたしそうに眉をひそめ、長い髪をかきあげると、出ていってしまった。母親とは、そんなにも、うるさく馬鹿げた存在なのか。

雅美は二十三歳。電機器具メーカーのＯＬである。上司が封建的な思想の持ち主であることを、いつも嘆く。それでも、なまじ給料が他所より少し良いから転職しそびれると、これも彼女にいわせると嘆きのタネになるらしい。贅沢者。そう頭から浴びせかけたいのをいつもこらえている萌子だ。

夫に相談したくても、まるで家にいる時間が無いのだから……と、自分ひとりが、苦を背負わされているような焦《いらだ》ちがふくれあがるのを感じて、朝の洗濯を済ませるとあてもなく興正寺方面に散歩に出たのだった。

ブラウスの上にカーディガンを羽織り、薄手の作業衣のようなだぶだぶパンツをはいている。少し汗ばんできた。カーディガンを脱ぐと、若者がするように腰にまわし、両袖を前で結んでたらす。何の心配事もない気楽な主婦に見えることだろう。二度目に鐘をついた時、自分は何を打ったろうか。親に心を閉ざし、自分だけで勝手に行動を起こす娘をか。東京の大学に行ったまま、何をしているのか、まったく連絡してこない息子の和也をか。

だが、よく考えてみれば、自分もそうだった。若い頃は両親の古くさい考え、世間体を気にしてビクビクと小市民的な枠からはみ出さぬようにと、小言ばかりいう親の姿勢を軽蔑し、ことごとく反撥したのは、ほかならぬ自分であった。俗にいわれる言葉のとおり、ひとりで大きくなったような顔をし、親が無理をしてピアノを習わせてくれたことも、学習塾へ通わせてくれたことも、感謝した記憶はない。

順おくり、か。自嘲のため息がふっともれる。とたんに、先刻すれちがった和服の女が見せた口角が上った微笑、あるいは微笑のように見える表情が、また萌子の眼前に甦った。不可思議な笑い。なぜか、気になる。

本堂の前で賽銭を投げ、箱を転がり落ちる硬い音を耳にしつつ、型通り手を合わせ、頭を下げる。なにごとかを祈った。漠然と祈った。一束二十円の線香が、次々と大きな香炉につきたてられ、煙が流れる。夫婦らしい年配の二人が、互いの頭や胸や膝に掌を当てて、撫でている。線香の煙を掌に受け、その掌で病む部位をさすると、病いが治ると信じられている。

萌子もいらいらする心を静めようと、煙の前に立ち、掌に薬でも受けるように線香の細い煙を握り、その手を胸に置いた。

誰かの視線が背にはりついているように感じた。萌子は確かめるように、背後を振り返った。ピンクのフェルトの靴を履き、おぼつかない足どりで、砂利を叩くように踏んで歩く幼児。相好をくずし、その幼児をみつめて、ベンチに座ったまま両腕を前につき出している老人。この寺の東に隣接する大学の学生らしき三人組。みな萌子に一瞥《べつ》もくれていない。それでも、萌子は確かに誰かの視線を感じた、と思う。あの女。横坐りにして三味線でも抱かせたら、似合いそうな銀ねずみ色の着物の女。ちょっとくずした帯の様子の良さ。妄想をふりはらうように、頭を強く振ると、萌子は主婦にたち戻った。今夜の惣菜は。パンツの大型のポケットに入れた布製の財布を確かめるように押さえると、近くのスーパーマーケットへ寄ろうと思った。

レジの細い空間を通り抜け、店名とロゴ入りのビニール袋に独活《うど》やブロッコリー、鰹のたたきのパックと、にんにく、キャットフードなどを乱雑に入れて、エスカレーターに乗る。すぐ後ろの段に、若い男が乗った。いやにからだを密着させてくる。痴漢か。思いすごしだろうか。出口へ向かうと、男もついてきた。

振り返って、にらみつけようと思ったその時、萌子は手首をつかまれた。

「ちょっと来てもらうよ」

熱でもあるような脂っぽい掌。ぶあつい唇がまくれあがった細い目の男だった。

「失礼ね、手を放してよ」

「放すけど、逃げないこと」

爬虫類のような目で威嚇すると、男は先に立って非常口と書かれた扉を開けて、目で入れ、という。途中で足を止め、こっちを見ている好奇にみちた顔の女が、少なくとも二人はいた。

萌子は仕方なく、従った。男の背中に神経がゆきわたっているのが伝わり、言われたとおりにしたほうが賢明だと思った。

「そこに坐って」

倉庫の一部のような無機質な感じの部屋の、パイプ椅子に坐らされた。後ろにダンボール箱が積み上げられている。伝票が幾冊も机の上にある。

「盗ったものを出しなよ」

頭を殴られたようなショックが来た。

「私、何も盗ってません」

「素直に出したほうがいい」

男がにらんだ。万引だと疑われている。背筋がこわばった。顔がカッと熱くなる。買物をしたビニール袋のほか、何も持ってはいない。

「立てよ」

男が萌子の腕を、大根でもつかむようにぐいと引いた。よろけて、男の作業衣の胸にぶつかる。にんにくと口臭のまじったイヤな臭いがした。

「はじめてか」

「放して下さい。私が何をしたというんです。警察を呼びますよ」

男がニヤリとした。萌子も自分の言葉が、今の状況にふさわしくないことに気づき、うろたえた。だが、もちろん笑う余裕もない。

「言うじゃんかオバさん。いいからポケットのものを出してみろ」

男の声がいくぶん、柔かになっている。折目なしのたらたらしたパンツのポケットに手をやると、小銭入れが触れた。

「そっちじゃないだろ、しらばっくれるな」

ハッとして反対側に手をやる。妙な嵩ばりが掌にひびく。手を入れ、ひっぱり出す。発泡スチロールの小皿に、茗荷の子が三つ並んでいる。

「こんなもの、私、覚えがありません」

男が、またニヤッとした。

「みんな、そう言うんだよな、最初は」

「ほんとです。欲しかったらお金払って買います、私」

ドアを開けて、眼鏡をかけた中年の女が入ってきた。男と萌子をジロリと探る目で見て、また黙って出ていこうとした。

「木村さん、こいつはじめてらしい」

男がいいたくなさそうな、くぐもった声で女の後姿に告げた。面倒くさそうに振り向いた眼鏡の女が、事務机の上に、滑稽な姿をさらしている茗荷のパックを見ると、そのままドアの外へ姿を消した。

「いいんじゃないの」

女の声だけが、部屋の中に残った。

萌子は放免された。街の中は、目がチカチカするほど光があふれていた。騒音もまけずに続いている。

主婦万引。茗荷一パック。女は否認。容疑濃厚のまま一応釈放される。——頭の中に、そんな新聞の活字を浮かべてみるが、すぐ自分の手で消す。いまどき万引なんぞ日常的に起きているはずだ。中学生、高校生、若者たちはゲーム感覚だといつも見聞きしている。だが、自分の身にその疑いがかかってみると、ショックであった。たとえ、一五九円の品であっても。

男に今回だけは、見逃してやるから、ここに名前と住所を書け、とノートを差し出された。名字を一字わざと違えて書き、住所も隣町を書いた。

電話も、数字をすこしずつずらした。この男がスーパーの警備員か、防犯係をしているらしいことはわかっても、信用できる人間かどうかは不明だ。夫にも娘にも知られたくない。これを機に、男にストーカーになられても困る。咄嗟に働いた自衛本能だった。

外で嫌なことがあった時、怖い目にあった時、逃げ帰る所は、やはりここしかないのかと思うと、惨めであった。萌子は米を研ぎ、炊飯器にセットしながら、渋面をつくる。使いなれた台所。ここにしか、私の居場所はないのか。

万引と間違えられた。間違えられた？　今、ひとり冷静になって振り返ってみると、男に対して激高して警察を呼ぶ云々といった自分の愚かさが、たまらなく恥ずかしい。そして、疑いのうす雲が、胸一ぱいに広がってゆくのを、じっとみつめている。何故あんな品物が左のポケットに入っていたのか。右には小銭入れがあった。私は左ききではない。もし、盗ったのなら、手の動きを怪しまれぬように、右に入れるのが、自然ではないか。あの男が私を万引犯にしたてるために、入れた可能性もあり得る。そういえば、地下の食品売り場からエスカレーターで上がってくる時、不自然なほど、男はからだを密着させてきた。あの時かもしれない。住所氏名、電話番号をわざと違えて書いてきてよかった。今風《いまふう》にいえば〝正解だった〟。あとであれをネタにゆすられたり、ストーカーまがいの行為をされかねない。向こうは、それが目的で、私を万引犯にしハメようとしたのかもしれない。

「御飯は？」

「先に風呂」

昨日も同じやりとりだった。その前も、その前の前も。明日も同じだろう。その次も、その次の次も。帰宅した夫、川端始と妻萌子の会話は、こんな断片的な言葉をぽつんぽつんとこぼしてゆくだけだ。

午前中の散歩のさなか、すれちがった和服姿のきれいな不思議な雰囲気の女のこと、スーパーで万引と間違われたことを、ほんとうは夫に聞いてもらいたかった。話せば、どんな返事がかえってこようと、自分の言葉を聞いてくれる人がいるというそのことだけで、萌子はもやもやした気持ちが軽くなるだろうと思った。

だが、額や鼻の頭にうっすらと脂をにじませ、たるんだ首元からネクタイを引き抜きながら、二階へ上ってゆく無表情な夫の顔を見ると、その思いも萎えてしまう。娘の雅美が家を出て、どこかへ引っ越すといった今朝の言葉さえ、もう話すのが億劫になっている。萌子は自分の顔からも、夫と同じように生き生きした表情が消えて、ただ一日の疲労の澱だけが、おおいかぶさっているのだろうと思った。みんな、能面をつけたように表情を失ってゆく。その先に、何があるのか。萌子は小さく身ぶるいした。

2　ライブラリー

五重塔の前を過ぎてから、本堂、観音堂と鐘楼へと続く石段を見上げて、しばらく萌子は足を止めていた。あの日からまた一段と緑は勢いを増し、石段の上におおいかぶさっている。あの日の若葉は、少年から青年へと移る数歩前のようなういういしさがあった。五月の終わりに近い今日の緑の葉々は、もう青年期のまっただ中のむせかえるような力を、あたりに誇示している。その精気に、たじろぐ思いだ。

萌子は、自分の姿を鳥のように上方から眺めることができたら、と思う。醜いだろうか。腰のまわりに、いつ頃からか贅肉がつき、下腹も出てきた。体脂肪を減らすには、腕を振って、大股に歩くのがいいらしい。だが、一人でそんなふうに歩くのも、気まり悪い気がする。

先日、風呂あがりに、バスタオル一枚で体重と体脂肪を測れるヘルスメーターに足をのせた。娘の雅美が横をすりぬけながら言った。

「お母さん、胸よりおなかのほうが出てる」

指摘されなくても、スカートをはけば、以前はすとんとしていた腹部が盛り上がるので、そこに脂肪がついたことがわかった。パンツもスカートも、サイズを一つ大きくしないと無理がある。若い頃は、食べても太らなかったので、自分は中年太りなどとは、無縁だと思っていた。

以前、背中が湾曲し、腹部だけが異様にまるくつき出ている老女たちを、特別な人種を見るような視線で、見ていたことに、今気づく。そして、自分も彼女たちとそう遠くない位置にいるのだ、と自覚する。

今日は、鐘楼にも登らず、本堂の前で頭をたれることもせず、右手の石段を登った。大日殿へと続く道だ。

エッオッ、エッオッ。獣の吠えるようなかけ声と、荒い息づかいと地ひびきが、風の塊になって近づいてくる。C大学の名前入りのランニングシャツに短パンの若者たちの集団だ。汗でぬらぬら光る首筋。濡れたシャツが盛り上がった胸筋や、固い小さな乳首まであらわにしている。

この寺の境内とC大学は地続きなのだ。寺は無償で土地を大学に提供しているという近隣の人の噂だが、真相は知らない。広大な寺内の森の、起伏に富んだ地形は、運動部のトレーニングに絶好の場所であろう。

萌子は、突風でも避ける形に、からだを道の脇にひそめ、若い男たちの一団をやりすごす。

大学の裏口へと抜けて、自転車がつながれたボートのように、どこまでも並んでいる横を歩きながら、なぜか深い疲れを感じた。

年齢のちがう者たちの匂いや気配に満ちた所は、萌子を拒んでいるように思われるからかもしれない。私が学生生活を送った頃、学校、いや校舎とは、殺風景で汚ない所というイメージだった、と萌子は言い訳のように思い返す。

今も、それに近い部分もあるが、寺の境内の森から大学の裏口を抜け、エントランスと呼ぶのだろうか、表通りに面した建替えられた部分へ出ると、近代的でお洒落な、まるでシティホテルのような表情に変貌している。

傾斜地なので、道路に面した大理石の柱と総ガラス張りの扉のある正面が、地下一階となる立体的な構造だ。半円形の庇を支える円柱、アーチ形のファサードつきの建物は、高級ブティックなども入っていて、ほんとうにホテルと錯覚しそうだ。

昔は、体育学部のみが有名であったが、いまや多くの学部を擁する立派な私立総合大学になっている。

若者たちにまぎれて寺を通り、ここへ来たのは、一部改築した数年前から、市民に開かれた大学、をキャッチフレーズに、オープンカレッジなど市民参加型の講座をいくつも開講していると聞いたからだ。現代美術を主に扱うギャラリーもあり、新設の図書館も市民利用を呼びかけていると、萌子は新聞で読んだ。

だが、いざ一人で来てみると、ずいぶんと場ちがいな所にまぎれこんだような気もする。勇気をふりしぼるように、自分の背を自分の掌で押すような気持ちで、エレベーターの前に立つ。図書館は三階にある。狭いエレベーターに乗りあわせた青年から、ボディローションらしい爽やかな匂いが漂ってくる。

ライブラリー、ビデオライブラリー等と横文字が多く、ここでも自分が学校の図書館に抱いていたイメージが、すでに苔がはえた古いものであることを、思い知らされる。低い洒落たカウンターには、パソコンの端末器が置かれ、若い女性が二人、その画面に視線をくぎづけにして、操作に熱中している。

開架式大型図書、地図という書棚の後にまわると、政治、経済、法律という分類のコーナーがあった。

萌子は法律の本の背表紙をとばして、犯罪とか監獄という文字がちらほらするあたりへと、吸いよせられていった。

『日本の監獄』という本を手にとってみる。ほんとうは、その数冊横の本に、心が向かっている。だが、まず獄中の処遇の実態という副題をもつ本を手に取り、ページを繰る。孫斗八という在日韓国人が死刑宣告を受けながらも、獄中で六法全書を読み、死刑執行取消請求訴訟を粘り強くおこなったという記述に目がとまった。死刑囚の身で、大阪、広島、宮城などの死刑場を実地検証して歩いたという。まず、その本を一冊手に持つ。

次に、かなり部厚な本に手をのばした。誰かに見られてはいないかと、背筋がこわばる。

二冊の本を持って、長方形の机がずらりと並ぶ一隅に行き、席をとった。まだ新学期が始まって間が無いせいか、学生の姿はまばらにしか見えない。誰かと携帯電話で話しこんでいる女子学生の、ツンツンとはねた茶色い髪の先っぽを見ながら、萌子は坐る。こんなに清潔で設備の良い場所に、まばらにしか学生の姿が見えないのを、もったいないと思ってしまう。

読みたかった本を、そっと開けてみる。

『淑女が盗みにはしるとき――ヴィクトリア朝期アメリカのデパートと中流階級の万引犯』

奇妙な題名だが、女性の盗癖について書かれていることは、確かだろうと思ったのだ。かなり部厚な本だ。版画や絵によって、十九世紀のニューヨークのデパートや、買物に来る上流階級の女性たちの姿などが紹介されている。

馬車で乗りつける図は、さしずめ今のマイカーあるいはタクシーのような感じなのだろう。ボンネット式の帽子に大きなコルセットが入ったふくらんだスカート。男はシルクハットをかぶっていたりする。

一八七二年の女性の万引の図というのが載っている。女が大きなスカートの裾を持ち上げ、その中から盗んだと思われる反物を取り出している図柄だ。そばに立つ男は、デパートの警備員だろうか。

あと、本文のほうをペラペラとひろい読みをしてみる。十九世紀には、女性の盗癖はヒステリー症と、婦人病に関連があると見られていたらしい記述がいくつも見られる。

萌子は、それほど自分を異分子のように感じなくなっていた。緊張はかなりほぐれている。誰も自分の母親ほど年齢の離れた萌子に、関心を払わない。この年代に特有のものなのか。外部の者には、最初から反応しないというメカニズムができあがってでもいるのだろうか。それとも、萌子そのものが、人目をひく程のなにものも持ってはいないということか。

ふっと、東京で、いつまでも大学に留まったままの息子和也も、大学構内のどこかで、こんなふうに無表情に、生気なく、ごろりと椅子の上に横になったり、背骨のない動物のように、机の上に倒れ伏しているのだろうか、と思った。

萌子は再び立ち上がった。開架式の書棚のほうへと歩み寄る。犯罪学という文字のあるあたりで立ちどまる。自分のが、盗癖であるのか、何なのか、あるいはまったくのとりこし苦労で笑いとばしていいものなのか、知りたかった。だから、C大学の附属図書館にまで入り込んでしまった。『犯罪の昭和史』『犯罪学ハンドブック』などという背表紙の本の上を、目で追ってゆく。時折、それらの本を棚から引き抜いて、ペラペラとページを繰る。まがまがしい文字の氾濫。私は何をしているのだろう、と萌子はわが身を振り返る。

ブルーの低いソファが曲線を描いて並んでいる一角には、週刊誌や新聞が置いてある。まるでホテルのラウンジのようだ。そこにも、氷原の上のセイウチのように、だらりとゆるんだ姿勢で寝入っている青年がいる。

洒落た螺旋階段があり、上へとのびている。萌子は、上の階も見てみたいと思った。

上階は文学関係の本や月刊誌などが、配置されていた。

日本の古典文学や外国文学のどっしりとした背表紙。ノンフィクションという分類の書棚の前を、ゆっくりと歩く。公害闘争の記録。さまざまな闘病記。伝記。組織犯罪の告発本。

ふいに、肩口へぶつかり、ばさりと床に落ちた本があった。まるで萌子をねらい打ちしたように。

赤い文字が、表紙に大きく踊っていた。『阿部定正伝』。衣紋をゆったり抜いて、ちょっと崩れた感じに着物を着た面長な女が、笑っている。萌子はあっと声をあげそうになった。五月の連休明けに、興正寺の鐘楼のある高みからつづく石段を下りてきた女に似ている。あれは、阿部定？　あのアベ・サダ？　そんなはずは……。彼女の上にだけ歳月が凍っているのか。だが、似ている。顔もたたずまいも。

川端萌子は、目に見えぬ凶器で、胸をひと刺し、つらぬかれたような衝撃に、立ちすくんだ。

3　浅草《えんこ》の少女

明治三十八（一九〇五）年、五月二十八日、阿部定は東京市神田区新銀町《しんあらがね》十九番地の大きな畳屋「相模屋」またの名を「畳重」と呼ぶ店の娘として生まれた。町内でも知られた裕福な子だくさんの家であった。サダは父、重吉四十六歳と母、カツ四十七歳の間にできた末娘である。

八人兄妹のうちの四女で、遅くにさずかった末っ子にありがちな、甘やかされっ子として育つ。相模屋は江戸時代から四代も続いた老舗で、いつも大勢の畳職人がいて、活気にみちていた。家の内部には、藺《い》草の青っぽい清々しい匂いと、若い職人たちの放つ汗と男くささの入り混じった独特のにおいがした。

サダは、住込みの職人たちが、下働きの女たちと卑猥な冗談を言いあうのを、子守唄がわりに聞いて育った。

新銀町には、サダの家のような畳職のほか、大工や左官やとび職などが多く住むいわば職人町で、職人気質を絵に描いたような一本気で短気な男たちが、はばをきかせていた。

サダが生まれる前の年に、官製たばこ第一号の口付紙巻たばこ敷島が売り出された。白砂青松の国日本をイメージしたデザインである。同時に、両切り紙巻たばこの〝スター〟も出たが、こちらは英語でSTARと書かれ、大きな一ッ星とまわりに小さな七ッ星がちりばめられ、洒落た字体でCigarettesと印刷されたパッケージである。庶民に人気のあった〝ゴールデンバット〟、みどりの地にこうもり二匹のデザインのたばこは、サダが生まれた次の年、明治三十九年のことである。これは、提灯行列をして祝ったわりに、戦果はなく、戦死者と戦費が多かった日露戦争の、戦費獲得の一助としての発売という。

上流階級では、鹿鳴館だの文明開化などといって西欧風がとり入れつつあったが、庶民たちのほとんどは、丁髷こそ少なくなったが、着物姿に草履か下駄が圧倒的で、きざみたばこは煙管につめて一服つけていた。羅宇《らお》屋という商売は、昭和に入り大東亜戦争と呼ばれた大バクチへと日本が転がりこんで身動きができなくなる直前まであったのではなかろうか。煙管につまった真っ黒いヤニを洗い落とす仕事人のことである。

父親は口数の少ない仕事熱心な男ではあったが、片意地なところもあり、一度いいだしたらきかぬ頑固者であった。この父の、偏屈さ、かたくなな性格が、のちにサダの運命を狂わせる大きな要因となる。

母親はいくぶん見栄っぱりで、まわりに流されやすい性格のようだったが、大所帯の店をきりもりするおかみ役を、まずはこなしていた。商売は繁盛していたので多忙をきわめ、もっとも盛んだった頃は、十五人もの職人を抱えていたこともある。

孫娘のようなサダの誕生は、人も羨む器量よしという以外は、夫婦にとって、さして大きな出来事とは受け取られてはいない。その上、この赤ん坊は大きすぎたのか、産声をあげず、仮死状態だった。カツが今でいう高齢出産のせいか、忙しすぎたのか、母乳の出がかんばしくないので、近所の乳のよく出る女の家へしばらくサダを預けた。

四歳頃まで、サダが言葉を発しなかったのは、他人の家でもらい乳したことが原因だったのか、いいたいことがありすぎて、のどもとにふくれあがってくる思いが、言葉にならなかったのか。

やがて、言葉を自分のものにすると、サダはおしゃべりでおませな子として、周囲からちやほやされはじめる。

神田尋常小学校に入学する以前から、きれいな着物を、まるで着せかえ人形のように、とっかえひっかえ母親に着せられ、まだおぼつかない手に三味線を抱かされたり、常磐津を習わせられたりした。

サダ自身も、衣擦れの音や柔らかな絹の肌ざわりが好きだった。長い袂の着物に華やかな模様の帯。桃割れに結った自分を鏡に映して見るのは大好きだった。自分でも、鏡の中の女の子を、きれいな娘と思い、ニッと笑いかけてしまう。

習いごとの一つに習字も入っていたので、字もうまく、いつも二重丸をもらい、教室の後ろの壁に貼り出された。成績も悪くはなかった。だが、学校の宿題よりも、三味線や常磐津のおさらいのほうを優先させる母に従うので、しだいに学校の勉強は面白くなくなってゆく。教師も見かねて、親を呼び出し、稽古ごとはほどほどにして、学校の勉強のほうを優先するように、と注意を与えた。だが、家業が忙しいのと、サダに勉強など強いるよりも暇な時に着飾らせて、珍しい洋食などを食べさせたりして連れ歩くのが、自分の憂さ晴らしにもなっていた母親は、いっこうに学校を重んじようとはしなかった。

サダも自然に母親や周囲の雰囲気に馴染み、気まぐれで、ちやほやされることが好きな浪費に憧れる子どもになっていく。

母親に連れてゆかれる先は、手近な繁華街が多かった。たとえば、できたばかりの浅草電気館で映画を見たり、銀座通りを〝銀ブラ〟して楽しんだ。

時には、めかしこんでサダが生まれる前の年に日本橋にできた三越デパートへ行くこともあった。デパートの先駆は、フランスにできた〝ボン・マルシェ〟だという。一八五二年のことである。

三越の元は、越後屋呉服店といった。客に商品を手にとらせ、接待に重点をおいた商法が評判になり、当たった。越後屋から三井呉服店へと発展し、それが三越呉服店と名を改め、欧米のデパートを模して、ショーウインド付きの立派な建物となった。

サダが生まれた翌、明治三十九（一九〇六）年に、洋行帰りの重役の提言により、呉服以外にも商品を置くようになる。その翌年には、洋風のモダンな天井やドレープに房付きのカーテンがかかった食堂が開かれ話題をさらった。

当時の新聞記事によれば、すし十五銭、食事五十銭、洋菓子一皿十銭、和菓子三銭、コーヒー五銭という、和洋とりまぜたメニューである。

街では、あんパンが一銭ほどで買えた時代で、コーヒーも普通は二~三銭で飲めた頃なので、洋菓子十銭、コーヒー五銭は、かなり高価である。着物に白い胸あてつきの長いエプロンをした女給士が接客している写真が、新聞紙面を飾った。〝今日は帝劇、明日は三越〟という有閑階級の婦人たちの社交場となった帝國劇場は明治四十四(一九一一)年の開場である。

母娘は、人力車で三越には出かけたが、帝劇はすこしよりつきにくい場所であったようだ。

サダの尋常小学校時代は、大正期である。大正三(一九一四)年に、ヨーロッパは第一次世界大戦へと突入した。日本は戦場から遠く離れていたため、悲惨な戦禍とは無縁で、むしろ軍需関係は潤い、国内の経済は活況を呈した。

サダは、学校友達で家も近いお仙ちゃんと女の子らしく人形ごっこなどもしたが、悪童連と胸のすくような喧嘩をしてのけることもあった。

当時の神田界隈の子どもたちは、おとなの見よう見まねて、男女のこともかなり知っていたのだろう。耳年増になるのだ。

サダも早熟な子の一人だった。雑貨屋の健坊との幼い痴話喧嘩のまねごとのようなひと騒動をしてみせたことがある。

尋常小学校四年生の春であった。桜は終わったが、あちこちでつつじが咲き、そこだけ明るい行灯でも置いてあるようだ。

サダはほっそりとした形のいい首をかしげながら、お仙ちゃんにいった。学校の帰り道で、石板を抱えていた。

「あたい、もう勉強やめた。いくらがんばっても、先生あたいに目をつけてて、いいお点をくれやしない。だからさ、自分はいいから勉強も男っぷりも一番の男をあたいのものにするんだ」

「えっ、おサダちゃんのいい人は、雑貨屋の健坊だったじゃないの」

「もうよした。健坊なんて。それより春ちゃんにあたいの男になってもらったんだ」

「じゃあ、お雪ちゃん可哀そうだねぇ」

サダは下駄で小石を蹴った。

「お雪なんか、親が先生をしてるから、ヒイキにされてるんだ。副級長もろくにつとまらない弱虫のくせにさ」

サダの剣幕に押されて、お仙もうなずいてしまう。

「仕立屋の春坊は級長にぴったりだね、成績もいいし、気っぷもいいしさ」

「そう。あたいにお似合いだろ」

サダはわざと伝法な口調でいってみた。

早熟な下町の小学生たちは、〝おれの娘《こ》〟〝あたいの好《い》い人〟と呼びあって、いっぱしのカップルを気どり、他愛もないままごとのような恋のまねごと気分を楽しんでいた。

ある日曜日の午後、町内の銭湯で、まるで「たけくらべ」の女主人公美登利と長吉一派の喧嘩のような出来事がおこった。

まだ陽のあるうちの銭湯は、日曜ということもあって、子どもたちが水浴び場へ来るように群がって来ていた。赤ん坊を連れた若妻の姿もある。大きな檜造りの浴槽に、たっぷりのさら湯が、天窓からの陽光をうけて、きらきらと光っている。洗いたてた乾いた木槽を、まだ濡れていない床にぶつけると、カンといい音が高い天井にひびく。

サダもお仙もその姉も、光の揺れる湯に誘わせるように、はしゃいだ笑い声をたてて湯舟に身をひたした。少女たちの手足や背丈は、なにかにひっぱられてでもいるように、このところ急に伸び、胸もほんのすこし小さなふくらみを持ちはじめている。

「あたい、内風呂があっても、住込みの職人なんかが先に入ると、もういやなんだよ。銭湯のほうがよっぽど気持ちがいいさ」

「あたいは内風呂のあるおサダちゃんが羨ましい」

「口開けならいいけどさ。他の人の入った後はいや」

「おサダちゃんのぜいたく屋！」

「そんなことないってば！」

二人は湯をすくって相手にかけた。まるで海水浴に来ているような楽しさだ。

女湯の話し声が、男湯のほうに響いていった。男湯には、サダに振られてむかっ腹を立てていた雑貨屋の健坊たちがいた。

「おい、女たち、やかましいぞ」

間じきりを越えて男湯から、悪たれたちの声がとんでくる。

「大きなお世話だよ」

「なんだとッ」

お仙の姉の頭上に、板じきり越しの湯がざっと、瀧のようにかかった。

きゃっという悲鳴に、男湯では嬉しそうなはやし声が上がった。

「誰だいこんなことするのは、ただじゃおかないからねッ」

サダが怒りの声をあげると、はっきりと健坊とわかる声が、侮るように聞こえてきた。

「なあに、いくらえばっても、女なんざあ男湯へ入っちゃこれめぇ、やぁい」

「やあい、やーあい」

サダのきれいな眉がピリピリと震えて、つりあがった。

「入ってやったらどうしてくれる」

「逆立ちでも、シャボン水でも飲んでやらあ」

「きっとだよ、覚えておいで」

間じきりの板戸についた小さなくぐり戸から身をすべらすと、サダはやすやすと男湯へと境界を越えた。素裸のまま、健坊の目の前にしゃっきりと立ちはだかった。

「さあ約束だよ。逆立ちしてもらおうじゃないの。シャボン水をたっぷり飲んでみせな！」

足の悪い番台の梅吉が、やっと現場に来て、双方をなだめた。なだめながらも、まだ若竹のような少女のからだながら、その内側から立ちのぼる女のいろ気に似たものを感じ、梅吉は心の底で舌をまいた。

大正六（一九一七）年、ロシアにいわゆる〝二月革命〟がおこる。国際婦人デーの三月八日（ロシア暦で二月二十三日）の婦人労働者による「パンよこせデモ」をきっかけに「戦争反対」「専制政治打倒」とスローガンは変わり、市内での激しい警官と労働者や市民の争乱がひろがり、三月十二日には、兵士の反乱に発展。帝政ロシアは倒れた。日本政府も三月二十七日ロシア臨時政府承認を決定する。北の国に、そのような政治情勢の劇変があろうとも、まだ十一歳のサダには遠い出来事であった。春には、尋常小学校から、高等小学校へ進んだくらいの変化しかなかった。

頭の回転は早く、口達者で機知に富んでいたから、遊び仲間に不自由はしない。だが、近頃サダの内部には、なにかしら愉快でないものがきざしていた。

幼馴染みの久保仙子のほうは、もう学校は下《さ》がって、仕立物でもできるようにと、裁縫の稽古に通っている。

サダは学校をずる休みし、お仙を待って、縫いものや物指し等の裁縫道具の入った風呂敷包みを抱えて出てくる友達に、ついと身を寄せてゆく。花を散らした小紋の風呂敷包みに手をかけて誘う。

「ねえお仙ちゃん、あん蜜食べていこうよ。おごるからさ」

顔馴染みの甘味処の床几に座ると、サダはまるでおとなの女のように、ホッとため息をついてみせた。

この頃、サダの家庭内では、親子ほど年齢の離れた兄や姉たちの身辺のごたごたが続いていた。両親も不機嫌で、ろくに甘えん坊の彼女をかまってはくれない。

長男の新太郎、相模屋とも畳重とも呼ばれた大店の総領息子は、もう所帯を持ってはいたが、いつまでも性根の定まらぬ放蕩息子であった。浅草を遊びまわり、矢場の女を囲ったりして女出入りがやまない。六歳ちがいの姉、照子も小股の切れあがったいい女であることがかえって災いするのか、幾度も男のことで問題を起こし、両親はそのたびに後始末に頭を悩ませていた。

朝帰りの新太郎は、両親に意見されると、襖を蹴破り、物を投げて乱暴の限りをつくす。母親のカツは、そんな兄の姿を見せたくないので、きまってサダにこう言った。

「おサダ、お前は外で遊んでおいで」

小遣いは潤沢に持たされていたから、こうしてお針の修業帰りの仙子に、あん蜜でもしる粉でもおごることができる。

だが、自分がのけ者にされているやるせなさ、家の中に居場所がない寂しさが、サダの身をかんでいた。大勢人がいるのに、誰も自分のことを本気で相手にしてくれる者がいない。しんしんと何かが降り積もるような孤独感が身をさいなんだ。


畳屋の隣りは駄菓子屋であった。菓子や玩具、ラムネや氷水も売るので、自然に十代の若者たちのたまり場のようになる。葦簀をたてかけ、打ち水をした店の前を、女たちが通るたび、ラムネの玉の音を楽しんだり、かき氷の山をアルミのスプーンで崩している若い衆たちがひやかしの声をあげる。

サダはもう十四歳になっていた。ぐんとおとなっぽくなり、器量がはえるようになったサダが通れば、若い衆たちから必ず、誘いの声がとんだ。それでも、サダはそう簡単には、近所の男たちと遊んだりしなくなっている。

それが、どうしたことか、魚屋の息子の鉄と、彼女はできていると、駄菓子屋にたむろする連中がさかんに吹聴するようになった。

父親の重吉は、否定するサダの言葉に、はなから耳をかそうとしない。

「鉄なんかと乳くりやがって！」
そんなことは絶対ないと必死で抗弁する娘の口元を封じるように、畳屋の仕事で固くなった重吉の拳が、ガシッと音をたてた。可愛がっていた娘を殴ったというそのことに興奮して、さらに重吉はサダを打ちつづけた。唇も口内も切れた。鮮やかな赤いものが流れ出る。シゲが必死でとめに入った。理不尽。サダの心に、その三文字が刻みつけられた。痛みより、屈辱感のほうがはるかに強かった。

父親の怒りは、思いどおりにならぬ跡取り息子新太郎への怒りでもあった。新太郎は、わがままの限りをつくす夫にも我慢をしてきた本妻のむめを追い出し、囲っていた妾を家に入れようとしていた。女は浅草名物凌雲閣、通称十二階下の矢場の女なのだ。矢場の女は、客と馴染みになれば、からだも売る。

こんな道楽者には見切りをつけて、娘の照子に、腕の良い職人を婿養子に迎えようと夫婦で話をしていた折であり、いらいらがたまってもいた。

重吉は、自分に殴られ唇から血を流し、髪を乱しながらも、魚屋の鉄公との噂を認めようとも詫びようともせず、にらみつけるようにして立っている娘に、心のうちで気おされるものを感じた。サダの眼は、父への怒りと恨みで、白目が多くなり、気絶しそうなほど手はかたく握りしめられていた。母のシゲが、まあお前、口から血が…、お父っつあんに頭を下げなよ…ととりすがるのが、うっとうしかった。誰も私を信じてくれない。それならそれでいい。サダの心はそういっていた。

二階の小部屋から一歩も外へ出るな、と父はサダに命令して、足音高く部屋を出ていった。

部屋に監禁という父親の仕置もサダには何の効き目も無かった。むしろ、彼女の反抗心を強くさせ、家の外へ外へと遊びまわるようにしむけたようなものだった。

親が頭っから子を信用せず、理不尽にただ痛い目にあわせたり、自由を奪うなら、私は思いきりそれにそむいて、自由に飛びまわってやる。新太郎兄さんや照子姉さんとのもつれを、自分たちでうまくとり捌けないからといって、なにも私にあたることはないじゃないか。


夏が来た。肌の肌理が細かくしっとりとし、若竹のようだったからだに、いつのまにか柔らかな曲線が表れるようになっている。なにかしら、もやもやとした気分が、殻を破って流れ出したがっている。それは、近所の馴染みの友達と買いぐいをしたり、盛り場を歩いたりするだけでは、満足しないサダ自身もまだ手なずけていない若い獣のようなエネルギーだったのかもしれない。

いつものように、友達の福田ナミ子の家へ出かけた。この頃は仙子より、活溌なナミ子と遊ぶことが多くなっている。

ナミ子の兄は、このあたりではまだ珍しい私立慶応義塾の学生だった。その兄が、サダにもなにかと声をかけ、妹と一緒に活動写真に連れていってくれたりする。それが、サダは得意であり嬉しくもあった。住込みの職人たちや下働きの女たち、不仲な家族たちが一つ屋根の下で、ギシギシとたてる不協和音が朝から晩まで満ちている自分の家にいるより、ナミ子やその兄といるほうがずっと楽しく、息が楽につける。

朝顔の鉢がいくつも並んでいる二階の洗濯もの干場で、サダはナミ子の兄の友達、桜木健という慶応の学生と、朝顔の花殻を摘んでいた。

大きな元気のいい葉が、支えの竹のまわりに蔓を伸ばし、毎朝大輪の花を咲かせる。藍や白や、うす紅の花々は早朝に開くが、八時や九時を過ぎ、陽の光を浴びると、早くもすい花びらを元気なくふるわせて、萎れはじめうなだれてしまう。昨日の花は蕾のように先端を閉じ、下の方に種子がふくらんでくると、やがてぽとりと落ちる運命だ。そのすぼまった花殻を摘み、指で先端を押さえ、花の元から息を吹きこむ。ふくらんだ花びらは、息をいっぱいはらむと、こらえきれぬようにポンと小さな音をたてて破れる。サダと健は、そんな他愛もない幼い女の子のような遊びをして戯れていた。

次々とすぼんだ朝顔の花をつまんでゆく。ポンというかすかな音が、耳にこそばゆい。花たちが滅びる音だ。

健がサダの手をひいた。遊びの続きの笑顔を振り向けると、若者は、今までとはちがった鋭い目つきで、サダをじっと見返した。

「どしたの、健さん」

「こっちへおいで。そっとだよ」

二階の突きあたりの部屋の押入れに、健はサダをひっぱりあげて、襖を閉めた。かくれんぼではないことは、わかった。今の健が何をしようとしているのか、漠然とだったが、予想がついた。あれだ。きっと。胸が不安で苦しくなる。

男と女のことに関しては、子どもの頃から女中や職人たちが、わざとサダにも聞こえるように大声で笑いながら話したり、妙な腰つきをしてみせるので、耳年増になっている。

だが、実際に若い男の吐く荒く熱い息が耳もとにかかり、浴衣の裾を乱暴にまくりあげられると、にわかに恐怖心が湧いた。

「いや、あたいナミちゃんのとこへ行く」

若者を押しのけようとすると、健はあわてたようにサダの口を汗ばんだ掌で覆った。

「お嫁に行く時の稽古だよ、ねッサアちゃん声を出すんじゃないよ」

下ばきをおろされた。

「いやだあ、ナミちゃあん」

「いい子だから、稽古だよ、稽古」

うわずった男のひそひそ声が、よけいに怖ろしかった。

つるんと伸びた二本の脚の間に、男のなにやら熱く異様に硬いものが無理やり、幾度も突き当てられる。脚を閉じようと力を入れる。男がそれを、こじ開ける。怒張したものが押し入ろうとする。そのうち、激痛がサダのからだの芯を貫いた。朝顔の蕾が、浴衣の袂から、閉めきった押入れの、夜具の上に落ちた。

脚をすぼめ、内股を閉ざすように歩く。それでも、ぬるぬるしたものが、内股を伝って流れ落ちる。サダはふわふわとした頭のまま、それでも家まで帰り着いた。

サダは、初潮も経験せぬ前に、慶応の学生桜木にレイプされたのだった。若者の、己の欲情だけを吐き出した行為は乱暴で、まだ十分に成熟していない彼女の女性器をひどく傷つけた。膣口の裂傷から、二日間、出血が続いた。サダは血が止まらなくて死んでしまうのでは、と恐ろしくなって、泣きながら母親に打ちあけた。

相手の名を問いただされて、桜木健とはっきり口にした。その名は、憎いというより忌まわしい触れたくもないものに思われたが、忘れることはできない。

母親は唇を噛んだ。思案ののち、よしおっ母さんがその男にかけあってやる、と娘の受けた心と肉体の傷を癒やすことより、外へ向かって眦を上げた。

サダは深い穴底につきおとされたような気持ちだった。それまでの無邪気で我儘で勝気な部分が裂け、汚れてしまった。出血のために股にはさんだ脱脂綿を便所でとりかえるたび、惨めになった。もう何かが崩れ、ちがってしまった。父母とも兄や姉とも、口をききたくない。どこかへ行ってしまいたい。だが、どこへ？　傷ついた小動物のように、ひたすら目だけを光らせ、警戒心で針ねずみのように身をこわばらせて、二階の部屋にこもった。

母親は桜木青年の家まで出かけたが、当人には会えず、相手の親にかえって見下げられた。「あんたの娘が誘ったんだろう」とか、事を荒だてると娘に傷がつくがいいのか、と開きなおられると、口惜しいがどう言い返せば良いのか気が動転し、腹を立てたまま何も解決策を見出せずに帰宅した。

母親は、キュッキュッと音をさせて夏帯を手荒にほどくと、まったくヒトを馬鹿にして、と相手をこきおろした。サダに向かっては、作り笑いを浮かべていった。

「いいさね、お前さえ黙っていれば、誰にもわかりゃしないさ。くよくよするんじゃないよ、一度は誰でも通る道なんだ」

桜木という学生を、好きだったわけではない。だが、誇り高いサダは、相手が逃げてまわり、親のかげに隠れ、あげくのはてに、自分の母まで馬鹿にしまるめこんでしまったことに、怒りと絶望を感じた。自分はボロ雑巾ほどの存在なのか、と哀しみがじわじわと湧いてきて乾くひまがない。「そうだ、おサダ。お前、大正琴を欲しがってたろ。あれ買ってやるよ、一緒に見に行こうよ」

母親の猫なで声が、サダを一層孤独に、惨めにする。

その時以来、サダの頭の中に、一匹の小さな蜥蜴が住みついた。背にきれいな立縞があり、尾に向かってからだの半分は瑠璃色に油光りしている。そいつが、尻尾を動かし、頭を動かす。小さな蜥蜴が、自分に何をいいたいのか、知りたいと思った。

鬱々とした気持ちの底を、ポンと足先で蹴って、もう一度浮上した時、サダはおとなの偽善と男の暴力に刃向かう気持ちを、不良仲間へわが身を投じることで表現した。

他人は簡単に、〝不良になった〟〝身をもちくずした〟などという。サダはそういう無責任に、目に見えぬ真綿で首を絞めるような世間というものに対しても、おとなというものにも、まったく信を置かなくなった。

家の金を持ち出し、毎日のように、取り巻きの男たちに小遣いを与え、女王さまのようにちやほやされながら、冷めた目で遊びまわった。


　浅草の凌雲閣のいただきに腕組みし日の長き日記かな

石川啄木がこう詠じた通称十二階も、サダの行きつけの場所だった。ほかには、シミキンこと清水金一や田谷力三の出る浅草オペラも好きだった。

浅草には「電気館」や「帝國館」「金龍館」「常磐座」「東京クラブ」など、活動写真やオペラを楽しむ場所がひしめいている。夜になると、これらの遊興場は割引料金で客を入れる。サダとその遊び仲間は、自然に夜おそくまで浅草《えんこ》で遊びほうけることになる。その金は、すべてサダが畳屋の店の金を持ち出したものだった。畳職人の男たちが、腹がけ一枚で頭に鉢巻きをし、ぶあつな藁床に太い針を刺し、肘で押さえて糸で閉じてゆく。そうやって作った藁床に藺草を編んだ表《おもて》をつけ、へりをかがって一枚ずつ、畳を仕上げる。藺草や藁のムッとするにおいと、職人たちの汗と技でつくった金銭である。だが、彼女にはそんなことにとんちゃくする心が無かった。

最初の頃、サダは家の金、十五円ほどを盗んだ。コーヒーが五銭も出せば、カフェで飲める時代の十五円は、とてつもない大金である。それでも、とがめられないほど、金銭的にルーズな家庭でもあったのだろう。

これが、浅草《えんこ》の少女、サダの出発だった。

4　セレモニーホール

二〇〇〇年七月。梅雨に入っているが、時々晴れ間が覗く。すると、まるで懲罰のように、猛暑が襲ってくる。三十度を超す日がたびたびある。

たまっていた汚れ物を、洗濯機をフル回転させて洗い終えた。じとじとと雨が降り続く日は、仕方なく室内に干すが、むれたようなイヤな臭いがして、気分まで黴がはえそうになる。

今日は、ベランダに干してもよさそうだ。朝からすでに真夏のような陽光が、容赦なく降りかかる。川端萌子は、どこか上の空でたくさんの洗濯ものを、プラスチックのピンチでロープに留めてゆく。

濃いブルーに同色の派手なレース遣いの、いやに色っぽい雰囲気のブラジャーとショーツ。娘の下着だ。小もの干しのピンチにはさむ。昔ならこんな下着はクロウトさんの専用だった……と思ってしまう自分を、古くさくいやらしいと反省する。娘がどういうプライベートな時間を持とうと、口出しすることではないのかもしれぬ。すぐにでも引っ越す、家を出る、と宣言したのちも、「ちょっと今、仕事がきつい時期だから、ちょい先のばしする」と、家に居ついたままだが。寝に帰るだけのことかもしれぬ。夫も同じようなものだ。

私が貴女ぐらいの頃には、家事や育児に追われ、自分の下着をお洒落心で選ぶようなゆとりはなかった、といってみたい気持ちもある。だが、「そういう人生を選んだのは自分でしょ」とたちまちきつい口調で切りかえされるにきまっている。今は、親は娘や息子にやりこめられる時代なのだ。

最近、自分の頭頂が薄くなったと思う。地肌が透けそうになった部分に、短い白毛がピンとアンテナのようにつき出ている。鏡を見ながら抜こうとするが、他の毛よりも力強く根をはっているようで、抜くことができない。四、五センチと短いので、つまみにくいせいもある。諦めて外出時は夏帽子をかむることで、ごまかすことにする。

友人の関戸一枝が、地下鉄鶴舞駅の改札口に立っていた。しばらく会わないうちに、彼女がすこし太ったように、萌子は感じた。太目の首に横すじが入り、背中にも肉がついた感じだ。

こちらを見て、ひとなつっこい笑顔を見せ、手を小さく振って合図するのはいつものとおりだ。

「待たせちゃった？　ごめんね」

「そうでもないよ、元気してたあ？」

「まぁね、一枝さんは？」

ＪＲの鶴舞駅も通り越し、市内で一番古く広いだろう公園内へと向かう。

久しぶりに会わないかという一枝の誘いの電話に、萌子がすぐに応じたのは、五月の万引に間違えられた事件以来、心にわだかまるいくつかを抱えていたこともある。

噴水塔の横を通り抜ける。噴き上げる水と落下する水の幕。たえまのないその繰り返しに、軽いめまいを感じる。頭上を黒々とした鴉が何羽も飛んでゆく。ここは、こんなにも鴉が多かったろうか、と萌子は記憶の中の公園をたぐりよせる。

「しばらく来ないうちに、ちょっと印象変わったね」

萌子が思っていたと同じことを、一枝が目をまぶしそうに細めながらいう。

「私たちがあそこの病院の患者だった頃からもう十年ぐらい、あ、もっとかな、たってるんだものね」

肉づきの良い腕を上げて公会堂の斜め後方に見える高い建物を指してつづけた。萌子も深くうなずいてみせた。

二人は名古屋大学附属病院の婦人科病棟の患者として知り合った。それ以来のつきあいである。一枝は近くの会社の社員食堂で働いている。子宮頸癌の初期の患者だった。萌子は子宮筋腫で、二人は同じ時期に子宮摘出の手術を受け、同じ病室になった。

定期診断で見つけることができた一枝は、手術前はむしろ癌であることを手柄でもあるように、病室の誰かれともなく朗らかに公言してはばからなかった。

だが、術後、日がたつにつれて無口になり、夜になるとしのび泣きするおさえた声が萌子の耳に届いた。ある夜、隣りのベッドに萌子は声をかけた。

「一緒に休憩室へ行こう。思いきり泣いていいよ」夜具で顔を隠している一枝に、幼児にいうように耳もとでささやくと、濡れた目で一枝はすがりつくように萌子を見上げた。

夜のしんとした空気が満ちている。休憩室は、昼とはまったくちがった顔をしている。見舞客の声や、家族に囲まれた患者の笑顔を全部ぬぐい去って、無愛想に静まりかえっていた。一枝は肩を抱かれると、萌子のパジャマを噛まんばかりにすがりついてきた。蛇口の下のコップにたまった水があふれるように、ただ泣きつづけた。互いに、言葉はいらなかった。

癌であれ、子宮筋腫であれ、子宮をえぐりとられたという喪失感は、身をくい荒らす。多くの女性が罹患するありふれた病気、治癒率何%と数字でどれほど示されようとも、それはまた、別の感覚であった。

今では、二人とも病院でのことは忘れ去ったように振る舞う。あれほど悩まされた喪失感や、暗い穴底に落ちたような絶望的な気持ちは、遠い日に、通り過ぎた一ページになっている。

一枝の子宮癌は転移せず、最初の頃の排尿障害も治癒し、どちらも今では平気な顔で当時のことを語ることができる。近くの温泉へ一泊旅行した時は、互いに古傷となった手術跡のテラテラと桃色に光るムカデのようなケロイド状の瘢痕を見比べあって笑いあった。

平日に休みをとったという一枝と、公園の木立の蔭の茶店に入った。

今年は梅雨のしとしとと降り続く長雨はほとんどない。もう梅雨は上がったかと思うほどの、真夏のような暑さが、地面からも立ちのぼる。

かき氷の毒々しい赤い山をスプーンで崩しながら、萌子はうながすようにいった。

「話って、なあに」

「うん、アルバイトしてみない？　ちょっと人に頼まれたの」

萌子はこれまでも、すこしずつ雑多な仕事をしてきた。短大を出てすぐに勤めた銀行。窓口の業務だった。始と結婚し、子どもができて退社してからは、自宅でできる仕事をあれこれ。受験雑誌の付録答案の点数つけと添削。書道の師範免許を持っているので、ホテルの結婚式や祝賀会等の案内状や席札の名前書き。ミシンでできる簡単な刺繍。喫茶店も手伝ったことがある。

しかし、本腰を入れて働こうという姿勢を見せると、夫の始がいい顔をしないので、フルタイムでは働いていない。

「どんな仕事？」

「簡単なの。貴女なら明日からでもできる」

セレモニーホールでの接客係だという。

「お葬式とかの、あのセレモニーホール？」

「そうそう。不況知らずの業界よ。制服も貸してくれるから。黒い服を着て、お茶の手配をしたり……とにかくマニュアル通りにやればいいらしいわ」

「そんな……、まるでハンバーガーかドーナッツの売子みたい」

「そうよ。そう思えば気楽じゃない。賑やかじゃないところだけはちがうけど。貴女どっちかというと、憂い顔だから、葬儀の係にはもってこいよ」

「へんなとこほめられたわね、それ暗い顔ってこと？」

「まあ、深刻にとらないで、とにかくやってみない？」

「まあね、けなされるよりは……」

萌子の笑いは苦いものになった。そうか、私は普通にしてても憂い顔なんだ。なにを憂えている？

むし暑い。藤棚が緑陰を作っているといいたいが、涼しさはどこにもない。空気はよどみ、動かない。濁った池の面で鯉が小さく跳ねる音がした。

鶴舞公園の西側の、建てこんだ場所に新しくできたセレモニーホールが、萌子の職場になった。


ロッカールームで地味なテーラーカラーの黒の制服に着替える。髪は後ろで結う。昨夜のうちに、薄いピンクのマニキュアは除光液で丁寧に拭きとり、透明な艶だけにした。指輪もはずす。香水もつけてはいけないと規約書にあった。もともと、体臭の薄い萌子は香水など、ほとんど持っていないし、つける習慣もない。なるほど葬儀屋向きの女なのだと、自嘲してみる。

今日は通夜が二件と葬儀が三件だ。五階建ての最新式セレモニーホールとしては、少ないほうだ。ビルの屋上から縦に流れ落ちる電光掲示板まで備えた葬儀屋、とは人事係が説明の時使った言葉だ。

通夜だけは、故人が長年住み慣れたわが家で、という遺族もある。通夜の件数と葬儀、告別式の件数はぴったり同じにはならない。

黒っぽい内装のビルは、機能性だけを追求したような、そこにいると息苦しくなってくる設計だが、悲しみに我を忘れている人や、非日常に気をとられている人には、萌子のような目でここを眺めるゆとりもないだろう。

そして、恐らくはそう何度も訪れる場所ではなく、死者を送るという儀式を済ませ、やがて日常へと帰ってゆくのだから、これはこれで文句もでないのであろう。

収容台数百二十台の大駐車場完備、無料送迎サービスも有り。通夜から葬儀告別式、初七日法要まで、すべてご利用いただけます。それがこのセレモニーホールの売りである。萌子には死の儀式をおこなう工場のようにも思われる。時間給は、安いのか恵まれているのかわからない。仕事は、慣れてしまえば楽なほうであった。

一枝のいったとおり、にこにこ笑顔をふりまくことが苦手で、口も重い萌子にとってはたえず伏し目で無表情のまま、遺族控室にお茶の道具一式を持っていったり、僧侶の控室でお茶を出したりすることは、苦もなくできることである。焼香に訪れた人を会場に案内したり、コートを預かって、番号札を渡したり出棺までの待機場所への案内やお茶の接待なども、静かに控えめにやればいいのだ。

他の従業員は、時おり私語をして声高になり笑声など響かせて、ホールの責任者にたしなめられたりしている。

遺族控室用のお茶道具を持ち、小さくノックして部屋へ入った。

そんな……ボケとったお母ちゃんがあんなこと書けるはずないし、第一筆跡かてちがうやんか。ほうや。そんだで、誰がそんなもん用意したかが問題やわさ。土地ねらっとるんやろか。私らがシシババとって下の世話までしたのにな。
四、五十歳ほどの洋装の喪服姿の女二人が、萌子を見てぴたりと口をつぐむ。
葬儀社の男たちは、儀式が日常化した中で生きているので、フットワークは軽い。喪章を腕につけた男が、ろうそくや線香や焼香用の香炭に灯をつけてね、と萌子に言いつけると、自分は白手袋をはめて足早に出口に消えた。

型通りに飾りつけられた祭壇の、棺の横に萌子と同じ制服姿の茶髪で化粧の濃い女が、立って中を覗きこんでいる。そこだけが、空気の流れがちがう。女は白木の棺の両開きになった小窓の部分に顔を近づけている。

萌子は釘づけにされたように、その場に凍りついた。女の行動を見つめる。女は棺に手を入れ、遺体に触れている。遺族でないことは明らかだ。中央に飾られた黒リボンの写真は、七十歳ぐらいの武骨な顔つきの男だ。

女は萌子の視線をとらえると、ニッと笑った。「死んだあとの二、三時間が一番きれいなんだよ。もうこれはダメ」

棺を離れながら、ひとりごととも萌子に向かってともつかず、女は言葉を放つとホールを出ていった。言葉だけが萌子にまとわりつくように残った。


今日は午後二時であがりの日だ。萌子は近くのファミリーレストランの扉を押した。朝、弁当を用意できなくはないが、この暑さではいたんでしまうのが心配で、少しばかり高くつく昼食代に、目をつむることにしている。ドリンクバーで、コーヒーを何杯も飲めるのも、自分への褒美だと思うことにした。


「一緒してもいい？」

尋ねる言葉とはうらはらに、強い押しつける調子だ。棺を覗いていた赤毛の女であった。水の入ったコップと灰皿をつかんで、女が席を移動してきた。禁煙席に坐ればよかったと悔やむ思いがよぎったが、女にまったく興味が無いとはいえなかった。

「私ね、死んだ人がとてもきれいになる時刻《とき》があるって知ってるんだ」

派手な顔立ち。口角の横にかなり深い溝が刻まれているので、女が五十代後半は過ぎているだろうと、萌子は思った。まだ互いに名乗ってもいない。

イカのリングフライが今日のランチメニューだ。普通二時半ぐらいまでしかランチは出さない店が多いが、ここは三時過ぎまで出してくれる。萌子はイカを噛みちぎりながら、上目づかいに女を見る。

「変な女って思ってるでしょう」

鼻をならすようにいって嘲うと、女は勢いよくたばこの煙を吐いた。

「私、自分の男をやっちまったことあるの。ここの近くのアパートでね」

フォークを止めた。派手に落とさなくてよかったと思った。いやな音を立てたにちがいない。

「男の死顔もしばらくはきれいだったよ」

女は中川チエミと名乗った。

5　親に売りとばされる

学校も中退した十代のサダの、無軌道ぶりは日を追って激しくなった。父も母もそれを見て見ぬふりをするのが、よけいに腹立たしい。

陽が高くなり、もう家中の者が商売に精を出している頃、やっと眼を覚ます。できあがった畳を運び出す音。職人同士のかけ声。女中たちが家事をする気配。

あそこには、活き活きした時間が流れている。サダは目覚めたまま、床の中で昨日も読みちらしたおとなの講談本を手にとってみる。時代物。挿絵がついている。姫がむくつけき浪人者に乱暴されようとしている図。落花狼藉。やっちまえ。サダは呟く。あの暑い日の朝顔の花と、押入れのムッとする臭いが思い出され、本を壁に向かって投げつける。大きな蛾が羽根を折って崩れるように、本は落下する。桜木という学生に、初潮もまだむかえていなかったサダは、むしり取られるように肉体を汚された。そのあとの虚脱感。もうどこへも戻れない。

女中のキヨに顔を洗う湯を運ばせる。箱膳の遅い朝食も持ってこさせる。縞の長い前掛けで手を拭きながら、不機嫌そうに膳を置くが、キヨも雇い主の末娘であるサダに文句はいわない。

「ふん、だらしない娘って思ってんだろ」

怒るなら怒ればいい。頬を張りとばせばいい。だが誰もそれさえしない。心の中で蔑みながら、黙殺している。サダはさみしかった。さみしいぶん、よけいに生活は荒れていった。

桐の長火鉢の横の抽出しに、母親が出入りの業者に支払う現金をしまっているのを、サダは知っていた。そこから、浅草で不良仲間と遊びまわる金を持ち出した。はじめは、四、五円。やがて十円、十五円となる。

サダが外をほっつき歩けないように、父親が晴着をひとまとめにして、納戸へ放りこんでしまった時、自分がさみしさの極みへと歩いてゆくのを、父はすこしは心配しているのか、と心のどこかがコトリと小さく鳴った。だが、父の戒めを破れば父はどんな顔をするのか、見てみたいとも思った。

サダは通りかかった職人の得さんに、ニッと媚をふくんだ笑顔でしなだれかかった。太い畳針をつき刺す掌は籠手《こて》をつけていても、長い年月のうちに人の皮膚とは思えぬほどの固さになる。得さんのそこを、サダは指でなでた。「お父っつあんが、あたいの大切な着物を納戸へ放りこんじゃったの。ねえ、得さんとってきてぇ」

得次は白い吸いつくような柔らかな掌を腕に押しつけられ、下からきらきら光る目で見上げられると、とても否とは言えなかった。

サダは手早く身支度をし、長火鉢の抽出しから、枚数も確かめずに紙幣のかたまりをつかみとった。胸元へそれを押し込むと、ふらりと裏口から外へ出る。

青い空に化粧刷毛で捌《は》いたような雲がかかっている。あそこに吸い込まれて、この身がなくなってしまえばいいのに。一瞬、サダはそう希った。

「サーちゃん、なにぼんやりしてる。エンコへ行こうぜ」

取り巻き連中の一人、三次が貧弱なからだを無理に大きく見せようと、そっくりかえって笑っている。ぶかぶかの鳥打帽が似合わない。こいつも行き場所がなくて寂しいんだ。そう思うとサダは、パッと華やかな笑顔を作ってみせた。

「うん、行こ行こ。今日は軍資金がたんまりあるんだ」

「金竜館に面白い活動がかかってるぜ」

「もっとみんなたくさん誘っておいで。なんでも好きなもんおごるからって」

空はあいかわらず高く澄み、見上げるとふいと涙が吹きこぼれそうになる。何もかも消えっちまえ。頭の隅で、いつもの蜥蜴が紺碧の背中をぬめぬめと光らせ、身をよじらせる。ずきんと頭が痛む。

下駄で小石を蹴ると、石は転がって捨てられた空缶にぶつかる。硬い音がした。

「サーちゃん、なに荒れてんだよ、早く、こっちだ」

その日、サダが持ち出した紙幣は六十円もあった。普通の勤め人の月給の平均が三十円ぐらいだから、二カ月分にもあたる。さすがのサダも、その額の多さに青ざめる思いだったが、もう後戻りできなかった。

ひょうたん池に姿が映る十二階へも登った。日本ではじめてというエレベーターにも乗る。街並みをはるか見下して仲間たちと騒いだ。それでも、心のどこかはシンと醒めている。

洋食を食べ、的屋で遊び、金龍館で活動写真も見た。すっかり仲間の分を払っても、まだ紙幣は残っている。これを持って帰ってはいけない気がした。サダは男たちに残りをそっくりくれてやった。「さすがはサーちゃんだ、気っぷがいいや」

口々にほめそやされても、サダは心から楽しいとは思えないのだった。かえって口の中に、錆のような味がひろがるばかりだった。頭の中の蜥蜴がからだをくねらせ育ってゆくばかりなのだ。

やがて、十五歳のサダは女中奉公に出された。はじめて世間というものの中へと放り出されたのだ。エンコの不良仲間とのつきあいがいよいよひんぱんになり、昼過ぎまで寝ていて、夜ふけに帰ってくる娘に、さすがに甘い親たちも、職人や下働きの者たちの手前もあり、手をうたざるを得なくなっていた。

彼女にいわせれば、本気で楽しいと思ってやっている放蕩ではない。固い蕾を無理やりこじ開け、自分の欲望だけを満たした男。サダが母親に打ちあけたと知ると、一切姿を見せなくなってしまった桜木健という若者。彼への当てつけもあった。

「お前さえ黙っていれば、わかりゃしないんだから」と世間体を気にして、サダの傷ついた心を、正面から受けとめてくれなかった母に対しても、ぶすぶすと憤りの熾火はくすぶりつづける。インチキだ。桜木健も、おっ母さんも。世の中インチキばっかりだ。

両親にしてみれば、サダのことだけではすまなかった。頭が痛くなるようなことの連続であった。長男はおとなしい妻を追い出し、やくざな矢場の女を家にひきこみ、賭けごとに身をやつし借金ばかりを増して、家業にまともにとりくまぬ。サダのすぐ上の娘は離婚して実家に戻り、町内の若い男と色恋沙汰に明け暮れている。一家は口さがない下町の連中の噂の種になりはてているのだ。

その身もちのおさまらぬ姉娘のほうに、縁談が起こったのをきっかけに、サダはいわば口封じのように女中奉公に出されることになった。もうこの頃は、職人たちの数も減り、畳屋としての商売もうまくゆかなくなっていた。秋の西陽さながら、家運は傾いている。

奉公先は、芝区聖坂の聖心女学院前のお屋敷であった。このあたりは緑が多く、よく手入れされた芝生や植込みのある広い庭つきの洋館が多かった。サダの生まれ育った神田の職人の多い町とは、吹き渡る風も空気の色さえもちがうような気がした。聖心女学院の尖塔が、お前なんぞの来る所ではない、と高い所からサダを見下しているように見える。

奥様もお嬢様も、上流家庭の雰囲気に似合わぬ骨太のずんぐりしたからだつきで、上等の着物がすこしもしっくりこないのが、美しいもの、粋なものに心を奪われるサダには、まず不満であった。気に入らないのだった。

実家にいる時は、好きなものを好きな時間に、女中に運ばせて食べ、家のお菜が気に入らなければ鰻重でも上鮨でも店屋ものをとり、外出すれば洋食を好んで食べていたサダだ。

それが、他の下働きの田舎出の女たちと一緒に寒々とした板の間で粗末な食事をあてがわれる。ひじきの煮付けに沢庵。麦飯。いい日でサバの煮付けがつくぐらいだ。

気位の高いサダにとっては、予想以上にこの処遇が身にこたえる。お嬢様付きの女中、行儀見習という名目で雇われたのだが、つかえる相手に何の尊敬の気持ちもきざさないので、仕事にも身が入らない。

お嬢様とその母親とが、帝劇に出かけるとかで、身支度を手伝わされた。ああでもない、こうでもないとさんざん衣装合わせに時間をかけ、「着物は上等だけど、そのご面相ではね」とサダが胸の内で毒づくのも知らず、母娘は満艦飾に着かざって出かけていった。

開かれたいくつかの畳紙の上に、鮮やかな友禅染の紅や黄の色彩と柔かに艶をおびた絹の光沢を惜し気もなく放つ着物が、散乱している。その妖しい美しさが、手ざわりのなめらかさとともに、サダの心をかき乱す。この布地の上に、裸でごろごろ転がってみたら、どんなに気持ちいいことだろう。豪儀だろう。

絹の放つ誘惑を押さえ込みながら、一枚ずつ丁寧にたたんでゆく。真珠やルビーの帯留や髪飾りが、宝石箱からあふれている。サダの中で瑠璃色の背の蜥蜴が蠢き出した。

片づけ途中の一枚の訪問着をちょっと肩にはおって、姿見の前に立ってみる。品のいいうぐいす色の地に、花や扇が散らしてある。サダの面長な顔と肌理のこまかい肌、細い首、なで肩を包んで着物は一段と華やぎ匂いたつようだった。

鏡の中の自分に無意識のうちにニッと笑ってみせると、サダはもう装うことに熱中した。自分のほうがきれいだ。あんな怒り肩のお嬢様よりはるかに、自分のほうがよく似合う。蜥蜴が尻尾を動かす。ソノトオリ。

大粒の真珠の指輪を中指にはめ、仕上げをすませると、金銀の縫いとりのある袋帯の胴をポンと一つたたく。よし。サダはゆっくりと主の部屋を出て、表玄関から堂々と外へ出た。誰にもとがめられなかった。行く先は、浅草金龍館に決まっていた。

このときの外出で、サダははじめて警察にひっぱられた。彼女自身は、着物や真珠の指輪がきれいだったから、ちょっと借りただけ、という意識である。これが盗みに相当するとは、夢にも思わなかった。

だが窃盗罪といわれた。実家の父親が奉公先へ詫びを入れ、出来心ということで起訴はまぬがれた。その事件を追いかけるように兄の新太郎夫婦が、店の大金を持ち出し失踪した。両親の辛抱の棒は、この時、折れてしまったのかもしれない。

父は江戸時代から続いた老舗の畳屋を、あっさりと廃業してしまう。サダの長姉にあたるトクの婚家のある埼玉県坂戸町へ家を建て、引っ越しを決めた。もうこれ以上、神田にとどまれぬところまで、子どもたちの不行跡が積み重っていた。

坂戸はまだ田舎町で、派手好きのサダにはとてもじっとしていられぬ場所であった。両親に監視されているような毎日も、息苦しくてたまらなかった。以前のように三味線を習ってみたが、それも長続きしない。

町で唯一、賑やかな通りといわれる商店街の洋食屋へ出かけて、チキンライスやオムライスを食べるだけが、サダの楽しみだった。退屈きわまりない日々であった。

着飾ってパラソルをくるくるまわし、洋食屋へ出入りするサダの姿は、田舎では目立ちすぎた。

町の若者とつきあって噂をふりまいたり、いかがわしい新聞記者と色恋沙汰で浮名を流したりもした。頭の中の瑠璃色の蜥蜴は、サダをそそのかしてやまない。無口な父が、堪忍袋の緒を切った。

「そんなに男好きの性悪女なら、女郎に売る。」

本気らしい父の決断の前に、さすがのサダも震えあがった。まだ少女なのだ。女郎はいやだ。頭を畳にこすりつけて、今までの不行跡を詫びた。もう決してお父っつあんに恥をかかすようなことはしません。堪忍して。泣きながら父の膝にとりすがったが、蹴り倒された。母はおろおろと泣くばかりで、無力であった。

大正十一（一九二二）年、七月。サダは実の父親の手で、横浜市中区住吉町の芸妓屋「春新美濃」に、前借金三百円で売りとばされた。

6　中川チエミの駅

昭和二十六（一九五一）年夏。小学校六年生の中川チエミは、夏休みになると、飛騨高山駅の柵にもたれて、改札口からあふれ出てくる人を眺めた。朝市に農作物の荷をひろげている母の目を盗んで、口実をつくっては、駅舎に来た。

汽車は鼻息あらく駆けてきた馬のように、息をした。汗でぴかぴか光る柔かな生物とはちがい、黒く硬く油にまみれた車体。蒸気を吐き、鉄の酸っぱいような匂いをふりまいて、しばらく休んでいる。

いくつかのトンネルをくぐり、山を駆け登り、駆け下り、渓谷を見下し、川を渡り、やってきた汽車。たくさんの人を乗せて。飛騨一宮。飛騨金山。飛騨小坂。鵜沼。そこで乗り換えれば名古屋に行ける。姉さんはそこで働いている。チエミは行ったこともない名古屋という地に、惹きつけられていた。いつかは、自分も行ってみたい。汽車はしばらく休むと、富山に向かって発車する。悲鳴のように汽笛が空気をふるわせる。黒びかりするピストンが、はじめはゆっくりと、そしてからだ全体に力がみなぎってくるのか、だんだん早くなり、あっという間に長い車体を揺すって去っていってしまう。

駅員がその後姿に向かって指をさし何かを言う。改札口の駅員も、木の改札扉を無愛想にカタンと閉めて、いってしまう。

チエミは男乗りの重い自転車をひいて、母のいる朝市のある場所へと戻ってゆく。タイヤの空気が減っているのか、ガタガタいう。

昼近くなると、背負子《しょいこ》に入れて運んできた豇豆《ささげ》も茄子も、暑さに精気を吸いとられて、表面からみずみずしさが失せ、うまそうに見えない。

鶏頭の花や酸漿《ほおずき》は、がんばって白熱する太陽光線をはじき返してはいるが、葉は端の方から萎れかけている。チエミが手伝って赤い布を入れて編んだ草履は、一つ売れていた。ハンドルについた蝸牛《かたつむり》のような錆かかったベルを、ただわけもなく鳴らしてみる。リンとは鳴らず、ザザザと金属片のひっかかるような音がした。中国の旧満州から引揚げてくる時、乗せられた列車は、天井の無い家畜を運搬する貨物列車だった、とチエミはぼんやりと思い出す。広い黄土色の土地がどこまでも広がっていた。レールをこする車輪の音、からだに伝わる振動で、進んでいるのだろうとは思うのだが、あまりにも変化のない風景の連続に、いつまでたっても駅には着かないのではないかと、子ども心に心配になった。

時々、何もない平原のような所でも列車は止まった。雨が降ってきて、折り重なるようにすきまなくぎっしり乗っている人々を濡らした。チエミは母の乳房にかじりついている弟をひきはがしたかった。いつも母にひっついている子猿のような弟を憎らしく思った。私だって母ちゃんにすがりつきたいのに。

母ちゃん、オシッコ！　チエミは叫んだが、母に頭をぴしゃりとたたかれただけだった。我慢しな。我慢できん！　母はぐったりと背中を貨車の板戸に預け、疲れたのか目をつむってしまった。チエミのしっかり合わせた股間から、生温かい尿があふれ出た。臭気が漂ったが、もう誰も何もいう気力も残っていないらしい。年の離れた姉だけが、チエミの手をぎゅっと握りしめてくれた。

あの引揚げの時のみじめさに比べれば、今の飛騨高山での生活は、すこしは良くなっているのだろうか。姉は名古屋の紡績工場で働いた給料から、わずかだが毎月送金してくる。満州で警察官をしていた父とは、終戦直前に離ればなれになっていた。みじめな引揚げの列車も、引揚船の旅も、母と子だけであった。

やがて、敗戦後の荒れはてた日本で再会できたのは、とにもかくにも運がよかった。父は右脚に重傷を負っていた。それでも家族が全員なんとか生きて帰れたのだ。どこで、どういう理由で、二度と右脚を使えないほどの傷を受けたのか、誰にも明かさなかった。脚の話になっただけで、父は手負いの獣のように荒れて手がつけられなくなる。

母の実家を頼って岐阜県高山市の北のはずれ、冬頭という地の農家の離れを借りて住むようになった。

農家には、チエミの二歳上と、同い歳の二人の男の子がいた。離れといえば風流に聞こえるが、もと馬小舎だったのを改造した住まいに、チエミ一家が移り住むと、彼等の好奇心は抑えようもなくはねあがったにちがいない。

節だらけの板戸のすきまから、悪童たちの目が覗きこんでいるとも知らず、チエミ一家は一間きりの馬の糞尿のしみこんだ獣臭い小屋で、五人家族が折り重なるようにして寝た。高山へ移ってまもなく、母はまた赤ん坊を産んでいた。夜となく昼となく泣く赤ん坊の声。むれた空気。朝になると、節穴から光の矢が幾本も射し畳に届いた。

脚が不自由なせいか、意欲が無く偏屈なせいか、何をやっても仕事が長続きしない父にかわって、母は乳呑み児を背中にくくりつけて、半端な賃仕事などをした。そのうちに、小さな畑を借りて野菜を作るようになる。そのがんばりは、たいしたものだった。中学生の姉と小学生のチエミも、夕刊配りをして家計を助けた。このあたりの農家の子どもの大半が、それで小遣いを稼いでいた。

姉は中学を卒業すると、逃げるように名古屋の紡績工場へと出ていった。

姉のあわただしい出発と、むっつり横を向いたままの父のことを思うたび、チエミの内側に茫々とした灰色の霧のようなものが沸き上って渦巻く。

あれはいつのことだったか。そう、秋だ。米の収穫期で、母屋の人々がみんな野良へ行き、母も半人前ほどの手間賃ながら刈入れ作業を頼まれて、あいかわらず赤ん坊を背にくくりつけて出かけていた。学校も農繁休暇だった。チエミは田んぼと農家の間を、茶を運んだり、赤ん坊のむつきを取りに走ったりと、こまごまとした用事を言いつけられ、休む暇もないほどだった。自分が小さなことでも、役に立つのは嬉しかった。「引揚げ、引揚げ」と蔑まれ、一歳下の学齢の子と机を並べながら、算数も国語も劣等で、宿題をやってこないチエミに、学校は居心地の良い場所ではなかった。

母に持って来るように、言いつけられた物を捜しに農家の土間に入った。明るい秋陽の中を駆けてきた目に、目くらましでもかけられたように一瞬、ものが見えなくなる。そんな中で、むくりと暗闇が動いた。いつも農具が掛けてある横の、藁細工をするむしろの上に、からまった人影があった。ズボンを下げた父親の後姿と髪に藁くずをつけた姉のおびえた顔。チエミは反射的に土間を飛び出した。

　そのことは、誰にもいえなかった。勉強には疎いチエミだったが、高山へ来て以来、ずんと大きくなったからだの、あちこちが子どもの皮を破って、おとなになろうと用意している。それを、なんとはなくチエミ自身が当惑して感じている。姉ちゃんが、中学をおりるとすぐ、ぎゅっと唇を引きむすんで住込みの紡績工場へと発っていったのは、あの日のあのことと関係があるとチエミは思っていた。

　灰色の霧の渦巻の中に、父ちゃんの醜いたるんだ尻と、姉ちゃんの藁くずだらけの髪が上になったり下になったりして、おりィ（私）の胸を苦しくする。そうチエミは心の中でひとりごつ。嫌悪すべき、誰にも口外してはならぬことと、承知している。それなのに、その姿を思い浮かべるたびに、下腹のあたり、両股の間がズキンズキンと脈打つような熱っぽい潮がみなぎるのは、どういうことなのだろうか。

　チエミは他にもその感覚を味わっていた。大きな自転車のサドルにまたがり、足が地面に着かぬ不安をおしのけて、片足ずつ力いっぱいペダルを漕ぐ時、股の真ん中がじんとうずく。鉄棒にまたがり、スカートを巻きつけからだを少しずらした時、ドキッとするほど、奇妙なとろけるような感覚が、股から頭のてっぺんに向かってつき抜けた。

チエミは、そんな感じを持ってしまう自分が、半分恐ろしく、何故だか半分は頼もしいような気もした。脱皮する前兆のような気が漠然とした。駅の木柵に乗って、都会から走ってきた列車と、去ってゆく列車を見たくてたまらないのも、口外できぬ身の内に湧くひそやかな感覚と、無関係ではない気がした。

7 誘惑　川端萌子の場合

平成十二（二〇〇〇）年八月。

朝から暑い。ぼってりと湿気をふくんだ空気がそよとも動かない。暑いという言葉が、いっそう暑さをかきたてる、典型的な名古屋のそれだ。何もしないでいても、汗が毛穴から吹き出す。蒸風呂に入ってでもいるようだ。

窓を開けたままで、リモコンのスイッチを入れる。クーラーの小さな電子音。横長の二枚の羽根板が口を開き、冷風を吐き出す。埃くさいクーラーの風、苦手だ。

日曜日だというのに、川端萌子はひとりだった。アルバイトは休みの日だ。Tシャツに短パン姿で庭に出る。フェンスに掛けたハンギングの夏の花たちに、ホースで水を撒く。鉢からこぼれるようにピンクの花びらを誇示しているサフィニア。可憐な青い星のような小花を毎朝律儀に開いてみせるアメリカンブルー。フェンスを這い登って緑で覆ってほしいと思って植えた斑入りのアイビーが、この暑さに参ったのか、少し元気がない。ホースの先端を、シャワーという表示に合わせて水を撒く。白銀に光る細かい水の流れが吹き出すと、その周囲にうっすらと虹色が浮かんだ。

娘の雅美は、五月に突然に宣言したとおり親の反対を気にする様子もなく、すらりと御器所町のワンルームマンションに引っ越してしまった。ボーナスがためてあったのか、敷金や礼金なども支払い、小さな引越屋という名のバンが横づけされた。つなぎの作業服を着た男たち二人に、ドレッサーや衣類の入ったダンボールを積込ませ、さっさと行ってしまった。

七月に入ってまもなく、息子の和也から珍しく電話があった。夏休みにカナダへ旅行したいから、金を送ってくれという。そんなお金がどこにあると思ってるの。萌子が声を荒らげると、じゃいいよ、と不機嫌そうな声が返ってきて一方的に電話は切れた。その後こちらから掛けつづけても、留守番電話の機械的な声だけが繰り返される。

萌子は数年前に見たイタリア映画「みんな元気」を思い出す。シシリア島に住む老いた父親が、オレンジの花の匂いが風に乗って届く頃、すっかり音沙汰のない都会のあちこちに住む息子や娘を訪ねる旅に出る話であった。イタリアの首都ローマの雑踏の中で、老父は溺れかけた人のように、公衆電話にしがみつく。息子の部屋に電話をかける。何度かけ直しても答えるのは「ただ今留守にしております」という機械の声のみ。父親は途方にくれ、ひとりごつ。「機械に向かって話などできるか」

かつての美男俳優マルチェロ・マストロヤンニ扮する父は、老いて肥満し、醜くなっている。老父は次の都市へ娘を訪ねていく。ファッションモデルをしていると聞いていた。だが、現実にはてなし児を抱えて下着モデルをして必死で稼ぐ娘の姿がそこにあった。次の都市には、ひとかどの政治家の秘書になっているはずの息子がいる。だが彼も労働組合支部のうだつのあがらぬ書記か何かにすぎなかった。次の都市では……。リア王が真実の愛を求めてさまようように、シシリア島の老人は、夢みていた息子や娘たちの都会での生活が、すべて破綻し、厳しい現実の中でその日その日を送っていることを、知らねばならなかった。オペラが大好きで、歌劇に出てくる英雄や美女の名前をつけ、期待をこめて子どもたちを育ててあげたはずであったのに。見知らぬ街の駅頭で、ダンボール箱で壁を作り、孤独と失意に身をかまれるわが身を隠す老父。

子どもに期待した親の夢はすべて破れ、老父は心臓発作を起こす。だが死には至らず、シシリア島へと帰る。亡き妻の墓標に向かって彼は語りかける「みんな元気だったよ」と。あの映画の父親ほどにも、最初から自分は子どもを信じていないのではないのか。はじめから期待することを自分に禁じてさえいる。自分は冷たい母なのか。

夫の姑は、娘や息子の話をすると歯でも痛いように顔をしかめ、黙ってビールを飲み干す。

冷奴を箸で崩しながら、ぼそりと言った。

「あいつ、もう大学を辞める気なのか」

「そんなこと。私にきかないで、和也に直接きいて下さいよ」

「ダメな奴だな」

私のこと？　それとも和也が？　萌子はあきれて夫の顔を見つめる。シシリア島の老父は、自分で子どもたちの生きる姿を訪ね歩いたじゃないの。爆発しそうな心臓を抱えて、不慣れな都会の街から街へと。リア王さながらに。

「貴方、夏の休暇取れるんでしょ。上京して和也を見て来て下さいよ」

ああとも、ううともつかぬ半端な声を出して、始はご飯茶碗をこちらにつき出した。


セレモニーホールで葬儀が一つ終わったところだった。参列者も関係者もほとんどいなくなった式場には、線香と人いきれと汗の臭いのようなごった煮の臭いが混在している。クーラーは効いているが、それだけによけいに空気が濁っている気がする。普段は、男の社員がやるのだが、駐車場でトラブルがあったとかで、萌子におはちがまわってきた。椅子を折りたたんで片づける。

背の高いオールバックの男が、手で顔を覆うようにして、萌子に向かって近づいてくる。

やや仰けた顔で、鼻を押さえて発音するせいか、くぐもった声だった。

「すみませんが、ティッシュをくれませんか」。鼻血であった。顔面にパンチをくらったボクサーのように青白い顔の下部を鮮血がいろどっていた。

萌子が冷水で湿らせたおしぼりを再び持って男のもとへ戻ると、もう男は冷静さを取り戻したようだった。黒い礼服の襟元にすこし汚点《しみ》が残っているが、あとはどこにも先程の惨めな血まみれ男の痕跡はない。

「お礼をしなくちゃ。親切にしてもらって」

男の言葉づかいは、どこか女みたいに聞こえる。

「いいえ、そんなこと」

去ろうとした萌子の手に、男が名刺を握らせる。彼女と同じ黒の制服の女が入ってきて、二人に好奇の目を向ける。中川チエミだ。薄ら笑いを浮かべている。スカートの脇でこっそり指をVサインの形にしてみせた。

「明日の午後なら時間がとれるけど、どうですか?」

「いいんです、そんな」

「伏見のKホテルのロビーで、三時に。待ってます」

粘液質というのだろうか。男の白い額や白い長い指、ゆっくりした声音がすべて湿っているように、萌子にまつわりつく。

断《こと》わったつもりの「いいんです」は、容認と受け取られたのだろうか。

あまりにもあっけなく、型通りに部屋まで誘われてしまった、と萌子は思う。それならば、どんな手順を踏んでほしかったのか。心の中で、もう一人の萌子が唇をゆがめて訊く。夫が有給休暇を取って、息子の下宿へ様子を見に上京した。終日一人で、食事の支度もいらない。気楽な、紐をはずされたような思い。萌子にそんな気分があったことは確かだ。だが、それだけではないような気が、しきりにする。言い訳かもしれないと思いつつ、地下鉄のかすかな振動に身をまかせる。目を閉じると、たちまち感覚、感触が強く甦る。

男の肌はなめらかで、ある種の中国人のように体毛がほとんど無かった。名刺に印刷されているのが本当なら、彼は耳鼻科医である。

指は長く、器用に動いた。指の腹も掌も、すべすべしていて、萌子の柔かで傷つきやすい部分に、巧みに触れた。まるで自分でする時のように、指は彼女がそうしてほしいと希っている部分に、希っているタッチと速さで動いた。脳髄がじいんとしびれた。からだの奥から誘い水のような体液が驚くほど湧いてくる。とどめようもなく。我慢できない。彼女の手が、男のものを自分の泉へと導く。まだ……早いよ。

女のようなねっとりした声が、じらすようにいう。萌子は自分でする時以外、これほどじれ、これほど自分のからだの奥を熱いものでふさがれたいと思ったことはなかった。男のよく動く舌が、耳の穴にさしこまれる。小さな蛇がさらに快感をよびさます。こんな部分も性感帯なのか。

全身がただ、快さの中心だけに収斂する。何もかも飛びすさり、消え、極まりへ到達したいと全神経が希む。息も、声も、からだのどんな部分も。やっと、男のものがからだの中心にすべりこむ。離陸するエンジン全開の飛行機。出力全開。雲をけちらし、もっと高くへゆこうとする。ベッドがきしむ。萌子の頭がベッドのボードに何度もぶつかる。歯をくいしばる。二度と開かないほど深く、きつく目を閉ざす。眉間に深い立皺が刻まれる。

「目を開けてよ、僕を見てよ」

男の声は邪魔でしかない。黙って。半身を起こして唇で男の声を封印する。男が欲しいけれど固有名詞の男はいらない。男は存在しないほうがいい。萌子は両脚で男のからだをしめつける。口腔の中で快さに忍えるために、舌が巻き上ってゆく。やがて、咽喉が裂けるほどの快感の波。波頭からやがて放り出され、崩れ落ちる。

地下鉄の駅名がアナウンスされる。萌子は両股をぴたりと合わせ、下腹の奥深い所で、余波のようにうねるものをねじ伏せようとする。顔はまっすぐ前に向けている。誰も私を知らない。誰も私が、夫ではない男と昼下がりのホテルの部屋で、あんな声をあげ、しとどに濡れて苦役に耐えたように眉間に立皺を刻み疲れはてて果てたことを。

萌子は自分でさえ、こんな自分を今日まで知らなかった。心とからだの隠されたボタンが、一つずつはずれたのか。さまざまに思うことに疲れて、地下鉄を降りる。

街には水のように夕闇が溶け出している。熱気をふくみつつ、ようやく夜になろうとしていた。


木曜の午後、耳鼻科医は休診だから。こんな時間帯がお互いに都合いいでしょ。男の粘っこい声が、受話器からあふれてくる。でも……でも、今日は無理です。萌子は携帯電話を持ってしまったこと、男にその番号を教えたことを、子どものように後悔する。じゃあ、来週の木曜日、この間の所で。

男の声はゴム膜みたいだ。拒んでいても、拒みきれない。


あんたは、普通の女とは逆だね。何がですか。萌子は服を着て、手早く髪を直した。男はまだベッドの中だ。女の人は、あれの後、余韻を楽しみたがるでしょう。あんたは射精した男みたいに、たちまち醒めて、一刻も早くって感じで部屋を出ていこうとする。僕としては、もっとべたべたくっついていてほしいんだけど。男の甘えかかるような言葉つき。なま白い肌。

萌子はぞっとする。数分前まで、この男の下でひたすら肉欲をむさぼり、ただ感覚そのものになって、すべてを忘れきっていたのかと、嫌悪感がはしる。金で女を買ったあとの男は、こんなふうのざらざらした思いにとらえられるのだろうか。

べとつく声。なめらかな皮膚と指。毛のない足。みんな嫌だ。ぴったり密着していたなんて。もう二度とこの男に会うまい。心の底からそう思い、部屋のドアを後手で閉める。

まだ明るい街なかを歩く。映画館から出たばかりの人のように、萌子は眼をしばたたく。頭痛がする。それでいて、どこかからだは軽い。手足に疲労感があるのに。不思議だった。


セレモニーホールのバイトを、萌子は土曜日も、そして時には日曜も引き受け、木曜を休むシフトに変えてしまった。バイトは主婦が多いから、土日に出勤すると喜ばれる。雇用側にも同僚たちにも、萌子はうけがよくなった。

お金をもらえる仕事があることは、なんと有り難いことだろう。萌子は男たちが口にする「仕事だから」という言葉の重さと軽さ、真実も嘘も含んだもの等、その便利さと苦さが、ごくわずかだがわかったような気がした。そして、自分も「仕事だから」と夫に言い返すようになっている。なにかの、どこかの、留具がはずれてしまった。

嘘をつくことも慣れれば罪悪感は薄らいでゆくことを知った。

娘の雅美が家を出たので、萌子が変わってゆく姿を、チェックする目が減っている。それが幸運なのか、恐ろしい不幸のはじまりなのか、萌子には判断がつかない。

家にいる時の萌子は、前よりも家事に身を入れている。草花の手入れ。風呂場のタイルの目地の修理。エアコンのフィルターもこまめに洗うので、冷える効率が上っている。冷蔵庫の内側も、パッキングの部分も、アルコールをひたしたカット綿で拭く。

これにも夫は、いっこうに気づいた様子がない。

それでいい。萌子の下着が、雅美のものかと間違えそうなほど、レース使いの多い洒落たものに変わっていることにも、もちろん始は気づいていない。

萌子は、以前の自分と今の自分との相違を言葉で表すことはできない、と感じている。不倫。浮気。情事。姦通。どんな言葉も、自分とは隔たっている。まして、恋愛などでは決してない。表現できる言葉がない。裏切。背信。堕落。それらの言葉も、少しも心を揺さぶらない。まるで違う。違っていることだけは、確かだと、萌子は思う。

8 大地震

大正十二（一九二三）年九月一日。午前十一時五十八分四十四秒。関東大震災発生。相模湾北西部を震源地とするかつてないほどの大地震であった。震度七・九。一府六県、東京、神奈川、千葉、埼玉、静岡、山梨、茨城での被災者三百四十万人余にのぼった。

神奈川は震源地により近かったので、東京よりはるかに強い揺れに見舞われた。横浜港近くに偉容を誇っていたグランドホテル、オリエンタルホテルも倒壊した。昼時であったため、火の手があちこちからあがり、あたり一面はまたたくまに炎になめつくされてゆく。鶴ヶ岡八幡宮も無残に崩れ落ち、鎌倉は津波におそわれた。

横須賀では、激震のあと、迫りくる炎と、山津波の発生で、人々は逃げ惑った。倒壊した家に押しつぶされる者、火に焼かれる者、崖崩れで埋まる者。多数の死者が出た。

この年、サダは満十八歳。父親に娼妓に売られて一年たっていた。三百円の前借で横浜は住吉町の「春新美濃」に、みやこという源氏名で出ていたが、さらに六百円の前借をして、「川茂中」へと鞍替えした。

父母が金銭に困っていたわけではない。東京神田の畳屋の店をたたんだとはいえ、家作を五、六軒持っていたから、生活に不安は無かった。最初のサダの身売りの際も、稲葉という口ききの男に、礼金を渡している。

そんな状況でサダを娼妓に売った父親の真の心は、測るすべもない。男出入りで噂になる娘に腹を立てたといっても、「売りとばすぞ」とおどかすぐらいで、気がすみそうなものだ。実際に、サダは三日三晩泣きあかして、これからは心を入れかえるから、身売りだけは許してほしいと、父にも母にもとりすがって許しを乞うたのだ。

だが、父は女衒と呼んでいいような男の手に、実の娘をゆだねてしまった。横浜市蒔田町の稲葉正武。彼は阿部の家の遠縁にあたる男だという。稲葉の妻、黒川ハナの妹ウメが、サダの長兄、新太郎の先妻なのだ。

四十二歳の稲葉は、表向きの職業は木彫師となっている。実際には相当にあくどい稼業で世を渡っていたらしい。左肩から尻にまで届く、大きな刀傷のひきつれがあるこの男は、芸妓紹介業として、女たちの生き血を吸ってきた底知れぬ暗さとしたたかさを持っていた。

稲葉の眼は、人をみつめる時、白い部分が多くなる。その眼で下からぐいっとにらまれると、サダの中に住みついた瑠璃色の蜥蜴までが、凍りついてしまう。

芸者に売られる前に、稲葉の三白眼にみつめられるまま、サダは奇妙な逃げ場の無い感じになり、裸にされた。二階の部屋だった。

「あっちを向いてごらん」

葦簀が下がっていたが、隣家の屋根瓦が闇の中にうっすら見えた。黙ってからだを稲葉の言うとおりに、あちこち向きを変えてみせた。

「月のものは順調かい」

サダはこっくりとうなずいた。大学生に犯されてから、浅草で遊ぶようになった。四、五人の男も知った。初潮があっても何の感慨もなく、ただ面倒だなと思った。

稲葉は薄い夏蒲団の上で肘枕をしたまま、サダの裸身を値踏みするようにみつめた。

「みがけば上玉まちがいなしだ。こっちへおいで」

風鈴が鳴っている。階下で稲葉の妻の大きな笑い声がする。

「俺が教えてやるよ。男を喜ばす技をさ。それを知ってりゃ一生、楽におまんまは喰っていけるよ」

稲葉の指が、サダのほっそりした腰を撫で、両の乳房をつかみ、まだやわらかな花芽のような乳首を嬲った。サダは大きく目を開けて天井の節の模様を見ていた。欄間の飾りを見た。木彫りの龍が、こちらを見返している。

「ぎゅっと締めてごらん。尻の穴を締めるつもりでさ」

稲葉の濡れたような声と吐く息がサダの耳殻に細い蛇のように入ってきて、自分でも知らぬまに身もだえした。

「いいぜ。その調子だ。サーちゃんはのみこみが早いや。俺が仕込めば、お前は男泣かせの売れっ妓にならあ」

涼し気に風鈴が鳴っている。何もかも、もうどうでもよかった。父にも母にも捨て去られたという思いが、頭をからっぽにさせている。だが、感覚だけは、しだいに鋭く起き上がってくるのだ。

年齢が不足しているから、という名目でサダは稲葉に夏の間中、床稽古と称して同衾させられた。

幼い頃から常磐津や三味線、書道を習わせられてきたサダだが、稲葉のつける夜の稽古は、自分の根っこを何かの薬でじわじわと変色させられてゆく怖さを味あわせた。彼の妻が見せる卑しい笑顔や猫なで声にも、ぞっと鳥肌立つ思いがあった。

だが、夏の間中、そんな暮らしを続け、稲葉の家の者と一緒に食事をし、銭湯に行き、浴衣を買ってもらったりすると、サダにはこの一家が、自分の新しい家族のような気がしてくるのだ。嫌いだけれども好き。好きだけれども嫌い。逃げられない。もう逃げられやしない。蜥蜴がそうささやくのだ。

芸者になっても、気位の高いサダは健在だった。最初の店「春新美濃」は一流の格式ある芸妓屋で、躾も厳しかった。それがなんとも窮屈であった。先輩芸妓に、芸が下手だと蔑まれると、口惜しかった。いらいらがたまると、愚痴を言いに帰る所は、いやだと思いながらも稲葉の家しかなかった。

稲葉は、サダが鞍がえしたいと言うと、すぐに間に入って話をつけてくれた。そのほうが金が流れるのだ。サダの我儘は、稲葉にとっては良い金蔓なのだった。

九月一日。稲葉の娘とサダは、活動写真のスターの取り沙汰をし、お昼は何が食べたい、たまには中華街に行きたいね、と団扇を使いながら寝ころがって話していた。

ドドーンとからだの芯にひびく衝撃が来た。思わず抱き合った娘たちは、次に家中が巨大なクレーンにわしづかみにされ、ギシギシと揺さぶられるように思った。ガラスの割れる音。箪笥の倒れる音。埃が舞いあがる。

「逃げよう、サーちゃん」

そう言いながらも、まだ続く余震に、足がすくんで腰がぬけたようになっている。二人は抱き合いながら、かろうじて外へ飛び出した。間一髪、屋根瓦が壁土と一緒に、ざあっとなだれ落ちてくる。屋根全体がサダたちのほうへかぶさってくるようだ。

稲葉夫婦は買い出しと称して、朝から外出していた。あちこちで悲鳴が聞える。土埃の舞う視界のきかぬ街の向こうに、火の手があがった。

火事だ！　火事だ！　という大勢の声がどよもす波のように響き、押し寄せてくる。何をどうしたらよいかも、どこへ行けばよいのかもわからない。二人の娘は震えながら裸足のまま、炎と反対の方へと、手をつないで駆けた。

家財も貯金通帳も、夜具さえも、何一つ持ち出さなかったことを、避難所になっていたお寺で、やっと稲葉夫婦と再会した時、叱られた。だが、まだ若い娘たちは、逃げることだけで、精いっぱいだったのだ。

震災で焼け出され、住む所も着るものも、命のほかは一切合切、失ってしまった稲葉一家と、恐ろしい数日を共有したサダは、これまでより一層、不健康で得体の知れない家族と承知の上で、親しいものに思うようになった。泣いて詫びる自分を娼妓に売りとばした父母よりも、現に目の前で困窮している稲葉一家を救うことに心が動いた。

港から一面に焼野原が見わたせるほどの、壊滅的な打撃を受けた横浜では、芸者遊びなどもはや夢のまた夢だった。

サダはこの年から、地方へと流れてゆくようになる。東京か横浜にとどまって、汗にまみれて地道に働くという思考回路を、彼女は持ってはいない。

お嬢さん育ちのサダは、きれいな着物や好きなものを食べて、お金の稼げる道、身を売ることしか考えつかなくなっていた。

大東京も深刻な被害を受けていた。サダの遊び場、浅草のシンボルであった十二階こと凌雲閣も、八階部分から無残に崩れ落ちた。瓢箪池《えんこ》には、火事の炎に追われ逃げおくれた人や、十二階倒壊で圧死した人の死体が浮かんでいた。一面の焼野原であったが、不思議にも観音堂と五重塔は焼け残った。

深川方面もひどい状況で、洲崎遊廓では、女郎たちが幾人も犠牲になった。

寺や竹藪に、人々がわずかに持ち出した布団を敷いて避難生活をした。上野公園の西郷隆盛像の台座や皇居前広場に立つ楠公像などの目立つものには、尋ね人や肉親宛に消息を知らせる貼紙がうち重なって貼られた。

「鮮人らが井戸に毒を入れた」「鮮人・不逞のやからが攻めて来る」などという流言飛語がとびかい、ラジオ放送も聞けなかった人々をパニックにおとしいれた。

町内に自警団が結成され、昔の関所さながらに、怪しいと見られた人物はひっぱられ、「ガギグゲゴ」などの濁音を言わせて朝鮮人と思われる人たちを虐殺するという非道なことがおこなわれた。

不逞のやからというレッテル付きの無政府主義者たる大杉栄と、その妻伊藤野枝、大杉の妹の子である橘宗一少年の三人は、左翼勢力を撲滅せしめる好機として手ぐすねをひいていた甘粕正彦憲兵太尉らの手中に捕らえられた。宗一少年はアメリカから帰国中の家族と震災時に東京に帰っていて、悲劇にまきこまれた。三人は虐殺され、その遺体は古井戸に投げ込まれたのだった。九月十六日のことである。


まだ十代のサダは、稲葉一家をひきつれる形で、富山市へ移住し、清水町にあった芸妓屋「平安楼」に千円余の前借金で住込む。

前借金のほとんどが、稲葉の手に渡った。一家はサダが抱えられた「平安楼」の近くに家を借りた。

聞き慣れぬ方言や雪国特有の気質や風土に馴染めぬサダは、客のつかぬ時は勝手に稲葉の家へ寄る。都会の空気は、借家であるここにしかない。

稲葉の娘や妻は、サダが来ると奇妙な愛想笑いを浮かべ、サーちゃんごゆっくりと言いおいて、外出してしまう。稲葉は着流しに懐手で、床柱にもたれかかって浪曲なんぞを低くうなっている。サダが勝手知った家の中で、茶箪笥から茶道具を出し、ゆっくりと茶をいれ、買ってきたせんべいや餅菓子をつまんでいると、稲葉がにじり寄ってごく自然な手つきでサダの足をさすり、胸元から手をすべりこませて乳房をつかんだりする。サダも、またッと舌打ちする思いでいながら、拒まずに彼の前にからだを開いてゆくのだった。

今は「春子」の名で、座敷に出ていた。一年の半分は青空が見えないという雪国の風土や、しんねりむっつりで粘り強い北国の気風の人とは、江戸っ子のサダは、どうにも気が合わないのだった。

夏以外はたいていの日が曇天か雨、そして冬は大雪に閉ざされる。憂鬱な気分がサダを押しつぶしそうになる。稲葉の家族も、都落ちはみじめだね、と〝俺は川原の枯れすすき〟と唱いあったりして覇気がない。サダが愚痴を言う場所であったのに、いつのまにか稲葉一家の窮乏の愚痴を聞く役まわりになっている。

芸者仲間が、鏡台の前に投げ出したままの煙管や櫛、笄をふいと手にとった。誰も気づかぬのをいいことに、サダは懐にそれらを入れ、店から持ち出して質屋に入れた。その金を稲葉にやると、ほんの一時《いっとき》、まるで一家を救う健気な娘になったような気分になれる。

一度か二度でやめておけばよかった。

「サーちゃん、こんなみじめな暮らしはないやね。金のないのはイザリと一緒、おあしがござんせんってね」と稲葉が自棄っぱちに言う。そんな男の手に、ハイこれと小遣いをやることが、唯一の快感になっていた。

いつしか「平安楼」で、朋輩たちに「春子は手癖が悪い」と警戒される。八度目に、朱美という妓の商売道具の三味線まで盗んで入質したことがバレて、業を煮やした主人の手で警察につき出された。きつい譴責を受けたが、起訴だけはまぬかれた。

サダはそれほど身にこたえなかった。昔、女中奉公先のお嬢様の着物や装身具を身につけて、着飾って浅草へ無断で出かけた時、「私のほうが似合うから、ちょっと借りただけ」というのが、サダの気持ちだった。

今度も、困っている稲葉一家の喜ぶ顔見たさにやったこと、という思いがサダを支えていた。瑠璃色の背の蜥蜴も身くねらせていうのだ。ドウッテコトナイヤ。カマワナイ。

大正十三（一九二四）年、十月。

サダと稲葉一家は、暗鬱な北陸を後にして、震災ですっかり変貌した東京へ舞い戻る。落ち着いた先は、芝区露月町三十一番地の借家であった。

浅草名物の十二階もなく、上野も様変わりしていた。しかし、何も無くなったせいで、かえって新しくハイカラな建物や店も出現していて、地方暮らしに飽きていたサダは、喜んでカフェや洋食店へ出かけた。コーヒーにウイスキーを垂らして飲むことを覚えた。苦く強烈に喉をやく飲みものは、サダの将来への不安や憂さを、いっとき忘れさせてくれる。

ある日、稲葉の妻の親戚だという女が現れた。色は黒かったが、肉づきの良い派手なつくりの顔をして、人目をひく雰囲気を持っている。大連で芸者をしていたというふれこみであった。稲葉の、新しい女を見る目つきで、サダはあっと思った。この女をモノにして、どこかへ売る気だろう。妻の黒川ハナも、わかっていて知らぬ顔をしている。その小鼻のふくらんだわけ知り顔には、いつもの奇妙な薄笑いがはりついている。亭主を繰っているのは、自分だといわぬばかりだ。

サダが働かずにブラブラと居候をきめこんでいるので、この女の出現は、福の神が現れたようなものらしかった。

ほつれた髪をかきあげ、長襦袢の胸元をはだけた女が二階から下りてくると、稲葉の青くさいような体液の臭いが、ふわっと漂った。

サダに、すべてのからくりがはっきりと見えた。なんだ、自分と同じじゃないか。この女も、稲葉一家の喰いものにされるんだ。しゃぶりつくされるんだ。蜥蜴が嘲った。イマゴロナニイッテルンダ。

どこかでわかってはいたが、自分のおかわりが現れてみると、胸を鋭い爪でひっかかれるような痛みと口惜しさが、サダの内側をみたした。

翌大正十四(一九二五)年の夏、サダは信州の飯田へ流れてゆく。前借は千五百円。ここでは、「静香」という名で座敷へ出た。

9　二〇〇〇年秋　萌子の場合

サルビアが咲き疲れたのか、勢いをなくしている。夏の炎暑にもめげず、長いあいだ朱の花をつけ続けていたが、秋の深まりとともに、葉をだらりと下げ精気を失った。

秋口、セレモニー・ホールは忙しかった。暑さに耐え、命を細々とつないできた老人や病人たちが、朝夕ほんの少し涼風が吹くと、ぷつりと命の糸を切ってしまう。夏の間、がんばった草花と似通っている。

今日も三つの通夜と告別式が入っている。一見、シティホテルのような外観のセレモニーホールには、さまざまな裏の貌がある。病院や老人施設などから遺体が送られてきて、何らかの事情があって、すぐには通夜や告別式などができない場合に、遺体を安置しておく部屋がある。二重扉の奥にもう一つぶ厚な扉があり、中にもうもうとドライアイスの白い気流が渦巻いている。

蚕棚のようなスチール製の枠の上部に、番号がつけられている。抽出し様のものの、手を引くと、細長い箱がするするとすべり出てくる。遺体がいたまずに眠っている。

いずれは、あんな風になるのかと、白い霧が渦巻くこの蚕棚のことを思うと、萌子はしばらく腹の底に氷の塊が入ったような気分になる。怖いものはないとさえ思えてくる。

自宅の部屋のクーラーをオフにする。早くも汗ばんでくるのを感じながら、電話の留守録ボタンを押す。とたんに、受話器が鳴った。パートに出かける時間が迫っている。だが、反射的に受話器を持ち上げてしまった。

荒い息づかいが耳殻に流れ込んでくる。もしもし。どなたさま？　苦しそうな息づかいだ。お・ば・さ・ん……。とぎれとぎれに、問いかけるように、小さい声がささやく。西村クン？　娘の中学校時代の友達の名前を言ってみる。荒い息づかいの中で、ウンと返事があった。それからまた、ただザァザァと耳の中に雪崩れるように息づかいだけが入ってくる。どうしたの？　西村クン、苦しいの？

萌子はヒョロヒョロと背ばかり高い西村のまだ幼さの残る顔を思い浮かべながら、自殺という文字がナイフのように自分に向かってくるのを感じて、叫んでしまった。何かしたの？

誰かそばにいないの？　お・ば・さ・ん！

いよいよ切迫した息づかいだ。おばさんも一緒にやってよ…。救急車、呼ぼうかと言いかけて、ハッと気づいた。体温がすっと下がる思いがした。何てバカなんだろう、私。病気でも自殺でもない。マスターベーションしてるんだ。これが世にいうテレフォンセックスというやつか。だが、なぜ西村クンが私に？

落とすように受話器を置いていた。胸の内側が、ザワザワと鱗をさかだてている。不快だった。それから、じわじわと哀しみのような酢っぱいような感情が、靄のように湧いてきた。

　娘が中学生の頃、入っていた演劇部の生徒たちが、よく家に出入りしていた。女生徒のほうが、ボクなどと男言葉を使い、男子生徒をハヤシ、とかニシムラと、呼び捨てにして活溌だった。

　当時、萌子は書道の師範の腕を生かして、ホテルの宴席の名札書き、封筒の宛名書きのアルバイトをしていた。一枚いくらのみみっちい世界で、安かったが自宅でできて少しでも現金収入があることが、有り難かった。

　食堂のテーブルの上で、心を静めながら墨をすっていると、西村君や林君が僕にもやらせて、と寄ってきたものだ。交替、交替と墨を取りあって、手伝っているのか邪魔しているのか、苦笑いが浮かんだが、声変わりをして急に背丈の伸びた少年たちが、身近にいるのは、楽しくもあった。実の息子は、むっつりと、母を避けるように遠ざかっているので、彼らを可愛いとさえ思った。

　あれは、もう何年前の大晦日の夜になるのだろう。家族そろって年越そばを食べた後、興正寺へ除夜の鐘をつきに出かけた。冬の裸木が細い枝をレース模様のように夜空にひろげていた。黒い木立の中を、白い息を吐きながら、鐘楼へと進んだ。セーター姿もいれば、日本髪に結いあげた晴着姿の女性も、人波の中に交じっている。

鐘を撞くにも、そのあとの恒例の甘酒にありつくにも、長い列に辛抱強く並んでいなければならない。

鐘を撞き終えた人たちが、石段に甘酒の入った紙コップを抱えて座りこんだり、脇に立って友人等とふざけたりしている。

篝火が焚かれていた。薪から樹脂がしたたり、じゅくじゅくと音をたてる。時折、パッと火の粉がはじけ飛ぶ。

闇の中で、顔や肩の半分を篝火に照らされて、列は進んでゆく。僧侶の手引に従って梵鐘を打つ。引き綱がピンと張られ、やがて橦木が梵鐘の胴を打つ。鐘の音が吸い込まれ、消えてゆくまでの不思議な数秒間。

百八もの煩悩が、一回十円のこんな一打で消えてゆくものかどうか。

萌子たち家族が、一杯五十円の甘酒をかじかむ両手に捧げ持ち、紙コップに渡した一本の箸で、飲む場所を捜していた時だった。

萌子は横顔に誰かの視線が当てられているようなむずがゆさを感じて、振り向いた。

お堂の一番端、篝火の炎のゆらめきもほとんど届かない隅に、西村少年が両膝を抱えて座りこみ、じっと萌子を見ていた。どこかに傷を負った小動物のように見えた。

「西村クン、ひとり?」

声も無く首をおとした。萌子が掌に持った甘酒を彼の前に差し出すと、彼はすねたようにはっきり首を横にふった。スタジャンと若者たちが呼ぶジャンパーにジーンズ姿。長い脚をもてあましたように折って抱いている。

夫や娘たちは先に石段を下りていったようだ。萌子は大晦日に暗い目でひとり膝を抱いている少年が気になって、隣りに坐ってみた。

娘から、西村少年の父母が離婚して彼は父親と家に残ったと、秋頃に聞いていた。何が原因なのか、知りようもない他人の家庭。

萌子は甘酒を飲み残したカップを手に尋ねてみた。

「帰らないの？」

また、ウンと首だけで答える。以前よりからだのどの部分もぐんと伸び、瞳の色も深くなっているように思えた。脱皮、という言葉が浮かんで消えた。何か話していないといけないような気がして、どうでもいいようなことを訊いてみる。

「寒くない？　おなか空いてないの？」

彼はつっぱった様子で目を遠くに投げ無言だった。急に、足もとに視線を落とす。

「サミシイ」

声変わりした湿った声。小さな聞き逃してしまいそうな言葉だった。華やいだ笑い声や誰かと呼びかわす声。尾をひいてやがて吸い込まれてゆく鐘の音。それ等とは、まったく温度の違う声だった。

「うん、そうね。誰でもそうかもしれない。家族がいてもいなくても、みんな……」

萌子は何を言いつくろっているのか、とたじろぐ自分を、もう一人の自分が見ている気がした。二人の間だけに、まわりと違った空気があるようだった。

「おばさんも？」

あまりに自然に訊かれたので、こっくりと深くうなずいてしまった。

あの時の、凍えるような瞳をしていた少年が、どんな男になったのか。

ドアを強く閉めた。自分の心のざわめきを消したかった。パート先へと足を速めながら耳殻にこびりついたお・ば・さ・ん……という欲情にかすれた呼び声を、洗い流したいと萌子は思った。


約束した喫茶店は薄暗く、陰気な雰囲気だった。気のせいか、カビくさいような臭いさえした。観葉植物の鉢の列でしきられた奥の席で、一枝が笑って小さく手をあげている。

「ちっとも涼しくならないね」

連夜の寝苦しい残暑のことを、一枝は口にした。呼び出したのは、何の用なのか。今のパートの仕事を紹介してくれた時、以来だ。また太った感じがする。顎が二重になり、瞼もはれぼったい。

萌子は、パート勤めがいまのところ、順調に続いていることを口にして、礼を言った。耳鼻科の医師との関わりができて以来、誰とも気軽に会話できなくなった。秘密は人を重くする。

氷片と薄茶色の液体になってしまったアイスコーヒーのグラスを、ストローでかきまわしながら、一枝が見据えるように萌子の顔をみつめている。

「化粧品、変えた?」

「ううん、別に」

「肌がしっとりして化粧ばえがしてる、この暑いのに」

「そうかしら」

萌子は短く受け答えする。職場の誰かにも、最近肌の調子がいいみたいね、と羨しがられた。中年オバサンがそんなこと言われるなんて光栄ね、と冗談めかして答えておいた。

「社員食堂のおばさんなんて、ダサくて人に敬遠されてたのに、就職難なんだよね、いまどきは。大学新卒の娘が入ってきたの」

「そう、それで」

「その娘がね、なにかと私につっかかるの」

大学で経済だか法律だかよく知らないけど勉強したって言うけど、大鍋と調理台の間を行ったり来たりする現場で、何も関係ないのに、プライドばっかり高くてさ、と一枝は曇のふたがはじけ飛んだような勢いで愚痴りはじめた。

「この間もよ、もう配膳の時間が迫ってるのに、ちんたら胡瓜きざんでるから、『もう少し手早くして』と言ったら『何分ほど早くすればいいですか』って切口上で言うの。頭にきた」

茶碗蒸しの手順があんまり悪いから、家で作ったことないの？　と尋ねたらずっと勉強しかしなかったから、そんなもの作ってる暇ありませんでしたって。

高校を家庭の事情で中退したことを、一枝が必要以上にひけめに感じている様子は、前から気づいていた。そこへ四年制大学を卒業した娘が入ってきたことで、一層いらだちがつのったらしい。しかし、本当に話したいことは、まだ他にありそうなすっきりしない表情だ。

「ねぇ、あんたんちさ、ダンナとあっちのほうは順調？」

探るように覗きこむ。話の核心に触れようとする顔つきだ。さあ……と萌子は首をかしげ、微苦笑でごまかそうとした。

若い頃とは違って、今では互いに手順も反応も知りつくしたような感じで新鮮味がない。それは性だけのことではなく、生活全般にいえることだ。

萌子は、夫には性に淡白な女だと思われていることを、むしろ歓迎している。例の医師に対する時には、なんのためらうこともなく、表面を被っていた主婦という仮の鎧がはがれ落ちるのがよい。ただむきだしの女になって、性の愉悦だけを貪欲に求め、貪り、虹を突き貫けたような鋭い快感を味わうことができる。それは、日常生活を共にしていないかもしれない相手のことなど、少しも斟酌せず、ただ性のとろりと甘く、脳髄をしびれさせてしまうような時間だけが重要なのだ。終われば、萌子はつきものが落ちたように、相手に冷淡になれる。何度からだを重ね、汗にまみれ、愛液をしたたらせても、愛着とか親密さに進んではゆかぬ。いつも、終わった後は、もうこれで終わりにしようと思う。貪りつくしたから、もうたくさんと思う。熱いシャワーを浴びれば、それまでの自分の仕草、あえぎ声も、バスルームの排水孔に吸い込まれて、跡かたもないと萌子は思おうとしている。

お金も品物も受け取ることを拒否している。だから、卑屈にもならない。からだは以前よりもしなやかに、動きが軽くなったように感じる。

自分がこれほど大胆だったとは、意外だった。不倫、不貞、背徳、裏切り。言葉にすれば、自分のしていることは薄汚れた非難されるべき行為なのかもしれない。だが、相手に心が寄り添ってゆかないのだから、夫を裏切っているという後ろめたさが、萌子にはあまりないのだ。自分は道徳心、貞操観念が薄いのだろうか。自分の思いがけぬ不思議な部分を発見したように、内心を他人事のように覗きこむ。

「うちさ、この頃まったく無いの。誰かいるんだよね、きっと」

「さあ、年齢的なものもあるんじゃないの」

萌子は一枝の目を見ないで、言った。

「そうかな。そうであっても、こっちから誘っても断わられると、やっぱり傷つくよね。自分の全体を拒まれたようでさ」

「男の人にも更年期ってあるらしいから、それじゃないの」

あいかわらず視線をずらしたままいう。萌子は、木曜日の午後、医師との放縦な性を堪能した夜、夫の姑に求められると、小さく拒否する。満腹なのに、食べ飽きた料理を無理に食べさせられるような辛さがある。だが、一枝を前にして、それは言えない。結局、目をつむって夫を受け入れる。自分を娼婦のように感じる時だ。よく知らぬ相手との接触に自由を感じ、夫婦という安全な関係の性行為を、不純と思ってしまうとは、なんという皮肉だろう。

「この間、下着に口紅がついてたんだよ」

「それだけじゃぁわからないって。何か別の赤いものかもしれないし」

「いいよ、萌ちゃん。慰めてくれなくても。アイツ、私のことやっぱり女って認めてないんだよ」

「まだ手術のことこだわってるの？　ずっと昔にのりこえたんでしょ、私たち」

子宮癌と子宮筋腫という悪性、良性のちがいはあっても、互いに子宮を全摘したのはもうずいぶん以前のことだ。術後の喪失感に程度の差はあったが、二人とも鬱状態に近い落ち込みかたをした。だが、それは克服してきたはずだ。仮に一枝の夫が浮気をしているとしても、それは別の問題ではないのか。

「私たち、子宮は無くても女にちがいないでしょ。女のほか何になれるっていうの。何度も同じこと言わせないで」

萌子は、わざと怒った顔で言ってみる。一枝がグラスの氷片を口中で音をたてて噛みくだく。

「あんたはダンナにかまわれてるんだね。その色艶を見ればわかるわ。私なんてただの家政婦。あそこに蜘蛛の巣がはってるわ」

一枝が泣き笑いの顔をして、続けた。

「女よ、私も。モエの言うとおり。だけど最近、ヤツはだんだん私を無視する。ひどい時はおいバアさんなんて呼ぶの。自分でも鏡を見たくない。目の下はたるんで、二重顎だし……」

萌子は黙って一枝の手の上に自分の掌を重ねた。

手術の後、何週間も過ぎてから、はじめて夫が自分のからだを求めた時のことを、思い出した。

誰かにうながされてというような慎重さで夫は萌子のからだに触れた。こわいものにでも触れるように。おずおずと萌子の腹をなで、手術の傷跡をなぞり、痛くない？　と訊きながら入ってきた。

試されている、と萌子は思った。これからも使用可能か否か。

あの時の恐れと屈辱感は、今では遠い。むしろ、妊娠を心配しなくてもよい、生理の一週間近くのうっとうしさから解き放たれた軽快さがある。そして、他人との性ならばどうなのか、という疑問が、今の医師との情緒とは無関係の、ただ感覚の快だけを求める萌子へと導いたのかもしれない。

彼は、子宮が無くても、これまで以上の快美感を萌子に教えてくれた。

10　チエミの足跡　北の街にて

昭和四十五（一九七〇）年、北海道。

チエミは赤ん坊が歯のない口を大きく開け泣き続けるのを、ぼんやり眺めていた。ミルクをやれば泣きやむだろうな、と他人事のように頭の隅で思う。からだも意識もゴム膜をかぶったようで、生きている実感がまるで無かった。

飛驒高山の中学校を、ほとんど勉強しないままに、最低の出席日数でなんとか卒業し、集団就職の道を選んで家を出たのは、何年前のことか。

家にいたら、足を悪くして復員兵として帰還した父に、姉と同じような目にあわされるだろう予感が、チエミの背を、早く早くと押した。

愛知県一宮市の紡績工場で、同じ中学出身の同級生とともに、寄宿生として働いた。高山を去ること、両親やまだ幼い弟を置いてゆくことに、ほとんど感傷はわかなかった。自分が去ることが、家族のためにそう悪いことではないだろうと思った。いくつものトンネルをくぐりぬけ、自分で働きその分の賃金がもらえる旅に出たのだと思えば、寂しさなどは、押し寄せてはこなかった。

綿ぼこりの多い仕事場や、蚕のまゆの独特な嫌な臭いに、やっと慣れた十六歳の夏、近所の青年団の男と知り合った。夏祭りの相談会がきっかけだった。チエミは、知らぬ土地で、親しく口をきくようになったはじめての異性として、これが恋というものかと自問した。

だが、男は紡績工場の女工を、ただ若い肉体を持った女としか見ていなかったようだ。

夏の夜、盆踊りの輪から、男の誘いのままに抜け出して、川べりの夏草の茂みに身を横たえた。あっけなく事は終わった。痛みのあと、一瞬だけ、あっと思う初めての感覚がよぎったが、男はもう果ててしまっていた。草いきれの中で、男がすかんぽの葉をちぎって、チエミの股間をぬぐった。

門限があったし、同室の朋輩たちの非難の声もあったが、チエミは夜空の下で自分を待ち、自分を求めてくる男がいることが嬉しかった。これまで、誰が自分を必要としてくれただろう。誰が自分に熱いからだを押しつけ、抱きしめてくれただろう。自分が満足すれば、人目を恐れて見つからぬようにすぐに去ってしまう青年であっても、チエミには、すがりつきたい初めての男なのだ。

年が終わろうとする頃、男が二人でどこか遠い土地へ行こうか、といった。金がいるな、と男が言い、何とかすると、チエミは男の体臭をかぐように胸に頬を寄せて言った。

給料から天引きで社内預金させられていたものを、高山の祖母の急な入院費用がいるからと寮母に嘘をついて、少しばかりまとまった金を手にした。

男は金を受け取ると、すぐ姿を消した。約束の日、約束の場所に、チエミは一人立っていた。

姉が家を離れる時、置いていった化繊の友禅模様の布を貼った小さな手鏡と櫛がセットになった小物の間に、何かの時のためにと隠し持っていた折りたたんだ紙幣一枚だけを頼りに、チエミは東京へ逃げた。

年齢をごまかして、小さな居酒屋の下働きになった。洗剤の泡の中に、洗っても洗っても投げ込まれる小鉢や皿。野菜を届けに来る女に、安キャバレーの女給だけど、そこの仕事は手が荒れないよと言われて、下町へと移った。

自分では気がつかなかったが、いつのまにか背丈ものび、スラリとした肢体になっていた。ぶらさがりの安物のパンタロンスーツでも身につければ、それなりに魅力のある女になる。客もつくようになった。

それでも、よく男にだまされた。

——だましたりだまされたりは、水商売につきものだけど、アンタのは度が過ぎる。今度は思いっきり男をだましてやりな。今までのぶんをとりかえすんだよ。

姉さん株の朋輩にあきれたように説教された。そのとおりだなと思う。私はバカだ。しだいに嘘を重ねるようになった。自分でも、どれが本当でどれが嘘か、頭の中がごちゃごちゃになった頃、一人の男がチエミを名指しで通ってくるようになった。

北の国の出身だと言った。一年の半分は雪に覆われるが、残りの時期は色鮮やかな花が一せいに咲き乱れ、空が高い。風はすきとおっていて、東京の濁った空気とはまるでちがう。男はそんな話を、酒の合い間に独りごとのように言う。

髪をさっぱり刈り上げた男が、ある日、チエミの耳朶に熱い息とともに吹き入れた。

——一緒に北の国へ行こうよ。

また、だまされるかという思いがよぎったが、心が動いた。東京の水はまずかった。一人は寂しかった。夢を見ているのか、と自分を一度は止めてみた。それでも、嘘ばかりの、だましだまされてばかりの現実から、湿った雪の匂いのする最北端の未知の土地へ行けば、もう一度、自分も生き直せるかもしれないような気がした。飛騨の高山よりもっと寒い、もっと雪深い北の地で、この人と新しく生きてみようか。

そう思いはじめるともう東京の場末の安キャバレーの女給は、チエミにとって一日も我慢できないものになった。

北海道のO市で、チエミと男は所帯を持った。列車での長い旅に、遠い遠い北の果てへ来た、と思った。男の両親はさらに列車を乗り継いでいく所と聞いた。挨拶にいくのか、と思ったが、男から親は、はじめから無いも同然だと聞かされると、自分と同じように、家の中に居場所のない人だったのだ、と得心した。チエミも、もう家族はとうの昔に捨てたつもりでいる。

安アパートの一部屋きりの暮らしを、チエミは楽しいものに感じた。安普請も家財道具がほとんど無いことも、気にはならなかった。男の妻であり、主婦であり、隣りの声がつつぬけの狭い空間でも、そこが自分の根城だと思えば、手足を思いきり伸ばして、眠れるのが嬉しかった。

ガソリンスタンドで働きはじめた男の給料は、わずかだった。

東京の場末とはいえ、チエミのいたキャバレーに通っていた頃の男は、自衛隊を除隊した際のまとまった金で、無理をしていたのだと知った。もうどこにも貯えは無かった。

親があっても、まるでみなし児のようなよるべない心で、早くこの家を出たいと希った境遇は似ている二人だった。多くを語らずとも、ひもじい心を抱いて成長したことが、手にとるようにわかる。貧しさに慣れていた。

だが、穏やかな日は、長く続かなかった。二人の男児が生まれた。チエミは、自分がまだ何の心の準備もないままに、母親になってしまったことに当惑した。ますます生活は苦しくなった。髪が伸びても美容院に行く金は無く、輪ゴムで束ねた。虫歯が痛んでも、歯医者にかかるなど、夢の夢だ。我慢するよりほかに、すべはない。

男もまた、父親の自覚もなく、金に窮すると、パチンコや賭け麻雀に手を出し、家に帰らぬ日が増えていった。

手のかかる二人の幼児を抱え、内職の軍手をかがりつけ束ねる仕事に疲れ、子どもがやっと眠ったひととき、ふっと天井を見上げると、一人だった時よりも、もっと別の身を噛むような寂しさに襲われた。

子どもが意のままにならなくて、泣きやまぬ夜は、一緒に泣きたかった。何をしても身をのけぞらし渾身の力で泣きわめく児の切り口のような唇を、いっそ掌でふさいで数分待てば、この焦燥と孤独な思いから解き放たれのでは……と思うこともある。それをおしとどめるのは、幼な子の昼間のわけもなく微笑む顔のあどけなさや、小さな柔らかい手で母を求めてくるひたぶるな様子を、払いのけることができないからか。夫は日増しに遠ざかる。

夢みた結婚、家庭というものは、こんなバサバサの噛みごたえのない肉片のようなものだったのか。

北の国の寒さをしのぐには、やはり金が足らなさすぎた。働きたくても仕事がない街だった。

暖かく包んでやりたい夜具も、綿がはみ出した一組だけだ。食べるものを削っても、暖をとる石油ストーブに入れる灯油だけは、何としてもかかせない。

鼻汁でべこべこに光った薄い化繊のジャンパーばかり着せているのを見かねたのか、アパートの住人が、「お古だけど、着て」とキルティングの防寒服上下をくれた。有り難かった。赤の他人でさえ情けをかけてくれるのに、とギャンブルに狂う夫への憎しみが増した。

雪が降りしきる。空は鉛色で、どこにも光が見えぬ。頭痛がする。こめかみが息づくようにドクンドクンと痛む。インスタントラーメンだけの昼食。長男にはスナック菓子を牛乳にひたしたものを食べさせた。次男が泣いている。もう乳房をくわえさせても、母乳は出なかった。

隣室から、何か言い争う声が聞こえる。その男女の濁った声さえもが、チエミには羨ましかった。喧嘩をする相手もいない。

捨てられたのか。灯油を買う金が尽きようとしている。佃煮のレッテルのついた空びんに、硬貨が七分目ほどに入っている。チエミはそれをポケットにおとしこんだ。おぼつかぬ足どりの上の子に「菓子を買ってやる」と言い、下の子はおんぶ帯で、自分の痩せた背中にくくりつけた。

とうの昔にクビになったであろうガソリンスタンドに行って、誰かに金を借りようと思った。降り積もる雪の中を、歩くのに苦労する。土地の人は滑らずに歩くこつを知っているが、チエミにはまだ身についていない。

転んでは泣く幼児をひっぱり起こし、背中で空腹のためか、むずかる児をゆすりあげ、ただ歩いてゆく。

思ったとおり、ガソリンスタンドの従業員はチエミの夫を、悪しざまに罵った。行き先もしらぬと一たんは突き放すように言ったが、

「子どもに罪は無いからなあ」

と、皺くちゃの千円札を一枚、チエミの手に握らせた。

鼻水をすすりあげながら、彼女には次に行くべき先が見当たらなかった。灰色の空、道の両側に積み上がった雪の壁。際限もなく降りかかる雪片。二、三〇メートル先も薄墨色にかすんでいてよく見えぬ中を、車が昆虫の目玉のようにライトをともして走り去る。ふらふらと道路に進む。車のクラクションが鳴る。急ブレーキを踏んだ車の運転手が、車内で、バカヤローと怒鳴っているらしい。ブレーキをかけてくれなくてもよかったのに、とチエミはぼんやり思う。

バス停らしく、片屋根のある場所に出た。車体を揺らして、バスが止まる。ドアが開いたので、チエミは幼児を先に乗せ、自分も片方の手で真鍮《ちゅう》の握り手につかまり、片方の手で背負った児の尻を持ち上げるようにして車内の人になった。どこ行きのバスかも知らずに。

「お客さん、どこで降りるん?」

バスの運転手がチエミに尋ねたが、ただ首を横に振ることしかできなかった。バスの振動と、シートの下から伝ってくる暖房に、幼児が、やっと笑顔を見せた。

「カアチャン、ヌクイヌクイ」

どことも知れぬバス停で降りたのは、チエミ親子だけだった。よろず屋のようなたたずまいの店に入った。雪除けのドアを押し、二重の引き戸を開けると、数は少ないが雑多な商品が並んでいた。バス代の残りと、ポケットに入れてきた硬貨をガラスケースの上に並べて、子どもにメロンパンを買った。ストーブの上にのせてある金盥のような容器で温められたコーヒー牛乳も買った。

店番の老婆が、子どもに笑いかけ、釘のような小さな道具で、牛乳瓶の上蓋を刺して開けてくれた。丸い木の椅子に掛けなさいと目で言ったので、半分感覚の無くなった手で牛乳瓶を抱え椅子に腰を下ろすと、何故か涙が流れた。

雪原は果てしもないようにみえる。ここでもいいな、とチエミは思った。もっと別の場所の、どこかの湿原に、タンチョウ鶴が舞い降りると、かつて男が言った。見たいな、子どもに見せたいな、と思った。だがもう疲れはてて、白い翼を広げる鶴は夢の中だ。まず赤ん坊を背からおろし、雪にまみれながら、背負い紐ごと強く抱きしめる。それから、細い首に手をあて、力をこめた。まだ、メロンパンの残りかすを唇の端につけた子も、チエミが引き寄せると紙人形のように頼りなく胸元に倒れかかった。半分、気を失っているのだろう。鼻汁がつららのように凍てついている。カアチャン　ヌクイヌクイ……笑ったのは何年も前の出来事のようだ。雪の中に、倒れこむ。三人で逝こう。三人一緒だよ。チエミは薄れてゆく意識の中で、うっすら笑ったような気がした。

T町の畑地で母子心中か。長男と母親は意識不明。凍傷で病院に収容中。次男は絞殺死体で発見された、と翌々日の地方新聞に、小さな記事が載った。

11　さまざまな名前　サダの場合

名前って何だろう、とサダは思う。この世に生まれ出た時に、親がつけてくれた名。阿部定。戸籍とかいうものに載って、ごたいそうに役所にしまわれている名前。親に芸者置屋へ売られてつけられた名前、これは商品名か。源氏名なんて気どっているけれど。私はいったい、いくつ女名前を名乗ってきただろう。

横浜の「春新美濃」に、はじめて売られた時は、「みやこ」だった。慣れるまでに時間がかかった。次の「川茂中」では？　まるで思い出せない。富山では、「春子」。陰鬱な天候ゆえ、反対にこんな名をつけられたのか。気に入らぬ名だった。

三百人は芸妓がいるといわれた信州飯田の「三河屋」では、「静香」という名だったが、花火があがる祭の夜の、ヒステリー騒ぎを思えば、皮肉な名前だ。

花火見物の客の応対にあたふたした女将が口にした言葉が、サダの神経にさわった。「忙しいんだよ。手があいてる妓は誰でもいいから座敷へ出ておくれよ」

朝から浮かれた空気が流れ、芸妓も下働きの男や女もやたらに活気づいている。サダは頭痛がすると、浴衣のままぐずぐず寝こんでいた。サダに当てつけた言葉のように、ズキンと頭にひびいた。蜥蜴がサダの中で暴れた。紺青と緑の背がぬめぬめと光った。

「でもつきの座敷なんかに誰が出てやるもんか！　バカにすんな！」

自分の叫び声に煽られて、衣紋掛に下っていた商売ものの着物の袖をひきちぎった。絹の布地の裂ける音が小気味よかった。その感触がサダを煽った。身頃もひきちぎる。暴れろ！　暴れろ！

サダの蜥蜴が尻尾をくねらせる。紅絹の布のついたまま、鏡台を二階の階段の踊り場から蹴り落とした。頭にズキンとひびく鋭い音がした。ガラスが割れ、光が散乱した。大勢の男や女が出てきて騒ぎまわる。朋輩の着物も、小物も手当たりしだいに投げ落した。

「こっちのお祭りのほうが面白いだろ」

「静香！　やめんか」

祭の法被姿の男に羽交い締めにされた。身動きを封じられたサダの白い歯が、毛深い男の腕をギリギリ噛んだ。

ヒィーッと声をあげたのは、突きとばされたサダであった。興奮のあまり、白目になって倒れた。

千五百円の前借で芸妓として入った三河屋だが、もう三味線も踊りも、サダには面倒くさかった。芸妓は小さい頃から芸事一般を、厳しくしこまれて育つ。だが、サダのはお嬢さんの趣味、習いごとの域を出なかったので、朋輩から見下されるのが、しゃくにさわった。どうせ酒に酔った客は、ろくに見ても聞いてもいないのだ。ましてこんな田舎だ。

東京、横浜などから流れてきた顔立ちの良いサダは、客にも女将にも気ままな口をきき、それが目立ってハイカラ芸者と呼ばれ、人気はあった。それでも、サダの気は晴れなかった。自分はどうなってゆくのか。どこに落ち着く先があるのか。

花火の夜の狂態を境に、サダは芸妓から不見転芸者になった。下手な三味線で文句を言われるより、てっとり早く、からだだけを売ればいいのだ。ふん、芸妓だって似たようなもんじゃないか。そうだよ、私はついに女郎になっちまったんだ。箍《たが》がはずれたように、サダはからだを開いていった。二十歳のサダの肉体は、いくらでも男を受け入れた。花柳病にかかったが、サダは後悔するもんか、と強がった。

検黴《ばい》というものがあった。その検査にあたる医療関係者の、家畜でも扱うような侮蔑する目が、口惜しかった。洗浄液と効き目があるのがどうかも怪しい散薬が与えられた。

年増の女郎仲間の口から、大阪に飛田という大きな遊廓があると聞き、信州に飽きていたサダは大阪の天王寺村へと鞍替えした。

飛田遊廓は、明治四十五（一九一二）年一月の火事で焼けた難波新地乙部の代替として成立したというのが通説らしい。いずれにしても古い色街である。

飛田には、上級、中級、下級の差が歴然とした妓楼があった。高級といわれる妓楼は大門通りにある。それらは大青楼と呼ばれた。その裏通りに中級、さらに条件の悪い場所に下級の楼があった。

大青楼の部類に入るのが、「本旭楼」「巴里」「世界楼」などという名前からして大仰なものがあり、ダンスホールやベッドを備えた妓楼もあった。

サダが入ったのは、大青楼の部類にいれられる「御園楼」である。前借二千八百円。与えられた部屋は、天井が網代編みになっている凝った造りで、客も比較的上客だった。

飛田は吉原と同じように大門があり、一般世間とは隔絶している、とその門が語っていた。飛田への移籍まで、あちこちに鞍替えしても、腐れ縁のようにサダの行き先に稲葉が顔を出し、関係がズルズル続いていた。

もう落ちる所まで落ちたのだから、この際、人を喰いものにする稲葉ときっぱり手を切りたいと思った。

客に媚びを売らず、逆に客に機嫌をとらせるようなサダの高飛車な態度が受けて、評判は上々であった。

サダは母を呼び寄せ、稲葉との絶縁の交渉を頼んだ。手元にあった二百円の一部で、始末をつけ、残りは母への小遣いとして手渡した。はじめて、親孝行のまねごとのような気分がしたサダである。親に売りとばされ、娼妓にまで身を落とした自分が、親類とはいえ女衒の稲葉との縁切りを頼み、その世話代のように親に金を渡す。これが親孝行といえるかどうか。もらった母親の気持ちは、どんなであったろう。二百円は大金である。その重みをどう受けとめたか。

娼妓はそれぞれ小さな自分の部屋を与えられ、客をそこへ招じ入れ性行為をする。こうした売春の方法を、大阪では「居稼《てらし》」と言う。

サダは客の選り好みが激しかった。からだの相性の良い客とは、商売気ぬきで一夜に何度も抱かれ、何度も絶頂感に達した。

ここでの名前は「園丸」。ビリヤードにこったり、洋食を客におごらせたりする我儘なサダは、ナンバー3から一度も落ちたことのない売れっ妓であった。

やがて、そんなサダを落籍してやろうという会社重役があらわれた。大門の外の世界へ戻れるかと思えば、サダは陽がさしこんだような気分になった。

だが、ドタン場になって話は砕け散った。男の部下もサダ、いや園丸を買ったことがあると、あちこちで吹聴していることがわかったからだという。男は自分の立場を考えて、園丸を独占する夢を捨てたのだ。

小心な男心を、「バカな奴」とサダは罵った。恋でも愛でもないが、自分も人並みに大門の外で暮らし、男と睦みあうことに、ホッとする思いを抱いたサダであったのに。

気分が悪いやね、と飛田を辞め、名古屋の遊廓に身を移した。強がってみせても、やはり傷ついていたのだ。

元号が大正から昭和に変わっていた。名古屋市西区羽衣町の「徳栄楼」へと流れていく。楼主は最初、「まるポチャで愛敬のある妓が良い」と言っていたので、すっきりと細身で面長なサダに、源氏名もつけてはくれなかった。「新入り」とか「おい」と呼ばれる扱いは、腹立たしかった。仕方なく自分で「貞子」と名乗った。

みどり色の着物をよく身につけ、似合ってもいたので、主はそのうちサダをインコの連想からか、「おいセキセイ」などと呼び、しだいにお気に入りの妓になってゆく。

名古屋は、東京や横浜の都会的な雰囲気は無く、大阪のザックバランな陽気さとも違っていたが、馴染めばゆっくりした親切な気風の人間が多いようで、住みやすかった。しばらく順風に見えたサダの生活が、病気で一変する。当時、流行した腸チフスに罹患した。高熱が続き、赤い発疹が出た。こうなれば、もう商売はできない。意識も混濁してきた。

気に入られ、可愛がられていると思っていたサダだが、チフスとわかったとたんに、邪険に物置小屋のような暗い部屋に入れられた。看護もろくにされず冷淡に汚れ物同然に扱われたことが、サダに棘のようにつきささった。野良犬か野良猫と同じか。セキセイなどと呼ばれ、おきゃんに振る舞うことを喜んででもいるような楼主夫婦の、掌をかえしたような態度に、病気が治ったあとのサダは、もう仮の親のように二人を思う気持ちは失せた。顔も見たくない、声も聞きたくない。そう思うと、ただの一刻も、名古屋にはいたくなかった。氷の塊のようなものが、胸に残りとけてくれないのだ。

恨みなのか、自分への憐れみなのか、判然としない。

サダは普段着のまま外出し、ふらりと大阪行きの切符を買ってしまった。逃亡というたいそうな気持ちはなかった。ただ闇くもにどこかへ行きたかっただけだ。

娼妓の逃亡は、楼主側にとっては大事件である。手下を配し、日頃から張りめぐらされている網の目に話が届き、サダはあっけなく連れ戻された。飼い犬に手を噛まれたと憤る楼主の命令で、頭髪をつかんで引きずりまわされ、顔以外のからだ中を殴られ蹴られ、踏みつけられた。手ひどい折檻は、他の娼妓たちへの見せしめでもあった。サダにとって、女郎というものの正体をいやという程、知らされた出来事である。

やがて、話がつき大阪の松島遊廓「都楼」へ「東《あずま》」という名で移った。次は丹波篠山の「大正楼」。ここでは「おかる」という名だが、勘平は現れなかった。

店を移るたびに、客筋が悪くなった。楼主の扱いもひどくなる。気持ちがすさんだ。

世の中も、不景気風が吹き荒れている。

サダは二階の小暗い部屋の小さい窓から、空を見上げた。いくつ名前を変えたろう。空はどこへいっても空。雲は雲。見上げている自分は塵芥のように、流れては名前を変えてゆく。どうしたらいい？　いつになったら浅草で遊びまわっていたサーちゃんに、真っ正面から会えるのだろうか。サダは形の良い唇を、ぎゅっと血がにじむほど噛みしめた。

12 再会　萌子の場合

平成十二（二〇〇〇）年、十月。

ホテル内の空気には、雑多な種類の人間が発する体臭を消すためか、人工的な香料が入りまじっている。萌子はいつも、そう感じる。

ここ数カ月の間に、自分の体臭も変わっているのではないか。貌つきも、からだつきも。こんなシティホテルには、あまり縁がなかった。喫茶室でお茶を飲んだりしたことはある。ずっと以前、書道の宛名書きのアルバイトのために訪れた時は、従業員用の別の出入り口だった。

くだんの医師との木曜日の午後の、感情を入り込ませないデート。肉体の感覚だけをとぎすませて享受するもの。萌子は、自分のからだの愉悦だけを考える。相手のあれこれを知りたいと思ったことは、一度もない。知らなかった自分のからだの微妙な反応の発見。脳髄がしびれるような感覚を確かめること。それがすべてのような気がする。

今日は少し丈長のペイズリー模様のワンピースを着てきた。地下街のブティックで見つけたこの服はそれほど高くなく、けれども若い娘が着るようなペラペラした安物には見えないはずだ。裾のフレアーがたっぷりしていて、大股で歩くと脚にまとわりつく感じが、悪くない。

ロビーの一隅に置かれているハウスホーンで、医師から指定されたルームナンバーを押す。いつも彼のほうが先に来て、萌子を待っているのだ。

「早く上ってきて」

べとつくような声が萌子の耳殻に届く。不快なはずなのに、からだのどこかが反応する。エレベーターホールの人だかりへと進む。よどんだ空気を裂くつもりで、頭をあげ、つき進む。まだ夏物のようなカジュアルな服装の旅行客らしいカップルの後ろにつく。エレベーターの緑色の上昇ランプがともる。

そっと、だがはっきりした意志を伝えるような感触で、肩をたたかれた。ギクリと振り返る。

明るい紺色のブレザーの男だった。エレベーターに乗り込む後ろの客に突きとばされるように、群れから横にそれた。

「萌子さんでしょう」

つけられていたのか、と警戒心が湧く。

「もう忘れられたかな、栗原です」

あ、と萌子は声を出した。眉の濃い眼鏡の男。ゆっくりと眼鏡をはずすと、少し日にやけた壮年の男の貌の下から、中学生時代の幼な貌が浮かび上がってくる。

「栗原……準クン」

「覚えていてくれましたか。嬉しいな」

危険な相手ではないと知れて、萌子は大きく息を吐いた。中学時代のクラスメートだ。

「急ぐ用事があるのなら、また次の機会にします」。栗原は胸ポケットから名刺入れを出して、一枚抜き取ると、萌子に差し出した。

「いいえ、急ぐことは何もないんです」

自分に言い聞かせるように、萌子ははっきりと言葉を発した。そうだ、もうあの男の待つ部屋へは行かない。もう終わりにする。からだ中に力をこめるように、そう思った。

「じゃあ、あそこのラウンジでお茶、いいですか」。はっきりとうなずく。

手渡された名刺には、大阪が本社の大手電気メーカーの会社と、営業課栗原準の名がある。

「何年振りだろう。よく似た人だと横顔を見つめたけど、確信がなくて、前にまわりこんでつくづく眺めたんだ」

「いやね。老けたと思ったでしょ」

「思わなかった。絶対君だと思って、肩をたたいた」

コーヒーが届くと、二人の間にややぎこちない空気が流れた。栗原はここに泊まっているらしく、ブリーフケースも何も持っていない。逃げ場の無い客室の並ぶ細い絨毯が敷かれた通路で出会わなくて、良かったと、萌子は思う。汗まみれになって、男を受け入れた後の自分でなくて、良かったと思う。私の体臭に男のそれがまじっていないのが、嬉しかった。そう思う自分に、萌子は少し驚いてもいた。

「何年ぶりかしら」

「今、僕もそれを胸の中で数えていた」

「私たち、中学の三年間ずっと同じクラスだったわね。不思議に一緒だった」

春休みが終わり、新しい学年のクラス分けの発表の朝。萌子はどきどきして校舎の壁に貼り出される紙を見つめたことを、思い出している。

栗原は、父親の仕事の関係か、中学一年の二学期に関東から転校してきた。三年のあと数カ月で卒業という時期に、急に九州へと転校していった。「栗原クンは、卒業の前に転校したから、卒業名簿に載っていないんだよね」

「そう。残念ながら。だからクラス会の案内も届かないし、君にも今日まで会えなかった」

コーヒーに、フレッシュを流し込む。白い重い液が渦をまき黒褐色を灰色に彩どる。

何故ほぼ三十年も昔の少年を覚えていたのだろう。彼もよく私の貌を見つけ出してくれたものだ。聞きたいことがありすぎて言葉にならない。

「連絡先を尋ねても怒らないかな」

「どうして私が怒るのよ」

萌子はコーヒーカップとソーサーを押しやって、手帳に住所氏名と携帯電話のナンバーを書いた。メールアドレスも書き加えた。

「そうだね、姓が変わったんだね、当然だろうけど。だから先刻、萌子さんとしか言えなかった」

栗原が、ちぎった手帳の小片を見ながらうなずいている。

「二年の時、文化祭で風の又三郎の劇をやったわね。覚えてる?」

「うん。脚本も自分たちで作ったね。萌はナレーター」

「栗原クンは主役だった」

顔を見合わせて、小声で言いあった。ドッドドドドウド　ドドウド　ドドウ……。

「赤く染めた髪も銀色のマントもよく似合ってた……」

「君のちょっとトーンをおさえ気味のナレーションもうまかったよ」

ドッドド　ドドウド　ドドウド　ドドウ
かつての細かった又三郎は少し肩幅が広くなり、眼鏡を掛けるようになっている。どこから見てもビジネスマンだ。

『…きりきりっとかかとで一ぺんまわり……マントがギラギラ光り、ガラスの沓がカチッ、カチッとぶつかって……』」

萌子は遠い昔、体育館兼講堂の舞台の上手で、ナレーションを間違うまいと緊張していた制服の少女を思い出していた。成績も中の上。あまり目立たぬ少女だった自分を。

〃……甘いざくろも吹き飛ばせ酸っぱいざくろも吹き飛ばせ……〃

そうだ。友達の少なかった私が、はっきり覚えているのは、転校して来てまた去ってしまった風の又三郎だった。文化祭の発表までの賑やかな高揚したクラスの雰囲気。机と椅子を後ろに寄せ、即席の舞台で懸命に台詞と動きを覚えあった。校庭へ大きな背景にする絵を持ち出して、ポスターカラーで製作した。

友人の少なかった萌子にとって、栗原と親しくなれた忘れ難い思い出だった。

ドッドド　ドドウド　ドドウド　ドドウ

楢の木の芽も引っちぎれ

とちもくるみもふきおとせ……

13　大宮五郎と出会う　サダの場合

昭和六（一九三一）年、九月十八日。柳条溝事件が起きる。満鉄線路を爆破されたという理由で日本の関東軍はすぐさま出兵。関東とは、中国山海関の東の意。奉天、吉林、黒竜江の三省を言う。明治三十八（一九〇五）年の日露戦争により、遼東半島の南端の租借権を手に入れた日本は、約一万の兵力をここに常駐させていた。中国北大営、東大営、奉天城内をまたたくまに占拠する。やがてドロ沼化する中国との戦の端緒である。

国内では、不況の風が吹き荒れていた。失業者があふれ、「大学は出たけれど」という言葉のとおり、社会不安は日を追うごとにふくれあがってゆく。

サダの場合とはちがって、大凶作の被害のため、農村の娘たちが親に身売りされることも珍しくなかった。労働争議もあちこちで多発した。やがて国際連盟脱退へと、日本は世界の中で孤立を深めてゆく前ぶれであった。

そんな頃、サダは丹波篠山の「大正楼」で娼妓を勤めていた。「大正楼」は細長い木造二階建てで、モダンな軒燈が妖しい光を放って、男たちを誘っている。外観とは裏はらに、娼妓の扱いはひどく、窓には逃走予防の格子が嵌められ、男衆の監視は厳重だった。

丹波篠山といえば、栗や黒豆の名産地として有名で、山間の地というイメージだ。飛田などと比べれば格が落ちるが、何故、遊廓が繁昌したのか。日本陸軍七〇連隊の兵舎の存在、一〇〇〇人を超える兵隊の駐屯がその解答であろう。

サダは二十六歳になっていた。どこの楼でも、美人で機転がきき、ちゃきちゃきの江戸っ子らしさが評判で、客も多くつくので比較的、我儘も大目に見られ、これまでは大事に扱われてきたサダである。

しかし、逃亡した経歴のあるサダ、病気もちのサダ、転楼するたびに借金の増えるサダは、「大正楼」では札つきの要注意人物なのだ。外へ出て行きかう男の袖を引くようしむけられた。屈辱的な扱いだった。むろん監視の男がサダを見張っている。

「これじゃあ夜鷹と変わらないや」。気位の高いサダには耐えがたかった。〝逃げよう〟。その思いが、日に日にふくらんでゆく。

横柄な商人の客の紙入れから、百円を盗んだ。もう猶予はできない。

表戸の大鍵が下りてはいたが、完全にはかかっていないことに気づいた。この機会を見逃したら、自分は下層の女郎として山里のこの楼の中で、年をとってゆかねばならない。サダは、決心した。どうせ働いても働いても、楼主は食事代、衣装代、煙草代などこまごまと請求して借金だけが肥えふとってゆく仕組みなのだ。

小雪が舞っている。コートもショールも手袋も無い。着のみ着のまま、サダはそっと大戸にぶらさがった頑丈な鍵の、鉄くさい臭いを胸いっぱいに吸いながら、重い引き戸をそろそろと引いた。誰も起き出してくる気配はない。外へ出た。盗んだ百円の金だけが、命綱だった。

　レコード屋やラジオの四角い箱から、「女給の歌」が、流れていた。神戸へと逃れたサダは、それにひかれるようにカフェの女給になった。

　ここでは、吉井信子と名乗った。小学校時代、おとなしい勉強のよくできる子が、そんな名前だったことを思い出したのだ。娼妓の頃より薄目の化粧をし、白い丈長のフリルのついたエプロン姿になった。

　朋輩たちは、大正楼にいた女たちより、本を読んだり新聞記事を話題にする者が多かった。サダは何故か女の友達を持たなかった。女たちの方が、サダを何か別世界の雰囲気を持つ得体の知れない女として敬遠するのだ。神戸の洒落た菓子などを多めに買って、仲間に配ったり、休日に映画に誘ってみても、サダに気を許して親しむ者は、いないのだった。サダの金遣いの荒さ、派手な性格では、カフェの女給の給金だけでは、到底やっていけなかった。

　翌、昭和七（一九三二）年、大阪のほうが活気にあふれているように思われて、サダは神戸のカフェを辞め、商都大阪へと移る。飛田にいたから土地に馴染みもある。カフェの女給よりてっとり早く、収入の多い仕事は無いだろうか、と知り合った男に相談をすると、商人の妾になればと紹介された。

道ゆく男の袖をひいた丹波篠山でのみじめさから比べれば、妾は安楽な身分に思われる。月の手当は、五、六十円から百円ほどもある。小ぎれいな部屋を与えられ、化粧をして待っていればよい。しかし、思わぬ落し穴に、サダは足をさらわれた。

仕事の忙しい旦那は、月に五、六回しか訪れない。幾人もの男との交情に慣らされ、肉体的な愉悦を知りつくした熟れたからだに、月に数回の夜の勤めでは、眠ることができないのだ。紺青に緑の色をとりまぜた頭の中の蜥蜴が、からだをくねらせて暴れまわる。〝オトコガホイシヨ、ドイツデモイイヤ、ダイテオクレ……〟一人寝は苦しいのだった。

昼はまだよかった。金も暇もある。〝赤い灯青い灯道頓堀の……〟と流行歌に歌われた道頓堀のあたりをぶらつき、気に入った洋食屋で洋食を食べ、ビリヤードに興じ、映画を観る。サイレント映画はトーキーに変わっていた。洋画はとくに面白かった。チャップリンにも、グレダ・ガルボにも会える。

金で囲われ、目には見えぬ鎖で縛られた身を、少しの間忘れさせ、まったくの別世界へと連れ出してくれるのが有り難かった。

暗闇で、隣りの席からそっと手が伸びてくれれば、その手を自分の濡れた部分に導いてやる。男が息をはずませ、耳もとで熱い言葉を耳朶の奥に注ぎこめば、二人で映画館を抜け出し、小料理屋の二階で寝た。満足のゆく男もいれば、中途半端な役立たずの男もいた。

麻雀屋の常連になり、賭け麻雀に興ずるようにもなった。警察の手入れにあい、留置場に入れられる。木の机で相対した警官が、もみ上げの長い、サダ好みのきれいな顔立ちだったので、草履を脱いだ片足で、男の股間を丁寧になであげてやった。男のズボンのその部分が、たちまち勢いよく盛り上がってくる。愉快だった。男はしばらく息を整えようと必死で肩を震わせていた。初犯ということで、早く釈放された。

昭和八（一九三三）年、一月。ハハシス。埼玉県の坂戸から、何度もサダの留守宅に電報が届いた。あいかわらず麻雀荘で、煙草をふかしながらパイを握っていたサダは、すぐには坂戸へ帰らなかった。

母の死が悲しいかと問われれば、悲しいような気がする。だが、何故か現実味を帯びて胸に迫ってくる思いが、薄かった。

それでも、虚脱感のような名状しがたい気分は、しばらくサダにまとわりついて離れない。香典を、為替にくんで送った。

ダミアの「暗い日曜日」がはやっていたが、二月に発売禁止になった。サダもフランス語はわからなかったが、パダーン　パダーンと繰り返される野太い声は、どこか暗い国へ引きずり込むような調べに思われた。

何もかも、やる気の無くなったサダの胸に、美しい友禅の振袖を着せられ、母と並んで人力車で三越デパートへ行った日々の思い出が繰り返し浮かんだ。いつのまにか、遠くへ流れてきたという思いが、身を噛んだ。

震災の後の東京は、すっかり変わったと聞く。もうリボンや筥迫《はこせこ》、木履《ぼっくり》の似合う少女ではなく、男のからだばかり欲しがる熟れた女になってはいたが、東京へ帰りたくなった。

帝都東京は、大いに変貌をとげていた。不況と妙な活気が入りまじっている。

頭頂がまるく顔の輪郭にそって優美なカーブを描くモダンな帽子をかぶり、ハイヒール姿で銀座を闊歩する女たちも多い。ムーランルージュも日劇も賑わっていた。

前年、海軍の青年将校らによる五・一五事件が起き、犬養毅首相が殺害される等、軍靴の響きが高くなっている。

同じく前年におこなわれたロスアンジェルス・オリンピックで、西竹一中尉が馬術の大障害飛び越に優勝し喝采を浴びた。その影響か乗馬は時代の人気スポーツとなり、女性ライダーも増えている。

コーヒーは五銭。ゴールデンバット七銭。市電も七銭。省線は五銭からという時代に、にわかに貧富の差が目立ってきていた。

三越デパートに張合うように、神田に伊勢丹デパートが、堂々たる建物としてお目見えした。世の中の洋風にかぶれたある豆腐屋は、地下足袋姿にラッパ、天秤棒をかつぎながら頭にシルクハットをかぶって商いをして話題になった。

サダの生家のあったあたりも、ほとんど二階屋になり、繁華街になっている。

この年の二月、治安維持法により非合法共産党員の作家、『蟹工船』の小林多喜二が、築地署において拷問の末に虐殺された。三十一歳であった。

サダは、昔の顔馴染みに頼んで、てっとり早く金の入る高等淫売のルートを教えてもらった。電話で話をつけ円タクで落ちあった客と、待合や小料理屋で交渉を持った。「大正楼」よりは自由があり、ましだとサダは思った。

永井荷風は、当時の玉の井の売春婦について、昭和七（一九三二）年一月二十二日の日記に――大通を中にしてその左右の小路は悉く売笑婦の住める処なり（略）祝儀はいずれも一二円なりという。（略）電車より昇降する人甚多し、江東の新開町にて玉の井最繁華なりと見ゆ――と記している。

多くの客の中で、日本橋室町で袋物商を営む小川夕太郎という三十七、八歳の男と懇ろになった。

顔立ちの良さも、気づかいの細やかなところも、サダの気に入った。毎日訪れるという約束で、小川の妾として囲われることになる。月の手当は六十円ほど。

生家のあった同じ町内の神田新銀町のおでん屋の二階から、日本橋本石町の華道を教える師匠の二階へと住まいを移し、落ち着いた。

父、重吉の病いが篤いとの知らせが、埼玉の坂戸町から届いた。ずっと恨みに思い続けた頑固な父親だった。親らしい情のこもった言葉をかけられた思い出は一つもない。

自分を今のような境涯に落しこんだ元凶だと、憎んでいた。あんな奴、死ねばいいとさえ思ったこともある。自分には父親はいないのだ、と自分自身に言い聞かせたこともあった。

だが今では、老いた父の気持ちを少しはわかろうとする自分がいる。商売がうまくゆかなくなり、後継ぎと思った息子は道楽者でとても望みはない。店を売り払い東京から埼玉の坂戸町へと都落ちした父は、人生の何もかもに腹を立てていたのだろう。捨てばちな思いで、末娘を花柳界に売りとばしたとしか理解できない。一度、自分が口に出してしまったことは、後にひけぬ厄介な性格に、自分でも制御できず、こんなことになってしまったのだろうか。

サダが時にカッとなって、前後の見境もなく、暴れてしまう性格は父譲りの血のせいとも思われる。

母には死に目にも会えず葬式にも帰らなかった悔いを、父親の世話をすることで埋めあわせしようという思いもよぎったのだ。

病み窶《やつ》れた老父は、かつての頑固な父とは別人のように皺に埋もれていた。肋骨が、荒い息のたびに上下する。

半開きの口から、饐えた臭いがし、垂れ流しの襁褓《むつき》からは糞尿の悪臭がした。

サダは汚れ物を始末しながら、昔の「畳重」として活気のあった頃の、職人を十数人も抱えて指図をしていた父を、映画でも思い出すように、胸になぞった。青くさいような清々しい藺草の匂い。太い畳針をずぶりと棘し、肘で押さえて糸を引く若い職人の逞しい腕。日の光にキラリと匕首のように輝いた畳針。

「お前にこんなに世話になるとは……思わなんだ……」

喉を震るわせるようにして、父がやっと口にした言葉を、サダは複雑な気持ちで聞いた。小さくなった顔をゆがめ、うなずくようにしたのは、頭を下げるつもりだったのか。サダは父の臨終まで骨身を惜しまず働き、看取りをした。

兄から三百円の金包みを渡されると、かえってがっくりと気落ちした。丹波篠山から追っ手が執拗に実家へ来る様子なので、東京へ帰った。

日本橋の旦那、小川が病気になってしまった。商売も困窮している様子に、お互いに惹かれあっていたが、諦めてサダは小川と別れた。

父の看取りに帰っていた頃、横浜の稲葉正武との悪縁が再燃した。女衒としてサダを売るたびに甘い汁を吸ってきた男である。きっぱりと縁切りをしたつもりだったのに。

まだ娼妓になる前、青い実のようなサダに、性技のいろはを教えこみ、その後もサダをしゃぶりつくしたような稲葉。そんな男が、娘を亡くして落ち込んでいると聞けば、放っておけないサダなのだ。関東大震災の起きたあの日、手に手をとって炎をかいくぐって逃げた稲葉の娘である。死んだと知って、稲葉が気の毒になる。サダは百五十円という大金を、香典がわりにくれてやった。散髪代が四十銭という時代に。

　こうした金銭感覚のゆがみは、育ちからくるものか。あるいは、サダの甘さなのか。優しさなのだろうか。弱さと言うべきか。汗して得た金ではないので、いつも金はサダの手から、すぐに消えていってしまう。

　またしても、こうして稲葉の家にしばらく逗留した。

　やがて、横浜市中区富士見町の淫売屋「山田」の口ききで、伊藤博文の立憲政友会、院外団横浜支部書記長という小原七之助に出会う。執拗に迫られて、小原の妾になった。

　二百円で家一軒持たせてやる、いい目を見させてやると、口は達者だったが、床の方は自分だけ満足すればそれでよく、口も臭くてサダを下女扱いするのが、癇にさわった。妻子持ちで、ナントカの書記長という肩書のみで資産も無い男であった。手当は三円か五円ほどしかくれない。吝嗇家であった。

　サダは見切りをつけた。別れると切り出すと、土下座して哀願し、効果が無いと知ると逆上した。

　首を絞めにかかったり、これまでにかかった金を全部返せと凄んでみせたりする。

　サダは腐ったような男、と心底からこの男が嫌いになった、別れてくれないのなら、自分が遠くへ行くよりほか無い。さて、どこへ行こうか。

サダが逃れた先は、一度娼妓として勤めたことがある名古屋であった。

名古屋は、明治末期の頃から順次、町村合併で大きくなっていった。愛知郡熱田町を組み入れ、やがて千種町や御器所村、萩野村や天白村八事を吸収する。さらに庄内町や下一色なども統合して、ひとかどの都市になりつつあった。道路の拡張や橋の建設など公共事業が盛んで、成長する都市として勢いがよかった。

名古屋市役所の本庁舎は、昭和八（一九三三）年に完成。モダンな時計台の頂きには、名古屋城をイメージしたという和風の四隅にシャチホコが載っている和洋折衷の帝冠様式と呼ばれるデザインであった。

月給取りが増え、新興層の住宅もどんどん建てられた。本町通は御幸道路として拡張され、全国的にも景気の良い都市という評判だった。

堀川運河にかかった木製の納屋橋には、市役所本庁舎完成と同じ年に、洒落た青銅の高欄が付けられた。

大須仁王門通りも、道の両側に賑やかな商店がびっしりと軒を並べ、着物に羽織姿の主婦や中折帽の男たちが、買物につめかけた。

そんな名古屋へ、サダは田中加代という名の女になって、舞い戻った。

名古屋市東区千種町の「寿」という小料理屋に、住込みの女中として雇われる。女中はサダ一人であった。

店は清潔で、ごくまっとうな主人と口数は少ないが働き者のおかみさんが経営する真面目な店である。

サダも縞の銘仙に前掛け姿で、怠けることなく働いた。小原のような下劣な男に縛られるより、よほど気がせいせいした。ラジオから流れる小唄に合わせて歌ったりするサダがいた。

昭和十（一九三五）年、四月。大宮五郎が客となって店へ現れる。

大宮五郎は、茨木県出身の士族の子として誕生。長じてのち、養子として大宮姓となる。温厚な性質で、旧制高校を卒業し、銀行員になった。真面目な仕事ぶりで信用を得て、トントン拍子に出世する。下谷や牛込、神楽坂などの各行で支店長を勤める。妻子にも恵まれ、平穏な生活を送っていた。

実兄が、名古屋で商業学校を経営していた。その兄の勧めで名古屋に居を移し、教育界に身を置くことになる。

C商業学校は、野球部が強く全国的に名を知られた強豪校である。昭和八（一九三三）年八月十九日、甲子園での中等野球準決勝で、明石中学と延長二十五回、一対〇で勝利した死闘は、球史に残るものであった。

大宮はその学校の校長代理から、二年前に校長に就任している。市会議員でもあった。四十九歳の分別ざかりである。

真面目で潔癖症気味の大宮五郎と、サダとの出会いは、平凡な料理屋の女中と、名を秘めた宴会帰りの客としてであった。

14　名古屋へ　チエミの場合

昭和五十五（一九八〇）年、六月。

不動産屋のひどく痩せた男が案内してくれたのは、公園裏の池をぐるりと廻りこんだ場所だった。キャバレー「白雪」が、従業員用に契約しているアパートだ。

二階の各部屋に直接ついた軽金属の簡便な階段を、男は息を切らせて登った。キンキンと頭にひびく靴音。男はなにか病気なのだろうと、チエミは思った。

鍵を開けると、男は鋭った顎をしゃくってチエミを中へと招き入れた。閉めきられていた部屋の、よどんだ埃くさい空気が顔をうつ。

入り口のすぐ横に、ステンレスの流台がありその奥が六畳の畳の部屋だ。どこも同じようなものだ、とチエミは思う。

「蒸風呂みたい」

噴き出す汗で額にはりついた前髪を、乱暴にかきあげるチエミに、男は鍵を投げるように渡して帰っていった。鍵も男の掌の汗で濡れ、金属の酸っぱいような臭いを放った。

カーテンの無い小さな窓から、隣りのスレート瓦の屋根が迫って見える。

キャバレー「白雪」。その名前が目に飛び込んできたのは、自分ではもう忘れたと思っている飢えと寒さと、幼い者を手にかけた辛い記憶の地に、引き戻されるものがあるからなのか。

「名古屋のむし暑さは、超一級。冬の伊吹おろしの寒さは、北海道のどこやらの街と同じらしいぜ」

就業規則のあらましと、住む場所をチエミに教えたキャバレーの支配人が言った。北海道のどこやらの街。どこことも知らぬふうの言葉にも、チエミの胸の一部に鋭い痛みが走った。私はその雪国に、二十代の自分を捨ててきた。小さな命も。もう一つの幼い命は危うく姉、富士子の手で救いあげられたが……。

情状酌量という言葉で、親子心中による幼児殺害の罪は、不起訴処分になった。

事件の知らせを受けて、すぐに駆けつけてくれたのは、夫でも親でもなかった。中学卒業と同時に家を離れ、紡績工場へと就職し、その後、関西でまともな結婚生活を送っていた姉だった。

手足の凍傷の治療もほぼ終わりかけ、病院を出されようという頃、夫だった男から、緑色で印字された紙片が、茶封筒に入れられて届いた。離婚届。こんな紙切れ一枚に、何の意味があるのだろう。チエミは働くことをやめてしまったような頭で、薄い紙片を眺め、重苦しい痛みを感じた。もうどうでもよい気がした。

姉の冨士子が、両脚に凍傷のひきつれた傷跡の残った長男、睦夫を引きとると言ってくれた。夫には渡せなかった。姉夫婦に子どもが無かったことが、チエミを救ったのだろうか。

東大阪市の住所と電話番号を手帳に書きこむと、「あんたもいつでも来ていいんだよ」と言ってくれた。まぶたの下で涙がふくれあがってこぼれそうになるのを感じながら、チエミは黙ってうなずき、頭を下げた。

冨士子のスカートを小さな手で握って、そのからだに隠れるようにしている睦夫の顔を見た。少し下がり気味の細い目元は、夫だった男に似ていた。肌理の細かい肌は私に似たのか。チエミは撫でるように視線を当てたが、睦夫の目はおびえるように母の目を避け、あちこちに動いた。

あれから、宿泊所つきの仕事をいくつかした。水上温泉の小さな温泉宿の仲居。上諏訪温泉でも働いた。高崎のキャバレーのホステスもした。あちこち転々としたが、姉の冨士子が書いてくれた連絡先の記された手帳だけは、肌身離さず持ち歩いた。命綱だった。

睦夫が小学校へ入学したという姉からの葉書が届いたのは、温泉宿の仲居時代。その年の春は、街で新しいランドセルを小さな背に負った子どもの姿ばかりが、やたらに目にまぶしかった。幾度も仕事や住居を変わったが、ほそぼそと連絡だけはした。

朋輩の古着をもらって着て、浮いたわずかな金を姉の許へ送った。息子が中学へ進んだという手紙に、過ぎてゆく時間を唇を噛んで恨んだこともある。何故、自分にはいいことが一つも起こらないのだろうかと。わが子の背の高さも、顔つきも、声すらももう想像がつかない。街で会っても、名乗りあわなければ、わからないだろう。こんな母を憎んでもいるだろう。ただ産んだだけで、命さえ奪おうとした母を。

埃とどこやらカビくさい畳の上に、ボストンバッグから出した風呂敷をひろげ、その上に寝ころがる。天井に雨もりの跡か、黒いしみがある。見上げていると、駱駝のように見えてくる。ハンドバッグを引き寄せて、タバコを取り出す。疲れた駱駝よ、まだ走れるかい？　そんなことを呟いて、ふうーっと煙を吐いてみた。

やっと秋めいた風が吹くようになった。いつまでも残暑が厳しく、寝苦しい夜が続いたが、九月もあと少しで終わるかと思えば、息がつける気がする。

流し台にとりつけてある湯沸かし器の真下に頭をさし入れ、シャンプーをする。美容院へ行けば、シャンプーとブローで代金をとられる。

チエミは美容院代を浮かすために、長い髪を、頭頂でまとめて、造花のついたコームを挿す。それで何とか格好がつく。

ヘアドライヤーの音を耳にしながら、いつのまにか機械的な音の底から、数回しか会っていない男の、含み笑いのようなどこか曖昧な声をさぐりあて、思い出していた。朋輩と一緒に、客に連れられていった栄のバー「ゆりかご」のマネージャー。津山敬一。背が高く、身のこなしも軽やかだった。男には珍しく、笑うと片頬に小さな笑窪が、傷のようにできる。すらりと形の良い指が目を惹いた。自分の凍傷の跡の残る左手や、両脚指のひきつれが一層、意識にのぼる。

先夜の男の言葉を反芻する。どこが気に入ったのか、男はチエミの脇にぴったり坐り、しきりに誘った。キャバレー「白雪」をやめて、「ゆりかご」へ移らないかと。

凍傷の跡を気にして、無意識に手をロングスカートの下へ隠すチエミの癖を、すぐに見抜いた。

「いろいろ苦労したんだろ。もう安心しなよ。僕のそばに来いよ」

自慢らしい長いしなやかな指で、チエミの手のケロイド状のひきつれを撫でた。

凍傷は、雪山で遭難しかけた時の名残りだと嘘をついている。男はチエミの両手を細身のズボンの膝の間にはさみ込んで、柔らかく締めるようにした。ふいと、涙がにじんできそうな優しさを感じた。が、男はみんな最初だけ優しいんだ、と自分に言い聞かせるように胸のうちで呟いて手を引き抜いた。

何度も男にだまされ、痛い目にあっている。その場限りの甘い言葉とわかっていても、いつも男たちの言葉や、ちょっとした仕草に、心を揺さぶられてしまう。もう四十を越えたのに、と自分に舌打ちしながら。いや、四十歳を越え、四十一になったから、よけいに、たまの男の優しい仕草や言葉に、心がじんわりとほとびるのかもしれなかった。

キャバレー勤めのノルマの厳しさと、朋輩たちの意地の悪い扱いに、嫌気がさしているところだ。自分よりずっと年若いらしい男の店へ移ろうかな、と心が動いた。

何かにすがろうとして、すがったものが、蒿よりも空しく流れ去ってしまう。そんなことを幾度も繰り返し、自分の愚かさに唇を噛んだ。また……そうなるかもしれない。用心する胸の内から、今度こそは、と男の片頬の傷のような小さな笑窪を思い出してしまうのだ。

15　お加代　サダの場合

昭和十（一九三五）年四月。

田中加代ことサダの手に、中折れ帽を渡すと、大宮五郎は先夜と同じ二階の座敷へと上ってゆく。今夜は一人だ。あれから四日しかたっていない。先夜は宴会帰りだといい、どこかの料理屋の女中二人を連れていた。今度はまっすぐここへ来たらしい。

サダは中折れ帽の内側をふっと鼻先にあててみた。ポマードの匂いと、男の頭皮の脂の入りまじった匂いがする。だが、それほど濃厚ではない。

先夜の、宴会帰りの客にしては乱れることもなく、女中たちの扱いも紳士的だった男の淡白さを、帽子の内側の匂いでなるほどとサダはうなずいている。嫌な客ではなさそうだ。

この店の春先の料理、木芽田楽や菜の花のからし和、焼筍などを運びながら、愛想よく相手をした。

胡座をかいた膝の上に、男が酒をこぼしたのを、エプロンをくるくるとはずし、素早く拭きとりながら、サダは澄ました顔で股の奥のほうまで手を伸ばして触れる。

「そんな所まで触られたら、困る」

「あら、旦那さん、どう困るんです」

サダは得意の流し目で男を見て、少しにらむようにしてから、パッと笑顔をつくった。無邪気と妖艶さが入りまじる。

「わしは遊び人じゃないから、女中だとか芸妓だとかは苦手なんだ」

「あらそうですか。そんな人のほうが、案外に場所によっては、そうでもなかったり……。試してみましょうか」

酒もそれほど飲める質《たち》でもなさそうだった。二、三本の酒で盃を伏せ、水菓子にしてくれという。男は関東の出身だといい、下谷や神楽坂の話をした。下谷には今、稲葉が住んでいる。東京の話ができるので、サダは楽しかった。

「私も下谷に嫁にいったんですよ。でもひどい姑にいじめぬかれて、離縁になりました。子どもを連れて追い出されました。ええ、子どもは叔母に預けてあります。こんな身寄も無い土地で働いているんですけど、そりゃあもう置いてきた子どものことが、いつも気にかかって」

サダの作り話に、男はいちごを口に入れながら真面目な顔で聞きいっている。すると、自分でもそれが本当のことのように思われてきて、サダはふいに涙ぐんだ。自分にはなかった生活。夫がいて、子がいて、意地悪な姑に親子の仲を引き裂かれて……。子の母になるとは、どんな気持ちなのだろう。それを味わったこともない自分を哀れに思って湧いた涙なのか。自分自身にも説明のつかぬ思いがけぬ涙だった。

男はつと立って、衣紋掛にかかった背広の上着から、大きな財布を取り出した。坐り直すと、サダの手に拾円札を握らせた。

「子どもに何か買ってやりなさい」

なにやら、からだのどこかが、じんわりと温まる気がした。サダはちょっと拝むような仕草をしてから、紙幣を胸元に入れた。

「また来る」

ぶっきらぼうに言って、男は帰っていった。

後ろから背広の肩に手を掛け、男の耳朶に唇をつけて、サダは「きっとね」とささやいた。

「お加代、お前《みやぁ》さん、気に入られたなぁ。あんばようやりゃあよ」

調理場から、手を休めずにお主将がサダに声をかけた。

サダは大阪の飛田遊廓にいた頃、客や朋輩たちに大阪弁を教えられ、かなり達者にそのイントネーションを覚えて、使うこともできる。しかし、名古屋弁は、聞きとることはできるようになったが、自分ではうまく喋ることができない。馴染めないものがある。拾円札をくれた男の関東風の言葉つきが、好ましく印象に残った。

男は数日後、また店へ現れた。背広ではなく、その夜はセルの単衣に兵古帯というくだけた姿だった。男の食事がすむと、サダは店主の許しを得て、二人で外出した。鶴舞公園を散歩した。

明治四十二（一九〇九）年に、名古屋で一番最初に造られたという鶴舞公園は、元は精進川（新堀川）の浚渫土砂が、兵器工場敷地の埋め立てに使う予定のところ、計画を上まわる土砂が出たので、御器所村の田園地域を埋めて、公園になったという。

ヒマラヤ杉がそびえ、噴水塔があり、その奥には洋風の洒落た奏楽堂があった。まわりには胡蝶ヶ池や鈴菜橋などという風雅な名前をつけられた橋もあり和風の趣をとり入れている。

奏楽堂は、明治四十三（一九一〇）年に開催された関西府県連合共進会の会場の目玉として、鈴木禎次工学士の設計で建てられた。アールヌーボー様式とイタリアルネッサンス風を混合させたドーム型の頭の品格ある建物だ。繊維業や陶磁器産業で伸びゆく都市名古屋の誇りを表していた。中央ステージをぐるりとめぐる周囲の青銅の勾欄には、君が代の音譜がデザインしてとりつけられ、すらりと首をのばした白鳥の姿が、それを守るように彫られていた。

サダが男と歩いた夜は、その名物の建造物、奏楽堂は老朽化に加え、前年の室戸台風で損傷がはげしく、取り壊されて改築を待っている時期であった。

夜桜見物の客も減り、樹々が深く呼吸する大庭園は、どこか海の底を想わせた。テニスコートも静まりかえっている。

「旦那さん、どこかで休みましょうよ」

サダは、男のからだに自分のからだの重みをあずけるように押しつけた。公園を抜け、少し歩くと、低いつつじの植込みの奥にぼんやりと軒燈の灯っている宿らしい建物が目についた。「松川旅館」と読めた。

サダが一方的にリードする形で、男との一夜が過ぎた。潔癖症なのか、男は何をするにも、事前に手を洗う。床に入っても接吻は嫌がった。なんだい、病気を怖がってるのかい。

一度火がつけばどんなことでもやってのけるサダにとって、まるで教科書どおりのような、そして淡白な男の交わりかたは、物足らなかった。挑発するように、サダはさまざまな姿態をとった。相手にも要求した。その執拗さに男は目を見張った。

「お前は凄い女だな」

息をはずませて言う。やがて、呼吸が静まると、「今まで、家内のほかの女は知らなかった」

と、正直だった。サダの性技の巧みさに圧倒され、驚き、はじめての境地を知って我を失ったような表情に変わっている。

性的には満足感が得られなかったが、金離れが良く、人柄にあくどさが無いのでサダは、男を大事にしようと思った。三十歳を過ぎた女の処世術かもしれない。

九歳の子どもを置いてきたと作り話をしたが、サダにはそんな年頃の子が、どんなことを言い、どんなものを好むのか、さっぱりわからず興味もわかない。男のほうが、会うたびに父母のいない子を不憫がって、いろいろと聞きたがる。それがサダには意外で、作り話と表情に苦労した。

男のすすめや、丹波篠山の遊廓の追っ手を逃れることもあって、サダは本籍地を名古屋市東区千種町へと移した。

料理屋「寿」の女中の仕事に身が入らなくなったサダは、「福住」という小料理屋に鞍替えした。男はここへも、しばしば現れた。

子どものことばかり尋ねられるのに飽きたサダは「子どもが疫痢で死んでしまった」とうちひしがれた風情をしてみせた。店も休み、東京へ行くというサダに、

「気を落さずしっかりしろ。香奠だ」

と男は五拾円を渡した。

伏し目になって金を受け取ると、男は困ったことがあれば、料理屋宛に手紙でも電話でもしてこい、と本名とは思われぬ名前を伝えてサダを励まし、また鶴舞公園を散歩しようと言い添えた。

二人が接近した夜の思い出が残るこの公園は、大正デモクラシーの時代には、民衆運動の拠点ともなった。

名古屋電気鉄道市内線の運賃値下げを要求する市民大会が公園で開かれ、焼き打ち事件にまで発展した。大正三（一九一四）年のことである。

大正七（一九一八）年、富山を皮切りに全国へと波及した米騒動の、名古屋での発端は、優雅な奏楽堂演壇でのアジ演説だという。大正十二（一九二三）年五月の、名古屋初のメーデーも、この鶴舞公園が舞台であった。

以後、サダと男がそぞろ歩いた昭和十（一九三五）年、治安維持を理由に、内務省は鶴舞公園野外での集会を禁止している。

幻の九歳の子の葬式を口実に、東京へ舞い戻ってみて、サダはやはり生まれ育った土地でこそ、のびのびでき、大きく息がつけると思った。

世間では、王道楽土という言葉が使われはじめていた。中国に、満州国がつくられ、溥儀が皇帝に即位したのは、前年の三月のこと。この年の秋、東北は冷害による凶作で、切実な困窮によりサダとはちがった思いで娘たちが親の手で苦界に売られていった。欠食児童という言葉も生まれた。

それでも、新宿へ足をのばせば、不況などどこ吹く風と、賑わいを見せていた。ムーランルージュに男たちが集まり、三越の裏の一番街へ行けば、ヱビスビールやカクテルを飲ませるカフェが軒を並べている。

その説教臭さが時に鼻についたが、親身になってくれると思い直せば、男の誠意を足蹴にすることはできない。文字を書くことが嫌いではないサダは、男に上京をうながす手紙を出してみた。来なければ、それまでだと思う。

品川の待合「夢の里」へ、男は律儀にやって来た。サダの少女の頃とは変わったといっても、やはり懐しい浅草へ男を案内した。男は仕事が忙しいと、泊まらずに帰るという。

東京駅まで送ってゆくと、保護者のような顔つきで、からだに気をつけろと、男は三拾円の小遣いをくれた。パナマ帽をちょっと持ち上げて会釈をすると、改札口へ消えてゆく。男の後姿は、サダに家族とはこんな感じなのか、と少しばかりしんみりとした感情を、一瞬だけ抱かせた。

上野へ行けば、地下鉄が走り、立派な新駅舎ビルが落成している。浅草から地下鉄が延長した新橋も、洒落た洋装や振袖などの着飾った女たちの姿や、パナマ帽に麻の背広姿の男たちで賑わっているらしい。

着道楽のサダは、古着屋で上手に垢抜けた着物を安く手に入れ、飽きれば思いきりよく売って、いつも身ぎれいにしていた。そこいらの田舎者とはちがう、という妙な気位がある。

食べものにも、決してケチケチしない。男がくれる三拾円、五拾円という金は、すぐに消えてゆく。

職人の町だったサダのふるさと神田は、今では肩で風切る学生さんにジャズが音頭とる……と神田小唄ができたように学生街に変貌している。

八月。小遣いが尽きかけていた。それ以上に、肉体のほてりをどうにかしたくなっている。サダは無性に、本名や職業をいまだに明かさない、それでいて実のある男に会いたくなった。名古屋までの切符を買い、夏帯の間にはさんだ。

名古屋は東京よりむしむしと暑かった。たたいた白粉が、汗ですぐ流れてしまう。何度も螺鈿《らでん》のコンパクトを取り出して鼻の頭に白粉をつけ直す。名古屋駅前の「清駒旅館」に泊まった。女中にビールと新聞を持ってくるように頼む。なにげなく開いた新聞に、待っている男の顔が載っていた。「大宮市議渡米」の文字が黒々と印字されている。大宮五郎、C商業学校校長。四十九歳。

いつもサダの身の上を案じてくれる男。寝間では、純情でサダの言いなりになる男の正体がやっとわかった。胸についていた金色の丸八マークのバッジは、市会議員の印だったのか。鼻下のチョビ髭も、男を立派そうに見せて写っている。サダは行きつけの旅館へ電話をかけ、男、大宮への伝言を頼んだ。何となく愉快になったサダであった。あまり馴染みのない場所、東築港にある「南陽館」へと男を呼び出した。

「大宮五郎センセ、お久しぶり」

男が、大判のハンカチで額をぬぐう手を止めた。衝撃を受けた様子だった。

「旦那さん、偉いセンセだったのね、洋行するんですって」

サダは汗の吹き出た男の顔をじっと見て、笑った。

「とうとう知られてしまったか」

男は胡座《あぐら》をかくと、自分の臍でもみつめるように、しばらく頭を垂れていた。

「お前とこんな仲になってしまって、実は困っていた。世間に知られたら、ただではすまんからな。とくに学校関係者にだけは、知られてはまずいことだった」

グラスにビールを注いでやりながら、正直に本音を言う男、大宮五郎をサダは改めて眺めた。子どもみたいだ、と思う。嘘のつけない人だ、とも思う。大いにイジメてやりたいという思いと、年下のようにも思われてくる男を、慰めてやりたくもなった。

「センセ、そんなにしょげることないでしょ。そんなに私、センセの出世のお邪魔なの？」

ビールをたて続けに何杯も飲み干すと、大宮は観念したように顔をあげた。

「お前のような女を、今まで知らなかったんだ。お前と深い仲になったわしが不運だったのか。いや、お前が他に洩らさなきゃあ大丈夫だ。校長なんていうのも、ほんとうはわしは柄に合わなくて厭だった。まあ、しばらく待ってくれ。そろそろ代議士にならんかと言ってくれている人がいる。代議士になれば、お前の身一つぐらい、なんとでもなる」

サダもビールをぐいと飲む。ほろ苦いのはビールの味だけではなかった。

紺地に薄黄色い蜻蛉の文様の絽の着物の袖をたくしあげ、サダは白い腕を見せた。大宮がぐらりとからだをサダへと倒した。むき卵のようなすべすべした腕に顔をつける。

「お前のことは、ちゃんと面倒見るからな。お加代、ちゃんと……」

泣き出しそうな声だった。サダは笑いながら、幼児をなだめるようにポマード臭い頭を撫でてやった。

サダはまた東京の下谷へ戻った。腐れ縁の稲葉の許に行くしかなかった。亡くなった娘に同情して、百五拾円という大金をやっているので、稲葉の妻も、サダを薄笑いで受け入れてくれる。狭い所で暮らせば、また馴染んだからだの関係が稲葉との間で始まってしまう。

　センセが悪いんだ。自分の身が危なくならないようにとばかり、世間を気にして。気の小さい男。サダは大宮を心の裡でそしってみる。それでも、私に惚れて、私から離れられなくなっている男。可哀そうな真面目男。

　横浜で、いっとき妾になった相手、立憲政友会院外団、横浜支部の書記長だという小原七之助が、サダを結婚詐欺で告訴した。これまでサダのためにつかった金、サダが逃げる時、持ち出した金を返せというのだ。どういう筋を辿ったか、刑事が稲葉宅にも姿を見せはじめる。何だかんだと理屈ばかりが多くて、女を物のように扱い、一度手に入れれば、吝嗇きわまりない男が、しつこく追ってくる。ああ、厭だとサダは身ぶるいした。サダはまた、居場所を失った。

　仕方なく、浜町の昔からの知り合い、高等淫売斡旋業、木村某の助けを乞う。

　筆まめなサダは、ここから大宮五郎に男名前で手紙を書いた。大宮は渡米や校務で忙殺されている様子だった。

　サダのからだは、休むことなく男を欲した。稲葉だけでなく、匿ってくれた木村とも関係を持ってしまう。飲酒を好む者がつい酒に手を出してしまうように、空身のサダは、ごく自然に彼等とからだを重ねてしまう。それでも心は、純情で誠実な大宮五郎を、どこか本気で、頼ったり慕ったりもしていた。

いよいよ金銭に困れば、木村が客をとりもってくれる。そんな客を相手に時間を過ごし、木村が用意してくれた隠れ家に戻ると、何カ月ぶりかの大宮五郎がいた。

十一月も半ばを過ぎている。大宮はトンビを羽織っていた。聞けば、もう三時間ほども辛抱強くサダの帰りを待っていたという。その間に、その家の者からサダのこれまでの行状をすっかり聞いてしまった。

知ってなお、サダを見捨てず、いや諦めきれず、三時間もの間じっと待ち続け、去らなかった男。そのことが、ずしんとサダのどこかに響いた。頼っても良い男かもしれない。いや頼らなければという気持ちが湧いてくる。

二人きりになると、大宮が覚悟を決めたような改まった顔できり出した。

「お前は大変な女だな。お加代、嘘つきで淫蕩で男を手玉にとって。だがわしは、どうしてもお前を憎みきれぬ。いや、お前の正体を知ってよけいにお前に惹きこまれる自分に驚いている。こんな気持ちになったのは、生まれてはじめてだ。もうきっぱり忘れて帰ろうと何度も思った。それでもお前を失いたくないというのも、わしの本心だ。因果なものだ」

盃をあおった男の口髭と唇が、濡れている。「ひとめ顔を見たら帰ろう、声を聞いたら帰ると心に決めていた。だが、……ダメだ」

男が泳ぐように手を伸ばしてくる。

「センセ、私の素性を知っても待ってて下さって有り難う。私もセンセにはまたきっと会えると思ってました」

こうなったらどこかゆっくり温泉へでも行こうと、大宮が言い、二人は草津へと向かった。

サダのからだの湿疹を見つけた大宮は、感染を怖れたのか、共に寝ることを避け、お前はここでゆっくり病気の治療をしろ、また来るからと約束した。サダはものたらぬ思いであったが、滞在費と当座の小遣いを受け取って、大宮を見送った。


年が明けた。昭和十一（一九三六）年の小正月に、サダは久しぶりの東京へと帰った。その間に大宮はサダを伊香保に連れ出したりした。会えばまるで親のように「真面目になれ」と説教をしたり、ひとたび床に入れば、他愛なく「わしを忘れるなよ。黙っていなくなるな。約束してくれ」としがみついて言ったりする。別れぎわには必ず、小遣いを握らせるのだった。

京都へも二人で出かけた。冬の京都は底冷えがした。炬燵に入り、座敷から庭木に静かに降り積もる雪を眺めながら、大宮は言う。

「お前はわしの言うことを聞いて、煙草をやめたな。感心だ。だんだん真面目になって、おとなしくなってきた。どうだ、どこかまっとうな料理屋へ見習いに行かぬか。そこが無事に勤まったら、小料理屋でもおでん屋でも持たせてやる。どうだやってみないか」

大宮五郎のこの言葉が、サダを運命の人、石田吉蔵へと導いてゆく。

二月、二・二六事件の起こった同じ月。新宿の口入屋、日の出屋へサダは地味な着物姿で出かけた。少しやつれた奥様風を装った。

「主人が手を出した事業が失敗しまして、借金に追われています。私が働かなくては、もう身動きができません。どこか真面目な料理屋にでも、住込ませて下さい。お願いします」

しおらしい女房の顔をつくって、サダは深々と頭を下げた。

16 壁のかけら　萌子の場合

平成十二(二〇〇〇)年、冬。

手渡されたのは、円筒形の写真のフィルムケースだった。掌の中に入ってしまう大きさ。少し重さを感じる。フィルムではなさそうだ。

「何かしら」

萌子はプラスチックの小筒を眺めた。鮮やかな色彩の小さな物体。試すように、掌を上下させると、ガサリと乾いた音がした。

小首を傾けるようにして視線を上げると、近々としたところに栗原準の顔があった。少し褐色を帯びた瞳の中に、小さな萌子の顔が二つ、写っている。戸惑った。

人工光線がたっぷり降り注ぐコーヒーショップの片隅で、向かい合っている萌子と準。もうすぐ師走に入る。店内の装飾はすでにクリスマス用のものになっている。

「開けてみて」

準は、テーブルの上のナプキン立てから、たたまれた一枚をつまんで、広げた。

蓋はポコリと音を立てて、簡単にはずれた。少し滑稽な小さな音が、萌子を明るい気分にする。

何年ぶりかの再会以来、準の出張の合い間に、お茶を飲み他愛のない話をするようになっている。

医師との精神的なものを一切排除した。まるで実験のように続けた性交渉。性感覚の確認だった。子宮摘出後も、快感は得られるものか。夫ではない男の反応、自分の感覚を確かめたかった。全摘後も、いやそれ以前よりもずっと、今のほうが性感は鋭く豊かになっている。それがわかって、自分に力が湧くようになったと思う。後ろめたさ、自責の念はほとんどない。

準との再会以来、医師との逢瀬はきっぱりと断わった。一切の連絡を拒否した。それほどの執拗さをみせず、男が萌子の身辺から消えてくれたのは、僥倖であった。ストーカーになってもおかしくない関わりであったのに。

「この上に出したら、答えがわかるよ。」

準の言葉に、紙ナプキンの上に容器を傾けて、中身をそっと出す。

土埃のような臭い。ペンキの油っぽい臭い。

朱色や濃緑、黒などに彩色されたぶ厚なクッキーに似た破片が三個。裏はでこぼこした石や砂のかたまりにみえる。

触れてみる。臭いをかいでみる。アクセサリーでも玩具でもない。

萌子は首を振った。わからない。

「ほら、テレビで見てるはずだよ。若者たちがハンマーで壊してるところ。場所はドイツ」

「あ、もしかして、これベルリンの壁？」

「の破片。本物だと思いたい。以前、上司の鞄持ちでドイツへ行った時にね、買ったんだ。そのまま、机の抽出しに眠ってた。まだ二個持ってる。君に三個あげる」

「いいの？　貴重な物なんでしょ」

準が小さく声をたてて笑った。首をふっている。きれいな歯並みが覗く。

「もうじきクリスマスだけど、君に会えるかどうかわからないし。良かったら、こういうのもあるよ、どう？」

ブリーフケースの中から、一枚の紙片を取り出してテーブルに載せる。

戦車が二台。銃を装備した兵士がその上に乗ったり、戦車の周囲で緊張した表情で立つ白黒写真が、絵葉書になっている。中央よりやや左よりに、直径三センチほどのプラスチックの丸いカバーが嵌め込まれている。その中に紺青に彩色された壁の破片が閉じ込められた葉書。破片の裏側は、紙ナプキンの上の三個と同じように、ざらざらとした灰色のセメント様だ。

政治にあまり詳しくない萌子にも、米ソの冷戦のさなかに、東西ドイツを分断する象徴として建てられた有名な壁だということは、わかった。

「この太い円柱はブランデンブルク門だよ。冷戦中も、東西ベルリンを人も車も、通行可能だった。一九六一年八月十三日まではね。この写真は、まさにこの日、壁の建設が始まった時の光景だね。円柱の間は閉ざされ、誰も出入りできなくなったんだ。でも、プラスチックの中身は、やがて壊された壁の一部さ」

萌子はうなずく。東から西へ。壁をのりこえようとして命を落とした人の悲劇も聞きかじって知っている。

「一九八九年十一月九日、検問所は廃止」

「テレビが何度も写していたわね。若者たちが壁に登って叫んだり、ハンマーを振るったりしてた。あの時の破片がこれ……」

「そう、僕が行ったのは九〇年だから、破壊された壁はまだかなり残ってたよ。この破片が観光客に高く売れるとわかってからは、インチキな物も出廻るようになったらしい。ごめん、こんなもの、こんな話、興味なかったかな?」

三つの破片をつまんでは眺めている萌子に、準は伺うような表情を向けた。

「あやまらないで。興味いっぱい。自分が歴史の中に入り込んでいるみたいな気分。素敵だわ。有り難う」

今度は萌子が微笑した。嬉しさに見合う言葉を、うまく操れない自分がもどかしい。

二人が会うのは、たいてい陽のある時刻だ。コーヒーを飲み、時に準にすすめられて、ケーキを食べたりする。彼はグラスワインを、ゆっくり口にする。お互いに、結婚して子どもがあることは話し合ったが、配偶者については、一切触れないでいる。

萌子の日常は、家事をすませ、葬儀社のアルバイトを過労にならぬ程度に入れる。東京の大学を休学して、映画づくりがしたいと言い、アルバイトに明け暮れる生活をしているらしい息子。一部上場会社の正規社員の娘も、ひとり住まいを言って、家を出ている。どちらの子どもからも、母親面をして立ち入ってほしくないというメッセージを受けとめ、今では、そういう時代かと彼等の生き方を、認めている。夫はそんな妻が不満らしい。

時々、「放っておいていいのか。お前がもっと心配してやってくれ」と、萌子を責めるような口ぶりで言う。心配だったら、父親の貴方が関わってやって下さい、と萌子は言い返せるようになっている。

仕事が忙しいから俺にはそんな暇がないことぐらい、お前が一番わかっているはずだ、というもの決まり文句が返ってきて、重苦しい不機嫌な顔の夫婦ができあがる。

アルバイトに出るようになり、わずかでも自分の収入を得ることができるようになって、萌子は少しずつ、夫に対しても言いたいことが言えるようになっている。押さえ込まれっぱなしではなくなった。

アルバイト先の仕事のシフトも、同僚と話し合って、自分の時間を得られるようになってきた。栗原準に会える日のために、他の日は、しっかり働く。働くことができる。

サラリーマンとして、かなり有望視されている様子の栗原だ。彼の話に耳を傾け、行ったことのない国、街の様子を頭に描くと、それだけで自分が少しばかり豊かになったような気がして、心が晴れる。

ドイツ、ベルリン、ブランデンブルク門。太い円柱で支えられ、その頂きに載っている壮麗な彫刻。それらについて語る彼の声をなぞるように聴いている自分。もし、語り手が夫であったなら、知識のひけらかしに思われて、彼女の耳は冷ややかに半ば閉じてしまっていたかもしれぬ。いつから、こんな風になってしまったのか。

モヘアの濃紺のカーディガンに、細身のパンツ姿の萌子は、自分と準の二人組は、世間の常識的な視線には、どう写るのだろうか、とチラと思った。

「中学生の時、なんとかいう公園に、写生大会で行ったことあったよね。覚えてる?」

そんなことがあったような気がする。鶴舞公園か。

「僕はこの頃、昔のことを思い出すんだよ。絵はわりあい好きだったし」

萌子は、美術の時間は苦手だった。それでも、校外での写生の時間は、半ば遠足のような解放感があって、すこし救われた気分がした。

そういえば、秋頃に古びた公会堂や噴水塔、奏楽堂のあたりに散らばって、写生したことがあった。

「あの公園へ行ってみないか? ここから遠いかな」

喫茶店の中は明るく、暖房が効いていたが、外は早くも夕暮れの気配だ。風も出てきているらしく、街路樹が揺れている。冷気もしみしみとふりおりているにちがいない。

「いいわ、行きましょう」

寒がりの萌子が、自らを励ますようにうなずくと、勢いよく立ち上がった。


タクシーを降りると、冷気がぴしりと頬を打つ。雪催いのような暗い雲の重なりが、空いっぱいに広がっている。

JR中央線の高架下をくぐると、すぐ円い花壇があり、もう目の前が鶴舞公園だ。中央には見慣れた噴水塔が低いコンクリートと生垣にまわりを守られるように建っている。

「ヒマラヤ杉がずいぶん育ったなあ」

中央の広い道添いの両側の木立を見上げて、ひとりごとのように、準が呟いている。つられて萌子も梢を見た。針葉樹の清々しいにおいがする。梢の先に、松かさに似ているが、もっと大きい枯れた実がのっていて、今にも落ちてきそうだ。

首元に染み入るように、寒気がしのび寄るのがわかる。思わず寒い、と首をすくめた。

グレーの肌ざわりの良い布が、準の手で襟元に巻きつけられた。フラノのマフラーだ。顎で押さえるようにしてみる。優しい暖かさ。

「貴方が風邪ひくとダメでしょ」

ほんとうは、文句なしに嬉しいのに、うまく表現できない。彼は聞こえなかったように、大股で進んでゆく。まっすぐ噴水塔に向かっている。

「そう、ここだね。この噴水塔とまわりの風景を描いて、コンクールに入選したんだ。作品が教育館とか何とか館だかに掲示されて、小さな賞状をもらった」

「美術も得意科目だったんだ、風の又三郎クンは」

「自慢してる訳じゃないよ。思い出してるんだ。この間から、心に浮かび上ってきたことを、確かめてみたくなっている。馬鹿らしいかな」

萌子は首を横に振った。

「その絵の片端に、誰かさんの後姿を小さく入れて描いたんだ」

準が歩みを止めて、萌子の横に並んだ。萌子の片手をつかんで、自分のコートのポケットに入れた。暖かかった。はじめて触れあった。それだけで萌子は、からだが熱くなるように感じた。

中学生同士のように照れながら、ポケットの中で二人の手はしっかり握りしめられた。肩がぶつかり、歩みが乱れた。

西洋式の大理石の円柱や噴水盤や、その下に受け皿のようにしつらえられた水露盤。噴き上がった水は風で折れ、水露盤に当たって散っている。その小さな塔を支えているのは、日本式の岩組み。和洋折衷が、いかにも明治調だ。夕闇が濃くにじみ出し、刺すような風が中年の男女をより添わせる。高校生らしい一群が、合唱曲を口にしながら、通り過ぎてゆく。

ヒマラヤ杉の褐色の落葉が降り積もった地面は、靴底にふわりと優しい。こうばしいような匂いが立ちのぼる。大鴉が上空から舞い降りて、低く飛んでゆく。

冬枯れの花壇の中央に建つ時計柱を見て、準が言った。

「もう帰らないといけない時間だろ？」

萌子は首を横に振る。

「帰りたまえ。また、きっと会える、連絡するから」

公園を出て、交通量の多い道路へ進む。準が、萌子ひとりのためにタクシーを拾った。

「地下鉄でいいのに」

恨めしいような気持ちで、それでも精いっぱいの微笑を作って、車中の人になる。グレーのマフラーを巻いたまま、返すことも忘れて別れてしまった。この次……、萌子は言い訳するように心に呟いて、柔らかな布地に頬をすりよせた。

17　吉田屋の日々　サダの場合

昭和十一（一九三六）年二月十日。曇ときどき雨。

新宿の口入屋に紹介された、東京市中野区新井町五三八の割烹店「吉田屋」へ、サダは出向いた。堂々とした二階建ての店構えだ。玄関を入った正面に、幅広い階段がある。床も手摺もよく磨きこまれ、艶々としている。

一階の小部屋に通されたサダは、主人夫妻と面談した。主人の石田吉蔵は、柔和な顔つきの男で、縞の着流し姿、お内儀はしっかり者らしい目つきだ。

「給金は三十円。ただし、働きようでチップがそれ以上もらえることがあるから、せいぜいがんばることだな」

響きのよい声をしている。お内儀は対象的に、ガラガラ声で品が無い。他に女中が五人いるから仕事の手順や要領を教えてもらうこと。板場の男衆とは、ややこしい関係にならぬこと等と、注意を受けた。

伊勢崎銘仙の紫と白の絣に、銀ねずの雪輪模様の帯を角出しに結んだ姿のサダは、二人の言葉の合い間合い間に、殊勝らしくハイと返事をかえした。

これまで数えきれぬ程の店と、自分でも覚えきれぬ程の源氏名で働いてきた彼女は、すぐさまこの店は悪くない職場だな、と思った。

ここでも名古屋時代と同じ田中加代と名乗った。植込みの緑の中に、千両の赤い実が小雨に濡れている。この店で真面目に勤めたら、大宮センセは本当に私に、店を持たせてくれるのだろうか。調理場から、だしの匂いと魚を焼く旨そうな匂いがからまって漂ってくる。サダは空腹を覚えた。

ここで、自分の居場所が見つかるだろうか、と自分に問いたい気持ちになった。

十日ほど夢中で過ごした。朋輩も板場の男たちも、癖のあるような人はいない。働きやすかった。仕事の手順も覚え、慣れてきた。

主人の吉蔵は新井界隈で幅をきかせ、三業組合（料理屋、待合、芸者屋）の会長にもなってはいるが、実のところ商売は年上女房のトクにほとんどまかせっぱなしであった。もっぱら好きな清元の稽古に通ったり、女遊びをしたりという有様。十七歳の長男と、十三歳の長女の父ではあるが、洒落っ気たっぷりの吉蔵である。

着物の裾に工夫をして、歩けば粋な裏地がチラとのぞくよう、仕立屋に特別に注文して粋人気どりである。歩く姿がいなせで格好いいと、近所でも評判だった。

お内儀にはもったいない色男だと、出会った当初から、きれいなもの、垢抜けたものに心惹かれるサダは、思っている。

新井薬師の縁日帰りの客で賑わい、鰻が旨いと評判の店である。大広間での軍人の宴会も多く、羽振りの良い客からのチップで、サダの実入りは、すぐ給金を超えた。瓜実顔の美人女中、お加代の噂はお薬師さんの界隈で遊ぶ男たちの間に、すぐ広まった。

ある日、よく拭きこまれた冷たい廊下を、調理場へと小走りに急ぐサダの前に、つま楊枝を啣えた吉蔵が立ちふさがった。

「お加代、どうだ仕事に慣れたかい」

笑いながら、サダの首筋から耳の後ろを、すっと撫でた。その指遣いが、いかにも女扱いの巧みさを思わせる。

「いやですよ、旦那さん、忙しいんです」

わざとつっけんどんに拒む振りでにらんだサダだが、からだのどこかが、ぞくりと反応した。好いたらしい人。胸の内で呟く。

おとなしくして、よく働くので、サダは朋輩のうけも悪くはなかった。二月も残り少なくなったこの日は、底冷えのする朝だった。勤めにも慣れてきたところなので、お内儀に暇を下さいと申し出てみた。大きな宴会が月末にあるからその時は忙しい。その前に骨休めしておいで、と気持ちよく休みをくれた。

稲葉の家へ行き、預けてあった春用の着物を持ち出したり、近所の小間物屋で、洒落たセルロイドの石鹸箱や、旅行用に携帯するのに便利な、練白粉や紅棒などの化粧品を買い揃えた。

大宮五郎が次に上京したら、塩原の温泉へ行こうか、草津のほうが良いだろうか、等と明るい気持ちで考えていた。姉の今尾とくの家にも菓子折を持って寄る。

楽しみにしていた大宮からは、電話も手紙も届いてはいなかった。水をかけられたような気持ちになった。忙しいのだろうとは思ったが、女心のわからぬ大宮へ、心の中で悪態をつく。

二月二十五日夜。いつにも増して、冷えこみがきつい。襟元をかき合わせながら、大きな階段脇にある電話室へ、サダは身を入れた。姉に、大宮への伝言をもう一度念押しして、頼んでおこうと思った。筒形の電話受信器を耳にあて、送信機に口を近づける。

その時、背後から強い力で抱きすくめられた。吉蔵が入ってきたのだ。身八ッ口から男の手がすべりこむ。乳房をじらすようにつかむ。

「昨夜は、旦那としっぽり濡れたんだろう。憎いね」

耳の奥に、吉蔵の声が小蛇のように、うねって届く。

「ご冗談でしょう」

サダが身をふりほどこうとすると、嘘つけと、耳朶を甘噛みする。乳首をいじられると、下腹部に鋭い快感が走った。外は深閑としている。雪が積もりはじめたようだ。


二月二十六日。午前三時頃。雪がすべての音を吸いとるように降り積もる。尿意を催して目覚め、サダが女中部屋から厠へ立つと、廊下に吉蔵がいた。待っていたのか。食材の仕入れに、卸売市場へ板長とでも行くのか、外出着姿だ。

黙ってサダに近づくと、両手を包み込むようにして握った。

「冷たい手をして」

言葉と一緒に自分の胸元に引き寄せると、はあーっと息を吹きかけ、温めてくれる。ああ、私が惹かれているこの人も、私を好きなんだ。そう思うとサダは震えがくるほど、嬉しさがこみあげるのを感じた。

雪は霏々として降り続いている。この時期の大雪は、帝都はじまって三十年ぶりのことらしい。

サダと吉蔵の、思い思われる男女の甘やかな情の渦潮とは、まったく関わりの無い大事件が、同じ頃、政治の中枢部で進行しつつあった。

憂国の情に意を決した二十一人の青年将校等の指揮のもとに起こされた世にいう二・二六事件である。

「……元老・重臣・軍閥・官僚等はこの国体破壊の元凶なり」「……ここに同憂同志、機を一にして蹶起し、奸賊を誅滅して大義を正し」云々という趣意書を新聞社へ、機関銃二基を据えた軍用車で、届け出た。

山王ホテルを占拠した一隊は、「尊皇、討奸」と大書した日章旗を、ホテルの広告塔に高々と掲げた。

要人の邸宅、警視庁、官邸を次々と襲い、数名を殺害。時の岡田啓介総理大臣は、女中部屋の押入れにひそみ無事。彼と間違って殺されたのは、たまたま来訪していた義弟であった。

国民は、二十六日午後七時のラジオのニュースまで、何も知らされないままであった。雪中の半蔵門前や赤坂見附、霞ヶ関などに、バリケードが築かれ、通行しようとする市民は銃剣を向けられ誰何された。

午後三時三十分の時点では、「趣旨ニ就イテハ天聴に達セラレアリ」との告示あり。実行部隊への説得がおこなわれるも、二十七日午前三時五十分には、戒厳令が、二十八日午前五時八分に、奉勅命令が出る。これより、蹶起軍は、叛乱軍とみなされた。

中村茂アナウンサーによる「兵ニ告グ今カラデモ遅クナイ……」という呼びかけと、原隊復帰のビラ及び「勅令下る軍旗に手向かうな」のアドバルーンが空を泳いだ。

二十九日の鎮圧軍の実戦以前に、下士官や兵が投降する。午後二時、帝都は平静さを取り戻す。その以前、本郷小学校、氷川小学校、赤坂市民館、そして日劇にも、避難命令にうろたえた老人、女性、子どもたちが集った。しかし、ほどなく避難は解除となった。

のち、一審制、非公開、弁護人なしという異例の裁判により、首謀者に銃殺刑が決定する。

青年将校たちの主張とは逆に、軍閥が力を増し、この国はさらに軍国主義へと歩みを速めてゆく。

そんな世相とはまったく関係なく、色ごとにかけては互いに経験豊かな男女が行きつく先は、目に見えていた。

無人の大広間の片隅や、電気を消した応接間での、二人のあわただしい情交は、他の女中たちの知るところとなり、お内儀トクの耳にも届く。

男盛りの吉蔵は、感応の良いサダのからだをじっくり味わいたいと、熱望する。

「外でゆっくりお加代と楽しみたい」

廊下ですれちがいざまに、石田がサダの耳もとに、蜜をたらしこむようにささやく。嬉しくないはずはなかった。

三月初旬、サダは久しぶりに大宮と会えた。その夜は、新宿の「明治屋」に泊まった。彼は頭を坊主刈りにしていた。その頭はどうした訳かとサダが問うと、これからしばらく勉強に専念する、その覚悟の証だと、彼は真面目くさって答えた。そして、旦那のように薄情で何ヵ月も手紙一本くれないし、寝間も淡白じゃ私がやりきれないと、サダがふくれてみせると、彼らしい大様さで言った。

「お前にいい男でもできたのなら、俺が会って、人物試験をしてやる。合格したら夫婦になるがいい。俺はお前を実の妹と思って、一生面倒をみてやるから」

いかにも校長らしい言葉か。別れぎわに、五十円をくれた。中折帽の下の項《うなじ》が、坊主頭のせいか、うすら寒そうに去っていく。


四月。桜が、風までもほんのり桃色に染めるように思われる。花見とお薬師さんの縁日帰りの客があり、吉田屋は繁昌していた。そんな一刻の賑わいが一段落した頃、お内儀が訳あり顔で「お加代さん、離れの客にお銚子を持っていって」と言いつけた。

不審な思いを抱いて部屋へ入ると、客とは石田吉蔵であった。

「ここんとこ忙しかったから、憂さ晴らしで客遊びさ」

禁酒と書いた成田様のお札を首から吊していたが、サダが酌をすると、ひょいとサダの首にひっかける。今日は特別だ、と酒を飲んで機嫌が良い。

八重次という芸者も呼んで、陽気に騒ぐ。吉蔵は芸者の三味線にあわせて、清元を口ずさんでみせた。深みのある艶っぽい喉だ。その達者な唄いっぷりに、サダはまた、ぐいっと心が惹かれるのを感じた。そんなサダの様子を、敏感にさとる吉蔵である。

「渋谷、丸山町の待合『みつわ』でゆっくり会おう」と約束を交わした。

サダはまだ、ほんとうは迷っていた。吉蔵に惚れていることは自覚している。だが、大宮五郎の誠実さにほだされ、ここいらで人生をやり直してみようか、という気持ちもあった。

どうせ吉蔵の甘い言葉は、いっときのものだろうと、惑う。惑いながらも、声の良さや遊び巧者で女扱いのうまいのに惹かれる気持ちも断ち切れない。二人きりになって、思いきり快楽の淵に溺れてみたいという誘惑にも、抗しきれなかった。

家の者の事情で、二日ばかり暇を、と願い出た。吉蔵は、店の金三百円を持ち出すと、巧みに商用を装って一足先に店を出ていく。小雨が降っていた。

サダの中の蜥蜴が瑠璃色の背を妖しく光らせて誘っている。イクトコロマデイケヨ、イッチャイナ。帯の間に手を入れて、サダは乱れる心で雨空を見上げた。細い銀色の雨が音もなく落ちつづける。

18　虹のかけら　チエミの場合

昭和五十六（一九八一）年、五月。

歯が痛い。頭の芯にひびくような痛み。鎮痛剤をそのまま、水もなくガリリと噛んでみた。舌がしびれるような苦さ。チエミは顔をゆがめる。

「頬ぺた腫れてるじゃん。歯医者に行ってこいよ」

マネージャー津山敬一の声が、頭につきささる。

医者なんぞに、ここ何年もかかったことはない。いけるものならいきたいさ。チエミは心の中で言い返して、黙ってカウンターの上をダスターで拭く。テーブル席の逆さまにされた椅子を一つ一つおろして、テーブルも拭く。

「気晴らしに飲みに来て、そんな仏頂面されとったら、客が帰ってまうだろ」

「悪かったね、もともとこんな顔ですよ」

健康保険証などというものに、縁がない働きかたばかりしてきた。温泉宿の仲居をしていた時、何が悪かったのか、食中毒のような症状に苦しんでいるチエミに、東北訛りの朋輩が、これ使いなよ、年格好も同じくらいだからバレやしないさ、と自分の保険証を貸してくれた。

生年月日、馴染みのない住所と自分ではない氏名を、忘れないように空中に指で書いて、嘔吐と腹痛にさいなまれながら、町医者に転がりこんだことがある。大事なものを貸してくれた女の名前を、あんなに必死に覚えたはずなのに、今ではもう思い出せない。思いがけず情けをかけられた相手に、礼をしたのかどうかも、覚えていないのだ。

同じような仕事についても、どこへ行っても、気まぐれのように優しくしてくれる人もいれば、どう機嫌をとっても、とことん意地の悪い人間もいる、とチエミは思うことにしている。保険証を貸してくれた首筋に黒子のあるあの女は、今どこでどんな暮らしをしているのだろう。

鎮痛剤のせいか、頭がぼんやりした感じになったが、歯の奥底から湧く痛みは、いっこうに弱くならない。ズキンズキンと脈打つような痛みが続く。歯医者へ行けば、いくら取られるのか、それを思えば鎮痛剤でのその場しのぎで、自分自身をごまかすよりほかに手はない。

「痛みがひどかったら、今夜は休みなよ」

津山敬一は優しげな声をかける。本当はどうなのだろう。

「じゃあすみません。今日はこれであがらせてもらいます。あけみちゃん、あと頼むね」

バイトに入っている若い娘にも軽く頭を下げて、チエミは帰り支度をする。

キャバレー「白雪」をやめると、すぐにアパートの部屋を追い出された。津山敬一の勧めで、スナックバー「ゆりかご」に移ったチエミの住まいを、津山がすぐに見つけてくれた。

二軒長屋の古い傾きかけたボロ家だが、文句は言えない。戦後ほどなくして建てられた一部トタンぶきのもう一軒は、すでに空き家だから、気楽だった。

「もう毀《こわ》したいんだがなあ」

と大家はしぶしぶという顔をして、チエミのからだをじろじろ見た。雨もりするらしく、畳の一部に、黒く黴がはえている。

東大阪の姉に、新しい住所と「ゆりかご」の住所を知らせる葉書を出した。姉からは封書で、自分たち夫婦も元気なこと、チエミの長男睦夫も、進路を考える時期にきていることなどを書いてきた。

何か資格を取らせて、就職に有利なように、と考えていると記してあった。もうそんな年齢になったのか、とチエミは面影も想像できない息子のことを思い、小さな写真でも送ってほしいと、姉に頼もうかと心が動いたが、固い塊でも飲み込むように胸の奥へと押し込んだ。

鍵など必要ないような引き戸の前に、小さな水たまりができている。灯油かガソリンでもこぼれたのか、濡れた地面と水たまりの片側が、虹色に光っている。痛む奥歯の方の頬に、無意識に掌を当てたまま、チエミは、つとしゃがみこんだ。大空に浮かぶ綺麗な虹を、もう長い間、見てはいない。

私にはあんな晴れやかな大きな虹より、地面にこぼれ落ちた油臭い虹のきれっぱしのようなものが、親しく感じられる。チエミはそう思った。ただの玉虫色の油分か。陽光を受けてギラついている華やかな色彩が、まぶしかった。


津山敬一というマネージャーは、チエミの年齢より一まわりも若かった。引っ越しを手伝ってくれた夜、当然のように男は泊まっていった。尋ねられて、チエミは目をつむったまま、自分の歳を実際より十歳も若く言ってしまった。

「もう三十一よ」

「そうか、俺より二つ上なんだ」

津山はチエミの乳房を撫でながら言った。少し暗紫色の乳首を口にふくんだり、つまんだりしながら、男が甘えた声を出す。部屋が暗いからいいが、もっと強い光線に腹部をさらしたら、皮膚の上の白っぽい妊娠線を見つけられてしまうかもしれない。子どもを二人も産んだ四十過ぎの女とわかれば、若い男は離れてゆくだろうか。チエミはわざとからだをくねらせて、早く、と譫言のように喘いでみせた。

八月。盆休みに入っていた。夏休みの家族旅行や里帰りする家族たちの車で、大渋滞が起こっている。スナックバー「ゆりかご」も四日間の盆休暇になった。

「次のインターで、地道へ降りようか」

男がたばこの吸殻を車の窓から道路に投げた。いらついている時の癖で、貧乏ゆすりがはじまっている。チエミは、あ、ともうんともつかぬ曖昧な返事をする。最初から気が進まなかった。もう引き帰してほしい、というのが本音だ。

男の実家がある琵琶湖の北へと向かう途中の、高速道路上だった。何といって私を親に紹介するつもりだろう。チエミは大きなあくびをする。オンボロの崩れかけたような長屋の片割れでも、自分の住まいである部屋で、手足を伸ばしてただごろごろして過ごしたい。男の両親に会ったところで、自分の人生が良いほうに転がってゆくとは思えないチエミだ。

結婚、出産、ひどい事件、離婚。大きくサバをよんでいる年齢のこと。思い出したくないあれこれが、濁った鍋の底をかきまわすと、浮き上がってくる灰汁のように自分の首を絞めるだろう。そっと、今のままでいるほうがいい。

前方に連なった車の屋根が、それぞれの色合いで強い太陽光線にあぶられ、ギラついた反射光を放っている。まぶしくて目がチカチカする。

水筒に入れてきた麦茶を、運転席の男に差し出す。

「四十キロは渋滞しとるかな」

前方の車から降りた男が、ドアで下半身を隠すようにして、道路に放尿している。

「俺もちょっとヤバイかも」

少し進んでは止まってしまう芋虫のような車列に目をやりながら、津山がやけくそのように朗らかな声で言う。チエミは車の後部座席に放り出された空缶や、菓子の入っていたビニール袋に手を伸ばす。

「いざとなったら、これにすれば」

「こんな日に出てきて失敗だったな」

男が、実家行きを諦めてくれたらいいのに、と何度目かにまた、思う。

ずっと前方の車から、幼児を抱えた女が降りるのが見える。子どもの両脚を開かせて小用をさせる。何本目かのたばこにライターで火をつけながら、チエミは目をそむける。車の後部座席に乗った幼い子どもの麦わら帽子。ビニール製の浮き輪やビーチサンダル。家族連れの海水浴か。チエミはそうした物のすべてに、軽い憎悪の気持ちを抱く。


くたびれ果てて、夜おそくに男の住まいのコーポ川口に帰り着いた。泊まっていけと、それほどの熱意もない声音で、母親が引きとめたが、二人はそのまま地道をあちこち選んで、やっと名古屋へ戻った。

湖北の小さな村の田舎家に、農協勤めがまもなく定年になるという父親と、編みものが得意だという母親が、チエミたちを待ちくたびれた様子で坐っていた。

食事は高速道のサービスエリアで済ませてきたと言うのに、浴衣地のような模様のムームーに似たワンピース姿の母親が冷麦をゆで、たくさんの薬味を添えてすすめてくれた。食卓には長い時間、出されたままだったらしい稚鮎の飴煮や山菜の天ぷらがのっている。ぐんにゃりと疲れきったような天ぷらに、太った蝿がとまって動かない。

母親は立ったり坐ったりの間に、笑顔の隅に油断のない視線をひそませてチエミを観察している。

歳は、生まれは、と予想していた質問が出るたびに、敬一が適当にはぐらかす。頭髪の薄くなった無口な父親に、ビールを注いだり、母親にみやげ物の包を開けてチエミを助けてくれる。心にしみる気づかいだった。


「疲れたなあ」

何度目かの同じ言葉と共に、敬一が寝返りを打つ。男の裸身の上に、タオルケットを掛けてやりながら、チエミは「だからよせばよかったんだ」という言葉をぐいと飲み込む。

「今度はお前の実家へ行こうか。涼しいんだろ」

「いいよそんなの」

男が腕を廻してくる。チエミは男の腕の下に頭をゆだねながら、今日散歩した湖北の田舎道の、陽にむれた草や土の匂いを反芻している。もう少し離れた村に、乙女が紅をさしたような可憐な十一面観音があるそうだ。村人が、順番で寺の鍵を預かり、参詣者があると案内することになっているという。敬一が行ってみるか、と誘ったがチエミはくたびれているると断わった。そこまでは車の通る道も無く、歩かねばならぬそうだ。家の付近を足慣らしに廻ろうという敬一について、戸外へ出た。

　少し行くと、きれいな湧水があった。芥が流れの中で踊っている。竹を割って作られた流れを取りこむ場所だ。手造りの棒杭に、アルミのコップが紐でくくりつけられている。チエミはコップではなく、両掌をくぼませて、生きもののようにすべり降りてくる水を受けて飲んだ。最初はぬるく、しだいに冷たい水が、喉を潤してくれる。何故か高山を思った。両親も老いただろう。

「あの湧き水、美味しかったね」

「もうちょっと登ったら十一面観音があるのに。国宝級なんだぞ」

観音様の前に、幼子を殺めた自分をさらすのは、怖かったのだとチエミは思う。

「どっかに店を捜すか。二人で店を持ってさ、結婚もしてさ……」

歌でもうたうように気軽に言う男。

「宝くじでも当たったらね」

はぐらかすように言い返すが、チエミは男を可愛いと思う。私の前科も、本当の年齢も知らず、夢みたいなことを言う。

大きな澄んだ青空にかかる虹にはとても手が届かなくても、あの水たまりに浮かんでいた油臭い虹のきれっぱしのようなものが、自分の身のまわりに欲しい。生きてゆく力になるような明るい何かが欲しい。それが、この男なのだろうか。

男の唇が首筋から順に下がってゆくのを、じっと目をつむって許している。

19　流連の日々　サダの場合

昭和十一（一九三六）年四月二三日。

しめし合わせたとおり、二日間の暇をとったサダは早朝から、小走りになってタクシーを拾い、新宿駅へと向かった。

本当にあの人は来るだろうか。午前八時。忙し気に往来する人の波。皆、訳あり気な顔をして進んでゆく。黒っぽい地の絵羽織を着ていたが、脱いでしまいたいほどに上気しているサダである。

鳥打帽子や中折帽などの男の頭部ばかりを目で追う。まるでウブな若い女のランデブーみたいだ、と自嘲しながらも、心がはやり目が泳ぐ。

後ろから肩をたたかれた。着流し姿の石田吉蔵が笑っている。人なつっこい笑顔だ。二人で渋谷へと出る。サダは嬉しくて肩をぶつけながら、並んで歩く。円タクに乗ると、吉蔵の手が、身八ッ口からするりと入って胸をさぐった。

日頃から女遊びに使っているのだろう、慣れた様子で丸山町の「みつわ」にサダを伴って入ってゆく。女将も女中たちも吉蔵に愛想がいい。

お召し納戸《なんど》に黄色と黒の半幅帯を矢の字に締めたサダを目で撫でまわすと、吉蔵が昼間から、風呂に入ってくつろごうと言う。

食事も贅沢なものをあれこれ注文している。

「今日はお加代とはじめてゆっくりできる記念の日だろ。そうだ、二人の祝言と洒落込もう」

「旦那さん、また嬉しがらせるようなこと言って、ここへ来るたびに言ってるんじゃないですか」

サダが打つまねをすると、その手を捕らえて吉蔵が真顔で言う。

「吉さんと呼べよ、旦那なんてよせ。三三九度もやろう。芸者も呼んでさ」

サダは一気に心が晴れた。面白い。芝居でも演じるような高揚感に、サダのからだはすでに、熱くなり下腹部が脈打つように蠢いている。

「旦那さん、いえ吉さん、ごめんなさい。今日まで私、月の障りで腰巻が汚れている。代わりを買ってきます」

「なに言ってる。月やくだろうが何だろうが、かまやしないさ。俺たち夫婦《めおと》なんだからさ。恥ずかしいこともなんにもない。ほら、こうしてやる」

吉蔵が腰巻をはいで、サダの十分に潤った部分に口づけをする。サダは心底、嬉しかった。これまで幾人の男と交わったか数知れぬ身だが、たいていの男は、サダを自分より下等の、自分の肉欲を満たすだけの道具のように扱った。自分だけが勝手に乱暴に精を放てば、すぐに威張った男に戻り、まるで汚れた物を見るような態度をとる。

吉蔵はどこまでも優しかった。自分で喜ぶより先に、サダがどれほど喜んでいるか、どこまで喜悦の境地に達しているかを確かめ確かめ、自分もそれにより添うように動き、一緒に愉楽の極みに飛ぼうとする。しばらく休めば、またサダを喜ばそうと懸命になる。

こんな男もいるのだ、とサダは自分の運の良さを何者かに誇りたかった。もっと早くにめぐりあいたかった、と思い吉蔵にかじりつく。

むれた臭いがする。自分のものか男のものか、体液も汗も酒やたばこや涙までも、混じりあった臭いだ。蒲団を胸元までひきあげてまどろみ、また互いに求めあって蒲団を脚で蹴り、剥いでしまう。

一夜が過ぎ、また二夜が過ぎた。女中が部屋の掃除を……と覗いても、追い帰す。燗酒も料理も寝床の前に運ばせる。酒を口伝えに飲ませあい、とめどない快楽の淵に二人してずぶずぶと沈んでゆく。

サダはまだこの時、吉田屋の女将との約束が気になって、帰り支度をしようとした。大勢の予約客があるから三日目には店へ出てくれと言われていた。吉蔵との営みに、からだを合わせている時にはすべてを忘れるサダであったが、一息つくと、店のことが気になった。

素振りで察した吉蔵が、帰すまいとサダの反応する部分を巧みに弄り、決心を溶かしてしまう。穴という穴に指を入れ、舌を入れサダを喘がせる。またもサダのからだはただひたすらに愉楽の沼へと引きずり込まれてゆく。

「小さな待合でも持たせてやるからさ、いつまでも末長く楽しもう」

からだを合わせて長く身を引いたり、突いたり、サダのたかぶる様子を見ながら揺さぶられるともう言葉はどうでもよかった。波のように寄せてくる快感に、息も絶えるかと思う。まるで痛みの極みに耐えるように眉を寄せ、目をきつくつむり、思わず声が漏れる。

二十七日になってしまった。稲葉の所か、姉の所にか電話がいっているかもしれなかった。「みつわ」の女将が、言いにくいんですけどね、と断わりながらこれまでの勘定を払ってほしいと催促に来た。料理も酒もぞんぶんに取り、芸者も呼んでの乱痴気騒ぎで、払いの高は嵩んでいる。持ち金が乏しくなっていた。

「みつわ」に少しの借金を残し、多摩川の待合「田川」へ移った。四月二十八日になっている。サダはもう、店へ帰る気も、男をおトクの許へ帰す気もなくしていた。

「吉さん、私がお金を工面してくるから待っててておくれ。逃げたら承知しないから」

サダは自分の襦袢を男にはおらせ、男の下帯から肌襦袢、着物などをくるくるとまるめると、階段を下りた。帳場で「出かけるけど私が帰るまで預かっといておくれ。あの人を帰しちゃ駄目だよ」と女中に心付けと一緒に押しつけた。

二十九日、浅草柳橋の芸妓屋「歌の屋」へ寄り、かねてより知り合いの芸妓から旅費の十円を借りる。名古屋へ行けば金蔓がいる。

名古屋駅に降りたつと、どんよりと雲が低くたれこめていた。駅前の「清駒館」に宿をとる。大宮五郎に連絡をつける。どうしても明日しか時間がとれぬという大宮の返事に焦れて、サダは一人ビールを飲んだ。酒の酔いが、ますますサダの身の内をほてらせる。吉蔵のものが奥深く入ってくる瞬間を思い出すと、たまらなかった。ビール瓶を当てがったりする。得意の毛筆で、吉蔵に宛て手紙を書き出したが、巧みな指使いを思い、這いまわる舌先を思い、濡れ濡れとして勢い立つものを思うと、身ぶるいが起きて筆は滞った。

翌三十日、昼過ぎに「南陽館」で大宮に会う。サダは挨拶もそこそこに、金をせびった。

「センセ、私困ってるんです。センセにはすまないと思ったけど、離れているからつい、悪い男につかまって。別れ話を持ち出したら、そいつが吉田屋に暴れこむと脅すんですよ。二百円くれたら大連にでも飛んで二度とお前のところには現れないって言うんです。私、センセだけが頼りだからやって来たのに、昨夜は一睡もしなかった……」

袖口で目をおおってみせる。大宮は渋い顔で聞いていたが、紙入れを取り出し、今日はこれだけしか持ち合わせがないが、と百円に旅費の十円も添えてくれた。五月五日には残りの金を持っていってやる、からだを大事にしろと、優しいことを言う。サダは下を向いて、もう吉蔵に電報を打つことばかりを考えていた。大宮の言う五月五日が、はるか遠い日のように思えるのだ。

20 凶行　サダの場合

「田川」の支払いも滞りがちになる。吉田屋へ電話をされたら困ると、二人は巣穴を捜す番《つがい》の動物のように、あちこち歩きまわり、荒川の尾久町四丁目の待合「満佐喜」が、良さそうな構えだと、鞍がえする。

どこへ行っても酒と食事を寝床の前へ運ばせて、夜となく、昼となく風呂にも入らず睦みあった。雨戸は閉めたままだ。

五月五日に、約束どおり、大宮五郎は新宿の「明治屋旅館」に来た。サダが出かけようとすると吉蔵が床へ引きずり込むので、夜になってしまった。サダを待ちくたびれたのか大宮は外食をし、微醺を帯びている。四時間も待ったと言いながら、サダの顔を見つめた。荒淫のため目が落ちくぼみ類のこけたサダの面ざしを見つめ、苦労していると思ったらしかった。

「また妙な男にひっかかっているんじゃないか、今夜はお前と寝なくてもいい」

大宮は用意した百円に二十円も余分につけてサダに手渡す。さすがに申し訳なく、サダは深々と頭を下げ、金包みをおしいただいた。

お前にばかり金策をさせては……と、吉蔵は五月八日から十日まで、吉田屋へ帰っていった。サダは仕方なく稲葉の家に身を寄せたが、妄想ばかりが起きて、平静ではいられなかった。きっとおトクの機嫌をとるために、私にしたような性技の限りをつくしているにちがいない。ああもし、こうもしているのか、と想像すると、身の内がカッと燃え、地団駄を踏むか、走り出しでもしないではいられないほど苦しい。生まれて初めての、嫉妬の辛さだった。もう戻ってこなかったらどうしよう、連絡が絶えてしまったら……と考えると焦燥感で、めまいがしそうだ。

十日、稲葉の家に、仕立屋に頼んでおいた羽織が仕上がって届いた。疊紙に包まれた好きな紫色の羽織を見ると、少し気が晴れた。この羽織に似合う紐を買おうと、浅草へ出かけてみる。芝居でも見れば、この身を噛むような嫉妬心から離れられるか、と「明治座」に入る。それでもふわふわした心は落ち着かず、芝居の筋書きなど少しも頭に入らず、役者を見ても、男っぷりも声も、吉蔵のほうがずっといいと思ってしまう。印象に残ったのは、女が出刃包丁を振りまわす場面だけだった。

十一日。上野の「小野」という古着屋へ、しばらく用のない袷の着物や半天を稲葉宅の柳行李から出して四円で売った。吉蔵に「玉寿司」に電話をするように連絡をし、今夜ほんとうに会えるのだろうか、と惑いながら歩くうち、「菊屋金物店」という看板が目についた。誘われるように店内に入る。出刃ではなく、鈍く輝く牛刀に惹かれた。ずっしりとした重みも握りやすさも気に入り、買った。九十銭也を支払う。

夜、省線中野駅でやっと吉蔵に再会できた。藍色のセルの着物に黒の兵古帯姿の吉蔵は、四十二歳とは思われぬ若々しさで、サダは人目もはばからずむしゃぶりついた。

「満佐喜」の二階に落ち着くと、すぐにむさぼりあった。あたいが買ってやった下帯とちがうじゃないか、お内儀さんとやったんだろ畜生。お前こそ俺の留守に浮気したんじゃないか。互いに打ったり噛みついたりしながら交合した。

薬屋のガラス戸を後手で締めると、サダは購めた品の重さを測るように、紙包みをちょっと持ち上げてみる。三十錠入りカルモチン一箱。頼りない軽さ。

十六日の夜、サダが上に乗っての嬶いのさなか、散髪に行って男っぷりの上がった吉蔵がたまらなく愛しくて、思わず枕元にとぐろを巻いている腰紐をたぐり寄せた。「絞めるよ」「おうよ、やってみな」

最初は笑って舌を出したり、おデコをたたいたりしていた吉蔵だった。絞めると吉蔵のものが、サダの秘所の奥でビクビクと生きもののように動いた。気持ちがよく、握った紐にさらに力をこめた。とたんに、唸り声を発した男に、サダはハッと手を放した。

「お加代……」

吉蔵が半身を起こし、サダに抱きついてきた。首は赤く腫れあがり、両眼も充血している。

「ごめんよ、ごめんよ吉さん」

あわてて風呂場から水を汲んできて、首を冷やす。医師を呼ぼうというと、吉蔵は拒んだ。サダの手渡した手鏡を覗いて「みっともない顔になった」と、塗りのはげた手鏡を放り出したが、怒った素振りは見せなかった。

一夜明けてから、サダは薬局に出かけた。

「うちの人が昨夜、酒の席で喧嘩になっちまって、首を絞められたんです」

着物の上に白衣を着た眼鏡の男に何か薬はないかと相談した。静かに寝かせておくよりほか、手だてはない、一カ月や二カ月はかかるよと、素っ気ない返事だった。仕方なく眠れるようにとカルモチン一箱を買った。一回に三錠しか飲ませないこと、と念を押された。

朝は柳川鍋をとったが、吉蔵は喉が腫れて痛むのか、あまり食べなかった。

着物に帯を締め、人の往来する娑婆の風にあたると、サダは空腹なことに気づいた。喫茶店「モナミ」の扉を押す。チキンライスを食べ、いつものようにウイスキーを入れたコーヒーを飲んだ。待っている男に栄養をつけねばと、スープと洋菓子を注文し持ち帰った。

元気の戻らぬ吉蔵にカルモチンを飲ませる。目をしばしばとさせ眠そうなまま、男は別れ話めいたことをとりとめなく口にした。「女房なんて飾りものさ。気にすることない。お互いにほとぼりがさめたら……」

サダには、それがこたえた。あの嫉妬にじりじり焼かれた日の記憶が甦る。吉蔵を抱き起こし、スープと共に、またカルモチンを五錠飲ませた。

眠っている男の顔を見つめる。俺を見ていてくれよ。お前は良い女だ。俺たちは一番相性のいいからだにできているんだな。可愛いよ。長く楽しもう。

これまでに吉蔵が口にした言葉を、次々に思い出しながら、サダは男に添い寝した。頭を抱いた。右手の先に、薄桃色の腰紐が横たわっている。サダは身を起こして男にかぶさるようにして、腰紐を二重に首に巻き、両端を握ると、渾身の力を込めて引いた。男はぐうッというめき声とともに、両手をびりびり震わせ、やがて静かになった。

サダは帳場に降り、ビールを一本もらった。目を上げて柱時計を見る。午前二時を過ぎていた。もう男はどこへも行かない。これでいい、と思った。ビールをラッパ飲みにし、目を閉じている男の唇に飲ませてやる。

何かに打たれたように、絵の額の裏に隠した牛刀を思い出す。そうだ、私の一番好きな一番大事な物を持ってゆこう。自分を狂喜させ、忘我の境地に昇天させた男の部分に、牛刀を当てた。力をこめる。鮮血がほとばしる。陰嚢も切り取る。皮は少し切りにくかった。血溜りを両掌に汲い、自分の腰巻にも長襦袢にもなすりつけた。からだの真ん中を血に染めて横たわる男の左腿に、指に血をつけ「定吉二人キリ」と書く。敷布にも書く。左腕に、牛刀で「定」と刻み込む。吉さん、私はサダだよ。お加代じゃない。サダと呼んでほしかった。

チリ紙を重ねて血を押さえ、雑誌を買った時の包み紙に、切り取った物を包む。男のふんどしをぐるぐる自分の腰に巻き、その間に戦利品をはさみ込み、男の下着を身につける。晴れやかな気持ちになった。もう何も恐くはなかった。

21　二〇〇一年冬　萌子の場合

萌子は、暮れや正月が好きではない。なぜそうなのか、深く心の内側を覗いたことはない。子どもの頃から、どうして一年の終わりと、次の年のはじまりをそんなに大げさに騒ぎたてるのだろう、といぶかしく思ってきた。

一家団欒とか、家族そろってというような場面が、テレビでこれでもかと流されるのが、愉快ではなかった。

両親とも、世間体を一応は気にするが、暮れや正月のしきたりに、それほど熱心ではなかった。どちらかといえば平凡な庶民的な家に育った。短大を卒業して就職し、派手でもなくごく普通の結婚をし、一男一女の子どもを得た。夫は中規模の会社に勤め、さしたる功績もなく、目にあまるような失態もないままに、今日に至っている。この先も、定年まで同じ会社で勤め終えそうな日常だ。

新世紀の到来、とか二十一世紀の世界は、などと正月の新聞は書きたてているが、川端家の正月の朝は、いつもと変わらない。

萌子は重箱に詰められた御節料理の、すきまのあいた部分に、黒豆の煮たものを加えたり、塩出し数の子をタッパーから取り出して補充した。菜箸を動かして見た目が良いように詰め直す。

少しは正月らしく、と近所の料亭が売り出した重詰めを買い、他に煮しめや、黒豆などは手造りした。大根と赤い京人参で、膾もこしらえた。年末のいつもの習慣でそうするだけで、とりわけ心をこめて造るわけでもない。そんな自分を、醒めた目で見ている自分もいる。

正月ぐらいは帰省するかと思った息子の和也も「バイトが入っていて抜けられないんだ

よ。暮れと正月のバイトは割増がつくからさ。俺？　うん、元気にやってるから」とだけ言って、短い電話は切れた。

それほど遠くない市内に、ひとり住まいをしている娘雅美は、暮れに立ち寄った。御用納めの日の夜から、同僚とスキーに行くという。温泉もあって穴場なんだよ、と言いお歳暮に来た上等のハムを「もらってくね」と紙袋に入れて去った。髪を短く切り、ボーイッシュな姿の娘は年齢よりも若々しく見える。

夫は「雅美は結婚せんのか」と萌子には不満そうに言うが、本人には面と向かって言葉をかけることはない。ずっとそうだ。何でも子ども本人にではなく、萌子に尋ねる。貴方が本人によく話を聞いて下さい、と言うと黙りこんでしまう。

相も変わらぬ夫婦だけの新年なら、重詰めも買うことはなかった、と思う。馴染みの米屋に搗いてもらった一枚の熨斗餅も余って、ほとんどを冷凍保存することになるだろう。こんなことなら、暮れも正月もなく、どこか鄙びた温泉宿へこもって、ゆっくり湯につかったりぼんやりと山でも眺めていたかったのに、と思う。しかし、温泉宿に共にいる相手を思い浮かべると、ほろ苦い思いしか浮かんでこない。近くにいる自分の夫とでは、息抜きにもならない。日常の延長でしかないではないか。

風の又三郎のマントならぬ温かいフラノ地のマフラーを思う。衣裳タンスの抽出しに、大切にしまったままだ。クリーニングに出せば、持ち主の体臭がすっかり洗い落とされてしまうようで、ビニールの袋に思い出とともに封じこめるようにおさめた萌子だ。

いつになったら持ち主に返すことができるのだろう。彼はどんな年末年始を過ごしているのか。顔の無い家族に囲まれた栗原準を想う。不思議に妬心めいたものは、湧いてこない。ゆっくりと日頃の激務から開放されて、休んでくれたらいい、と思う。一条の寂しさがまぎれこむのは、致しかたない。萌子はテーブルの上を拭く。

彼は携帯電話の番号とメールアドレス、緊急の時だけね、と念を押して会社の部署の直通電話の番号を教えてくれた。どこが住居なのか、萌子は知らない。知らなくともいいと思う。ごく細い糸でも、たぐり寄せれば彼へとたどりつく。そう思えば心は落ち着く。

もっと知りたい、もっと会いたいとせっかちになって、嫌われたくない。中学の三年生に、ふいと転校して姿を消した人だから、いつか黙って私の前からいなくなってしまうかもしれない。そう思うと、不安が雪雲のような鈍色の塊になって胸いっぱいに広がる。今はフラノのマフラーをお守りがわりにするしかない、と萌子は思う。

「ひどい事件だな」

ソファで、正月のぶあついページの新聞を読んでいた夫の始が呟く。覗いてみた。

たくさんの「謹賀新年」の下の企業名や、デパートの「初売り」広告、〃今年の抱負〃などといった事前に組まれていただろう記事とはまったく別の貌つきの記事があった。のどかな四コマ漫画のすぐ横。社会面に、七段抜きで凶々しい殺人事件が被害者一家の顔写真とともに報じられている。

「一家4人殺される」物色跡、3人は包丁で　東京・世田谷
大晦日の午前に、隣家の一家の妻の両親が、無惨な他殺体となった若夫婦と幼い孫たちを発見したという。

子どもは八歳と六歳の女児と男児。

「どうして幼い子まで殺さなきゃならなかったんでしょうね。よほどの恨みでもあったのかしら」

世田谷区上祖師谷という地名に、とくに関わりがあるのではないが、夫婦と一女一男という家族構成は同じだ。正月の新聞の淑気を切り裂くような事件だ。幼い娘をかばう姿勢で倒れていたという母親が哀れだ。そんな姿を目の当たりにしなければならなかったそのまた母の胸中を察すると、苦しくなる。

「インテリ家族のようだが」

姑はひとりごとめいて言うと、もう新聞をザバリと捨てて、テレビを見ている。

萌子は年賀状の束を手に取り、仕分けにかかる。自分宛のはいつも一番少ない。家庭の主婦とはそうしたもの、と今までは気にもとめなかった。だが、今年はたくさんある賀状の中に捜しているのは、ただ一枚だけだと気づく。来るはずの無い自分宛の賀状。マフラーの持ち主からのもの。

機械的に手を動かしていた萌子が、あッと小さな声をあげた。始には聞こえていないらしい。

巳と今年の干支一文字をたっぷりの墨で大書した一枚。隅にブルーブラックの細かなペン字がある。

——正月明け、連絡

差出人の名は無い。それでも萌子には十分に通じた。正確な住所を知らせたことはないのに、何故……という不審は、喜びの波にすぐかき消された。

昨夜から明け方にかけて降った雪が、名古屋にしては珍しく積もっている。タクシーは、水族館まで続くウッドデッキの手前の道で停った。これより先は歩けと言う。

「ごめん。こんな日に」

準がタクシーを降りる萌子に、手を貸した。

「人が少なくてちょうど良いわ。港の雪景色も悪くないし」

五センチほど積った雪の底が凍てついて、転びそうになる。準の手が素早く萌子を支える。両側に続くみやげもの屋や飲食店も、ほとんどの店が閑散としている。刺すような寒気が、足もとからはいのぼってくるが、空気は澄んでいる。

「君は寒がり屋さんだね。冬が嫌いみたいだ。僕はそんなに苦手じゃない。とくにヨーロッパの冬の、凛として骨まで凍りそうな寒さは、むしろ小気味よくて好きだよ」

他の男が言ったら、気どっているとか、自慢してるのかと、ひがんで受け取りそうな言葉が、準の口から出ると、萌子は素直にうなずいてしまう。黙って耳を傾ける。

世界一大きなペンギンと、もっとも小型のペンギンの彫刻が、雪を頭に乗せて立っている。脇には正月を祝う植栽らしく、葉牡丹や水仙の植込みが、雪化粧をして並んでいる。

目の前に、ガスタンクのようなドームと付属する大きな建物が、名港水族館らしい。

階段を登る。凍てついた部分と、半分シャーベット状になったきざはしがあって、登りにくい。どこかにエレベーターがあるはず、と思いながら、手を貸してくれる準の存在が嬉しくて、バランスを時に崩しながら登る。

登り切った正面が、チケット売り場だ。県内シニア料金と、普通の大人料金では、ずいぶん差がある。二人は顔を見合わせた。シニアにはまだしばらくあるね。ううん、案外すぐになるのかも。ささいなことで微笑しあう。

一歩、館内に足を入れると、暖かな空気が、薄絹のようにからだにまとわりつく。正面に二人を迎えるように、巨大な水槽があった。ゆらゆらと光を受けて輝く水中を、大きな魚類たちが泳いでいる。

コートを脱ぎたいほど、暖房が効いている。水槽の光のゆらめきが、斑模様になって反射し、床を照らす。バンドウイルカが数頭、からだをくねらせてゆったり泳いでいる。すべすべしたゴムのように張りきったからだの一部に、こすれたような傷跡のついたものもいる。

白と黒のコントラストが鮮やかなシャチの姿が、目立つ。大きいシャチを、小ぶりなシャチが追いかけて、すり寄ってゆく。パンダのような白黒の模様が、愛敬ある姿に見せているが、鋭い歯で鯨を襲う獰猛なところもあるらしい。別名、サカマタと説明のプレートにある。

モダンな折りたたみ式の乳母車に幼児を乗せた若夫婦や、親しげなカップルたち。まだ冬休みなのか幼稚園児とその親たち。一週間前までは、ここはもっと人々で満ちていただろう。正月の晴着姿の女性や、お屠蘇機嫌の男もいたかもしれない。港にある大きなこの水族館に来るのは、萌子ははじめてだった。

水族館へ行ってみないか。栗原準が、提案したのだった。暖かくてたくさんの魚たちが見られるよ、きっと。雪の残った東山動物園は、考えただけでも、寒々としている。萌子も子どもたちがまだ小さかった頃は、サンドウィッチやおにぎりを作って、家族そろって動物園に出かけたものだ。まだ子どもは父母を必要とし、自分たちもごく自然に親でいられた。いつから家族がばらばらになってしまったのだろう。それが、子どもの成長といえるのだろうか。萌子は頭をふる。今は、そんなことを考えなくとも。準とともに時を過ごせることだけを喜ぼう。

オーロラ海と名づけられたやや暗いホールに、海面を模して造られた場所で、白イルカが泳いでいる。不思議な色調の空が人工的に投影される。黄色や藍や紅色がまじった光が、布のように重なったり波打って現れる。オーロラは美しいといえば、そうとも見えるが、北欧の人たちが不吉な前兆、禍事のさきぶれとして忌むのも、わかるような気がした。

二人とも、もうコートを脱いでいた。さりげなく萠子の手からコートを自分の腕にかける準だ。水面と観客を隔てる人工樹脂の手すりに寄りかかって、萠子は傍らの男の横顔をみつめる。この人を長い時間、ずっと忘れていた？　意識の奥深い場所に、この人の存在を、私は閉じ込めていたのだろうか。どこで、どんな生活をしていたのか、この人のことをほとんど知らずにきた。彼もそうだったのだろうか。互いに問いただしたりしてはいない。

再会したその時から、長い空白を超えて、中学時代のひそかな思慕の念が現在の二人につながったのだろうか。

長いトンネルのような通路の両側に、小さな額縁のような水槽がずらりと並んでいる。珍しい魚や見たこともない貝類。じっと動かないもの。神経質に狭い水中を行ったり来たりしているもの。

丸い大きなトゲトゲした黒褐色の岩だと思ったのは、どこが目でどこが口か判然としない魚、オニダルマオコゼと、プレートにある。水槽の横にある映像が、この岩のように鈍重そうな物体が、近づいた魚を一瞬の早業でひと飲みにする様子を繰り返している。途方もなく醜いけれど、生きている。

萌子が、オコゼやトラウツボ、海蛇などに興味を示すのを、準が面白がる。

「じっとしているけれど、実は凶暴っていう類のものが好きなんだね」

「怖いけれど、こんな風に生きる生きものがいるって、なんだかホッとするわ」

「そう。僕は海亀に惹かれる。彼等はとても寂しい目をしているよ。長生きするのはものすごく寂しいことなんだな、と知らされる。海亀が気の毒でたまらなくなるよ。そう言いつつも、実は海亀のステーキを美味いなと食ったことあるけど」

「ほんとう？　どこで？」

「沖縄の石垣島で」

「違法じゃないの？」

「もちろん捕獲許可数の範囲内で捕ったものさ」

「とても美味しそうには見えないけど」

「いや美味しいよ。スープもなかなかいける。あの硬い甲羅の下の体脂をね、キャリピーって言うそうだけど、乾燥させてコンソメ風のスープにする。アミや魚類のほかに海藻を食べるから、ちょっと独特の匂いがするんだ。君にも試してもらいたいよ」

自分の態度や発する言葉に注意を払い、話題にしてもらうことなど、もう長い間、経験していなかった萌子だ。準の、自分にひたと向けられた視線が、まぶしい。ひろがってゆく会話が、楽しい。

巨大水槽の明るい照明の中を、数百匹と思われるイワシが群れをなして泳いでいる。トルネード、つまりイワシの竜巻がこれか。銀色の渦巻きだ。

「イッパーイ。ママッ、オトト、イッパーイ」幼児が水槽のぶあつなガラスに額をつけて、澄んだ大声をあげている。

深海の様子を写したビデオコーナーに、人はいない。並んで座った。光が届かない海底で、目をなくした魚。細長い鉄製のパイプのような脚を折り曲げているタカアシガニ。四メートルもの長さだというリュウグウノツカイは、ひらひらとからだを布のようにひらめかせて、途方もなく深い底から縦へと登る。

準が手を握った。冷たくないね、今は。萌子も強く握りかえす。貴方のマフラーを返さなければ。いいんだ。

これから、どこへ行こうか。深海。目が無くなってしまうよ。望むところよ。後方で乳児の泣き声があがる。

22　死か逃亡か　サダの場合

昭和十一（一九三六）年五月一八日（日曜日）

五月晴れの空を仰ぎ、帯の間の大切なものを、つと手で押さえる。そこにちゃんとおさまっていることを確かめると、サダは呼んでもらったタクシーで、旅館「満佐喜」をあとにした。

「あの人、よく眠っているから起こさないでね。私、ちょっと水菓子でも買ってくるから」

宿の女中に言い残して、新宿へ向かう。難事を一人でやり遂げた高揚感が、サダの全身を駆けめぐる。これからどうしょう。吉さんを追って死のうか。どこで、どうやって。吉さんが私の首を絞めてくれたらよかったのに。吉さんのあれがある。

これを持って逃げられるまで逃げてみるか。顳顬《こめかみ》が脈打つ。考えがくるくる変わる。思案しているうちに新宿に着いてしまう。新宿駅前でしばらく道ゆく人の群れを眺める。映画の一シーンを見ているような気分だ。みんな何を忙しそうに歩いているのだろう。不機嫌そうな顔をして。ともかく、まだ朝だ。サダはまた円タクを拾い、なんとなく「上野まで」と言ってしまう。

馴染みの古着屋「小野」へ自然に足が向かう。着物を見つくろう。着ている白地の結城の袷や気に入りの銀鼠地の羽織は引きとってもらい、襟元や胸に鱗模様が白抜きで飛んでいる銀色の単衣のお召を買った。差額は八円とちょっと。「着替えさせてもらうよ」と店の小部屋を借りる。あの人の下着をつけた上に着るから、いつもより着くずれた感じになるが仕方がない。差額の金の中から、木綿風呂敷をあつらえて、新聞紙で包んだ牛刀や血に染んだ腰巻なども、しっかり包み直した。下駄屋の前にさしかかったので、下駄も新調する。桐の駒下駄は一円四十五銭也。鼻緒が足に馴染むように、地面を爪先でトントンと軽く蹴っていると、ふっと自分が何をしてどこへ行こうとしているのか、とめまいが降ってきそうになる。そうだ、死んでしまえばいいんだ。ソウダヨ。シネバイイノサ。久しぶりに瑠璃色の背の蜥蜴が顔を出し、耳もとに声とも生臭い息ともつかぬものを流し込む。

懐中には、宿を出る時に持ってきた五十円ほどがあるはずだと思う。ふいに、何とかいう会があるから、と上京している名古屋の大宮五郎を思い出す。

彼に宛て、女中に手紙を届けさせたのが、数日前だった。いや、昨日のことだったか。女中は「先生はお留守でした」と言い、金の無心をしたのに、手ぶらで帰ってきた。まだ先生は神田の「萬代館」に逗留しているだろうか。

そうだ。名古屋か大阪か、どこかで死ぬにしても、先生にあんな手紙を出したからには、いずれ迷惑がかかるだろう。これまで先生にかけてもらった恩義に礼を言い、迷惑をかけることを詫びなければ。

下駄屋の隣りの店で、電話を借りた。大宮はまだ「萬代館」に泊まっていた。全国商業学校長協会の年次大会に出席のためだった。まだ彼は、サダの所業を露ほども知らない。いつもより少し元気そうな大宮五郎の顔を見ると、サダの中の緊張したものがふいにゆるみ、涙があふれて止まらなくなった。

「どうした。また悪い男にでもダマされたのか。わしは校長会でもう学校を辞めるといいきったから、気分が良いのだが」

サダを連れて、大宮は日本橋の喫茶店木村屋に入った。親切に、朝食もとっていないサダが落ち着くように、濃いコーヒーとトーストを頼んでくれた。それでも、サダは涙をおさえることができず、何も手をつけない。

「そばでも喰うか」と昭和通りのそば屋へと店を変えた。校長の職を辞して、もう一度勉強し直す気で、アパートを当たってみたが、なかなか気に入った部屋が見つからぬ……等と、サダが落ち着くのを待つように大宮が言葉を続ける。店の厨房から流れてくるだしのにおいと油のこうばしいにおいに、やっと空腹だと気づく。そばではなく、天丼を注文した。甘辛いたれのしみた飯と、揚げたての海老天のかりかりした衣が、サダの涙を止めた。

再び円タクに乗る。二人の向かった先は大塚の「みどり屋旅館」だった。

安っぽい作りの部屋に通されると、サダはまっ先に大宮に言った。言わねばならぬと思い決めた言葉だ。

「先生は、私とは関係の無い人ですからね。何があっても知らぬ存ぜぬで通して下さい。ご恩返しどころか、迷惑をかけますが、私を怨まないで下さいね」

やつれた頬を、また涙がすべり落ちる。何も知らず当惑気な男が気の毒で、こんな時に男を慰める術は、からだを開くよりほか知らぬサダであった。

先に大宮を寝具に休ませ、気《け》どられぬよう注意して吉蔵の褌を解き、男物の下着を脱ぐ。帯にはさんだハトロン紙の大切なものを布団の下にそっとすべりこませた。

「今日のお前は何だか妙なにおいがする。臭いぞ」

ドキリとするが、ごまかすために全身で男におおいかぶさってゆく。サダが誘導すれば、あっけなく事を終えて満足する大宮だった。

アパートが決まったらお前に連絡する、姉さんの所でいいか等という大宮を、小石川の壱岐坂で円タクから降ろした。「今度は二十五日に東京駅で……」という大宮に、サダはただ頭を下げて別れる。新宿六丁目でタクシーを降りた。

死ぬ前に捕まりたくない。無意識のうちにまた新橋中通りの古着商「あづまや」で、今度はセルの単衣物と名古屋帯、帯上げも買う。十二円二十銭也。着ていたお召は紙包みにしてもらう。下駄も鼻緒がきつくて歩きづらかったので、総革の草履にはきかえた。二円八十銭也。眼鏡屋で安い伊達眼鏡を。二円八十銭也。持ち金はだんだん減ってゆく。

大阪へゆく汽車賃を残しておかなければ。頭ではわかっているのに、行く当てのない心細さに浮き足だって、かえって金を使ってばかりいる。「満佐喜」へ電話をしてしまった。

「二階の人は胃痙攣だから、起こさないで」。女中はわかりました、と答えたが、この電話が命とりになった。疑惑の大きな雲が、女中の胸に竜巻のように湧き上った。

夕方、新橋六丁目の市電停留所近くの寿司屋へ入る。五十銭の寿司を注文したが、いつもは酢飯の匂いに食欲をそそられるのに、やはり喉を通らない。赤身も薄切りにそいだ章魚にも何故か胸がふさがる思いがつきあげてきて箸を置いてしまう。残りを折りにしてもらい、銀座へと歩く。「コロンバン」でコーヒーを飲む。いつも誰かに見られているような気がして、背後を確かめる。昭和通りまで歩いた。円タクに乗り浜町で降りる。公園のベンチに掛け、死ぬ方法を考える。緑陰の中を、親子連れが行く。新緑の匂い。風まで染まっているようなうすみどり。籐の可愛いバスケットを下げた女の子が、父と母に腕を吊り上げられて空中で足をバタつかせる。澄んだ笑い声が響く。

大阪の生駒山から谷底めがけて飛び込むか。それとも薬局で消毒用だと詐って、昇汞を買って飲めば死ねるか。

あれこれ迷いながら、売店で夕刊を買う。どこにも、尾久とも満佐喜とも出ていない。サダの心を濃く覆っていた死の影がすっと薄らぐ。まだ見つかっていないのなら、もう一晩だけ、この東京で過ごせるのか。

サダが、死神が離れるように感じた昼下がり。「満佐喜」には異様な事態が起きていた。驚愕と興奮。わざわざ「起こさないで」という外からの電話に、不審を抱いて女中は二階へ登り、閉ざされた襖を開けた。男に声をかけても反応がない。思いきって、敷きっぱなしの布団をはぐと、女中の

伊藤ともは、獣のような叫び声をあげ、その場に崩れ落ちた。
尾久署の電話が急を告げる。すぐさま警視庁の浦川捜査課長、中村係長、高木鑑識課長など十数名が、現場に急行した。
女将や女中の証言で、被害男性の身元も、加害者と思われる女の身元もたやすく判明した。東京都全域に、サダの顔写真二万枚が配布される。またこの夜のうちに、サダの情夫と疑われた大宮五郎も署へと連行された。
情夫、大宮五郎とサダが痴情のもつれから吉蔵を殺害したという当局の描いた筋書きは崩れた。大宮五郎は神田一ツ橋で開かれた全国商業学校長会議に出席した名古屋のC商業の校長で、市会議員という意外な展開だ。

浦川捜査課長の厳しい追求に、大宮はうなだれ、深夜の凶行はまったく知らなかったこと、当十八日午前十時からおよそ三時間半ほどをサダと過ごしたと、正直に告白した。サダとの馴れ染めから今日までの関係も話した。これで自分は、社会から徹底的に制裁を受けるだろうと、覚悟した。同時に、家族の者たちまでが、厳しく指弾されることを想像すると苦しくて、舌を噛み切って死にたい衝動にさいなまれた。

各新聞社内は、警察内部に劣らず騒然たる様相を呈していた。二・二六事件以来、軍の厳しい統制の下、思いきった筆がふるえなかった。自己規制もあった。それが、サダの事件で重石が吹き飛んだ感になった。吉蔵の死体から男性性器が切り取られたことを、どの様に表現するか。各社が頭をしぼった。

東京朝日は、「下腹部」。毎日新聞は「局所」、「急所」と表現したのは読売であった。

午後十時頃、サダは浅草の安宿「上野屋」に泊まった。まず入浴する。風呂場にも、大切なものは、持って入った。切断したあと、桜紙などで吹き出る血汐を拭きとって、「富士」を買った時の包み紙のハトロン紙が丈夫そうだったので、上包みに使った。そのハトロン紙という固有名詞は、サダの事件の後、有名になった。

湯につかりながら、時間の感覚がネジが吹き飛んだように、不分明になっていると、サダは思った。あれがいつのことだったのか。遠い日のような気もしてくる。何故、今ここに自分がいるのかもよくわからない。湯のあたたかさが、脂を溶かすように疲労を溶かしてくれるとも思われ、また反対に疲れがどっとからだ中から湧いてくるような気もする。長い一日だった。

二階の小部屋に敷かれた布団に横たわると、サダはもう起き上がれないほどの疲労に組み敷かれた。一番大切な紙包みがすこし湿気を帯びている。そっと開けて、取り出す。愛おしい物は、血に染んで縮んでいる。黒に近い色に変わっていた。唇をつける。私がキスすれば、口一ぱいになるほどみるみる怒張したのに。もう大きくなることは無い。あんなに私を有頂天にしてくれたのに。股を開げて、自分の蜜の湧き出る場所へ、当ててみる。柔らかい感触だけだ。力強く中へ中へと入って、グビグビと跳ねるようだったのに。可愛い大事なこれ。涙があふれ出る。吉さん、私こんなにこんなに、あんたが好きなんだよ。誰にもあんたを渡したくなかったんだよ。一緒に死ねたらよかったのに。サダは芯まで疲れているのに、眠れないのだった。

五月十九日（月曜日）

何時なのかはっきりしないままに、サダは帳場へと降りた。まだ誰も手を触れていない感じの新聞を読む。大きな活字が躍っている。猟奇殺人事件　夜会巻の女逃走……写真も載っている。もうダメだ。宿の者の目に届きにくい所へ新聞を匿す。身支度をし、支払いを済ませる。雨だった。傘を借りて出た。

新聞には、サダの思いもよらぬような文字ばかりが大きく載っていた。まるで小説でも読むような記事だった。自分のまだ二十代の頃のちょっと横向きの写真。若い頃らしい吉蔵の人の良さそうな笑顔。口髭に眼鏡の紳士然とした大宮の顔写真。

○尾久紅燈街に怪奇殺人　旧主人の惨死体に血文字を切り刻んで　東京朝日
○妖艶、夜会髷の年増美人　四十男を殺して消ゆ　変態！　急所を切り取り敷布と脚に謎の血文字「定吉二人キリ」　読売新聞
○爛れた中年の情痴　美人、待合で男を惨殺　外出を装って逃亡　都新聞

サダは、自分のことではないような気持ちのまま、とにかく「上野屋」を出て幾枚もの新聞をむさぼり読む。新聞のすました修正だらけの写真は、今の自分と似ていない。しばらくは逃げられるかも。大阪、生駒山、投身自殺。夜行に乗ろう。それまでの時間稼ぎに、浅草松竹館に身をひそめた。映画「お夏清十郎」は、きれいごと、人形劇のようにしか心に響かない。新聞の文字が浮かぶ。どれも自分のしたことと、遠く隔っていると叫び出したい。

午後二時過ぎ、青バスで銀座へ出る。食欲もないままに、円タクを拾い品川駅で降りた。駅は危ないかとためらったが、眼鏡をかけて窓口で大阪までの切符を買う。三等普通列車

十八時十九分発。

まだ時間がありすぎる。駅前の喫茶店に入る。コーヒーよりも、今は酒が欲しい。店の者も客も、別段自分を注視しない。運ばれてきた日本酒を、つまみ無しに流し込む。空っ腹にやけにしみた。急激に眠気がサダを襲う。テーブルに突っ伏して、寝込んでしまいそうだった。からだの芯が抜け落ちたように、しっかり立てない。

ふらふらと品川駅前を歩き、目についた「品川館」という宿に入る。大和田直三十七歳。大阪弁を使い、宿帳に偽名を記した。

すぐに風呂へ入る。ついでに按摩を呼ぶように頼む。

――サダは海辺を歩いていた。波の彼方に吉蔵が立っている。ひとなつっこい微笑。そんな所で何しているの。私も今行くから。吉蔵の像がしだいに薄れてゆく。波頭がキラキラ光ってまぶしい。足が鉛のように重くて動かない。「待って。吉さーん」自分の声で目覚めた。

「私、なにか言った?」

揉み治療師の若者は首を振った。

「お疲れのようで、よくお休みでしたよ」

ビールの追加と夕刊を注文する。妖婦、毒婦、変態、夜会巻の女、全国手配と夕刊にあった。各駅に刑事が張り込んでいる様子だ。

番頭を呼び、大阪行きの切符の払戻しを頼む。首を吊ろうと、腰紐を握って部屋の鴨居を見上げる。低い天井なので足がついてしまいそうだ。睡魔が襲ってくる。サダは、そのまま布団の上に倒れて眠ってしまった。

五月二十日（火曜日）

早朝、勘定をすっかり済ませ、女中に離れは無いのかと、大阪弁で尋ねてみた。

狭いが、離れの恰好の小部屋に移った。ここなら縁側の鴨居で、首を吊れるかもしれぬと見当をつけると、やっと落ち着いた。

遺書を書く気になって、宿の者に便箋と万年筆を借りる。大宮五郎宛。いつも堅気になれと諭してくれた礼と、迷惑をかけた詫び。稲葉の妻、黒川ハナ宛。世話になった礼。そして石田に…。

波間に立って微笑していた姿を思い出し、私もすぐに行くと書く。表書には、達筆で〝私のあなた〟としたためた。

これでいい、と思うと喉が渇いた。ビールを二本、飲み干した。

夕刻、うたた寝から目を覚ました。襖の向こうから、女中が声をかけた。

「警察のかたがお見えです」

高輪署の刑事が入ってきた。

ホッと安堵のあたたかなものが、サダをひたす。微笑がゆっくり立ちのぼる。

「はい。阿部定は私です」

その頃、国会では予算総会が開かれていた。

23　月も星もない夜空　チエミの場合

昭和五十七（一九八二）年六月。

雨が降りやまぬ。腰が重だるく痛む。チエミは、のろのろと寝床から這い出た。むし暑いよどんだ空気の中に、心を腐らせるような、得体の知れぬ気配がある。いつも、梅雨どきは嫌いだ。長い髪を乱暴にかきあげる。汗ばんだ首筋にへばりついた幾本かの髪に、いらだつ。

小型の冷蔵庫から、麦茶の入った容器を取り出し、そのまま口をつけて飲む。冷えた液体が、からっぽの胃へ落ちてゆくのがわかる。

このところ、店のマネージャー津山敬一の態度が、目立ってよそよそしい。ほとんど必要な用事以外、口をきかない。若いアルバイトのエリとは、何やら軽口をたたき合って笑い声もあげているのに。

一年前の夏、あれほど、優しく気をつかって湖北の実家に連れていってくれたのに。予感がする。もうそろそろ男が飽きる頃合なのかもしれない。

チエミの部屋へ彼が来て泊まっていったり、津山のアパートで二人もつれ合ったまま、眠ってしまったりする日々だったが、最近はチエミを自分の部屋に呼ぶことが、間遠になっている。

この間の夜のことが頭に浮かんだ。

「なんだこんな婆くさい下着なんか着て。やっぱり年だな」

チエミの肌着をつまんで嘲った男の声。ぞっとするような冷たさがあった。誰かと比べているような口ぶり。交わりも、かつてのような熱っぽさが失せ、ただ乱暴に扱うようになっている。面倒くさそうにからだを離す時の、格好の良い鼻梁が、男の酷薄さをきわだたせる。思いすごしか。いや、誰か女ができたとしか思えない。

チエミは爪を立ててアタマの地肌を掻いた。洗っていない髪の汗くさい臭い。じりじりとあぶられるような焦りと不安が、黒い汁のように胸いっぱいに広がってゆく。両親にまで紹介してくれたのに。そんな男は、はじめてだった。私が自分の親の許へ彼を連れていくのを、しぶっているのがいけないのか。飛騨の高山の両親は、今どうしているだろう。もう何年も連絡をしていない。結婚に失敗したことや、北海道での無理心中のことを、津山に知られたくなかった。幼い息子を手にかけた過去は、何としても隠し通したい。

「今夜、部屋へ行ってもいい?」

客の残したサラミソーセージとチーズの切れ端の載った皿を傾け、ペダル式のごみ箱に落としながら、津山の背中に、チエミは低い声で言った。すっと、無言のまま男が離れる。追いかけるようにからだを寄せ、今度は耳朶を噛むほどの近さで、言ってみる。合鍵をもらっているから、わざわざ言う必要もないが、言ってみたい気分だった。

「出かけるからダメだ」

突き放すような硬い声。チエミはグラスや小皿を棚に片づけながら、心の温度がぐんと下がるのを感じる。またか。男たちはいつも月日がたつと、私から離れてゆく。最初は優しくして。そのうち飽きられる。一度離れた心を引き戻すことは難しい。何度も経験してきた。いつもは、それならこちらも……と、店を替えたり生活の場所をそっくり移したり未練はなかった。

だが、年下の津山には、まだ嫌われたくなかった。出かけるって? どこへ? 彼の後をつけてみようか。店の鍵を掌にもてあそびながら、チエミは自分の焦りを、強いて嘲ってみる。やめなよ。後をつけるなんて。よけい惨めになるだけだから。だったらどうして私を実家になんか連れていったりしたのさ。もう忘れること。心の中の自分が、二人になって言いあっている。私の親にも会いに行こう、二人で店を持とうと言ったくせに。馬鹿

夜空。

全体を覆っている。雲の底に何かまがまがしいものを隠しているようだ。陰険な顔つきの

店の鍵を乱暴にかけると、濁った夜空を見上げた。月も星も見えない。ぶ厚い雨雲が空

だね、四十過ぎの女が、男の睦言を信用するなんて。十や二十のねんねでもあるまいし。

津山敬一の姿は、もうどこにも見当たらなかった。後をつけようにも、どうしようもない。それでも、このまま自分のボロ住宅には帰る気にならなかった。

チップを貯めた金で、津山にポロシャツを買ってやったり、賭け麻雀ですってしまうとわかっていても、せびられると小遣いをやっていた。その分、東大阪の姉への送金の額が減っている。自分の洋服も古着や、セールの安物ばかりで工面している。ハンドバッグも質流れの中古をよく吟味して手に入れているチエミだ。

重苦しい夜空を見上げ、たばこに火をつける。津山の行きつけの雀荘へ行ってみようか、と歩き出す。汗がじっとりと腋の下を濡らす。せめてシャワーのある部屋に替わりたい。雀荘が無駄足になったら、津山の部屋で風呂に入ろう。冷蔵庫にビールがあればちょうど良い。なにかありあわせで、つまみでも作ろうか。

やはり麻雀屋に津山はいなかった。「最近ごぶさただよ。敬ちゃん怪しいんとちがうか」常連客が、帰ろうとするチエミに、よけいな声をかけた。

モルタル塗りの津山のアパートの部屋は四階にある。エレベーターは無い。コツコツと

階段を踏む靴音が、硬く響く。

掌の中で汗ばみ、酸っぱい臭いを放つ鍵をさしこむ。

留守だと思った部屋から、男のくぐもった声がした。

「誰だ！　開けるな」

その湿り気を帯びた声に、ハッと胸をつかれる。こんな声は、あの最中の男の声だ。チエミはかえって、せかされたようにドアを開け放った。

「帰れ！」

薄明るいベッドの脇のスタンドが、からまった二つの裸身をぼんやりと浮き上がらせる。チエミは壁をさぐって電気のスイッチを入れた。男が裸身を起こし、女はシーツを被った。玄関の狭いたたきに、華奢なハイヒールが男の靴に寄り添うように脱いである。

「帰れと言っとるだろう！」

ベッドを隠すように仁王立ちになった男が、チエミの顔面を拳で殴った。よろめくとさらに、下腹を毛深い脛でしたたかに蹴り上げる。たまらずに、崩れおれた。倒れた頭を、男の大きな足が踏みつける。痛さを通り越して熱いような衝撃だった。目がまわり、自分が何かを叫んでいるのを、混乱した意識の中で聞く。髪の毛をひっつかまれる。部屋から蹴り出された。ざらついたコンクリートの埃くさい通路に、顔面が打ちつけられる。鼻血が、地図のようにみるみる広がる。ドアの閉る音が、チエミのどこかを打ち砕くように響いた。

目のまわりの痣が少し目立たなくなったので、とにかく店へ出ることにした。このまま見知らぬ土地へ流れていこうか、とも思ったが、口惜しさが腹の底からつき上ってきて、黙って消えたくはなかった。意地を張る自分を、チエミは珍しく感じた。腫れあがった顔をそのまま衆目にさらして、男の不実、非道を知らせたかった。

津山は、完全にチエミを無視した。閉店まぎわに珍しく近くへ寄ってきた。

「今夜、部屋へ来い、話がある」

低い切りつけるような声。チエミは何故か落ち着いていた。待っていたものが来た、という感じだった。別れ話だろう。恋をして、いっとき浮かれて、醒める。ジ・エンド。薄手の白っぽいパンタロンスーツの裾から、安物のオーデコロンを、シュッと吹き入れる。覚悟はしているはずなのに、チエミのからだはまだ男を離したくないと主張している。津山はまだ若いのに、女のからだをよく知っていた。扱いがうまかった。チエミの肉体が、四十歳を過ぎ、熟れていたこともあるかもしれぬ。今までで、一番快感を味あわせてくれる相手だった。最近の暴力は、これまで片鱗も見せなかったものだ。もっとも優しい接しかたをしてくれる男だった。

未練。別れたくない。もう戻れないのか。演歌の歌詞のような言葉の切端が、いくつかの水の流れに浮く病葉《わくらば》のように、チエミの胸の中でくるくる廻って止まらない。

「とんでもねえ婆あだってな、お前。ダマされた自分にあきれるぜ」

グラスを揺らし氷の音をさせながら、男が言った。やっぱり嘘がばれていたのか。いつかはばれると思っていた。あぶった剣先を指で裂きながら、チエミは男の次の言葉を待った。嘘はいくつもついている。重なった嘘のかさぶたを一枚ずつはがされていくのか。覚悟はしているつもりだった。この期におよんで、言い逃れをしても仕方ない。

「お前の子ども、俺とそう背が違わなかったぜ。あんなでっかい息子がいたとはな」

何杯目かのウイスキーのロックを喉に流し込みながら、男が言った。

心臓がゴトリと音をたてたようだった。

「子ども？　何のことさ」

「しらばっくれて、婆あ。中川睦夫だよ。お前の息子だろ」

血がさあっと引くようだった。肌が粟だつ。

「この前、お前の休みの日に、店へ来たんだよ。『息子です。母はいますか』ってよ。母を尋ねて三千里か……」

唾を吐きかけ、また拳が飛んできそうだった。

あの子が……、痩せこけた背を見せて姉に連れられていったあの細い首筋の子が。北海道での極貧の暮らし。三人で死のうとした雪の中のこと。警察病院の長い廊下を去っていった後姿しか浮かばない。あの睦夫が店へ来た？　母はいますかって。この私を母と呼ぶのか。もう顔も姿も想像できない遠い息子が。

頬骨がぎしっと音をたてる程に、男の拳が直撃した。目の前に火花が飛ぶようで、のけぞった。

「あんなでっかい息子がいるのによ。俺をだましやがって。サバを読むにも程がある」

倒れたチエミの上に、男が酒臭い息を荒らげてのしかかってくる。

「なんとか自動車の整備工だとよ。たいしたもんだ。食いっぱぐれはねえ。『母をよろしく』だとよ」

話しながら、男の手がチエミの服をはぎ、下着をむしり取る。その同じ手で顔を殴る。首を絞めあげる。情愛のかけらも感じさせない荒々しい行為が、チエミの心を噛む。懲罰としての性行為。憎悪のこめられた肉体の酷使。男に殴られ組み敷かれ、両脚をジャックナイフのように頭上にまで折りたたまれた私を、あの子は母と呼ぶのか。母をよろしく。どんな声音で？　こんなに私をいたぶる男に、あんたはそう言ったの？　頭を下げたの？　突きあげられながら、チエミは姿も顔も声音も浮かんではこない幻のような青年の像に向かって叫びたかった。男が果てた。チエミの両眼から、灰色の涙がしたたり落ちた。

雨がやまない。店の休日なので昼過ぎまで眠ってしまった。あれからというもの、店でも津山は、チエミを婆あと呼び何かにつけて罵倒する。バイトの若い女がその様子を、笑って見ている。

あの夜、ことが終わっても怒りがおさまらない男に、背中に火のついたタバコを押しつけられた。熱さがきてやがて強烈な痛みが襲った。肉が焼けるいやな臭い。若い娘のオッパイはこんなふにゃふにゃとはちがうぜ。そう言いながら乳房をしたたかにひねりあげられた痛み。

あちこちの痣が紫や青、黄色味を帯びたものに変色していく。そんなからだを、氷水で冷やしたタオルで押さえるようにそっと拭く。まるで紫陽花じゃないか、と自嘲する。花の美しさとは無縁の醜い屈辱の跡。新聞広告に出ていた新規オープンというキャバレーへ移ろうか。日給の高さが頭に残っている。

面接に行こうか。目のまわりの黒ずみを手鏡で見る。ファンデーションを厚く塗れば、ごまかせそうだ。なぜひどい暴力をふるう若い男から逃げ出さないのか。これまでは、すぐさま別の土地へ身を移した。かつての男の優しさが、忘れられないのか。

ハンガーからワンピースをはがし、着替える。背中の火傷の跡に布地が触れると、ひりひりと痛む。母はいますか、と店を尋ねてきたという息子を思う。恨み言ならいくつもあるだろう。恨んで当然だ。まるで捨てるように姉に預け放しのチエミだ。思いがけず、津山の口から聞かされた睦夫のこと。何か就職のために有利になる専門学校へ……ということは姉からの便りで知っていたはずだ。だが、チエミには整備工という睦夫の現在が、何も浮かんではこない。なぜ僕を捨てた、と責める言葉であったほうが、辛くない。母と呼ばれる資格もない自分だ。胸をしめつける雪の日の遠い記憶。凍傷の跡は、まだ残っているだろう。あのまま、自分と幼い者たち二人は、雪に覆われて雪原の景色の一部になってしまったほうが、良かったのだろうか。

キャバレーのホステスに鞍替えして、少し金が入ったら姉に送金しようと、自分に言い聞かせるように決心する。

六月二四日、夜
どうしても、もう一度津山敬一に会いたかった。

「嘘つき婆あのお前とちがって、ピチピチの若い娘とつきあっとる。鍵返せ」と言われたのを、忘れている訳はない。それでもチエミは鍵を返すつもりはない。

新しいキャバレーで、しつこい嫌な客にからまれた。朋輩の嫌がらせにもうんざりする。もやもやした気分を、津山とビールを飲んですっきりさせたかった。暴力を恐れる気持ちは、薄れている。

缶ビールを三本買った。用意した布袋に、ずしりと重みが加わる。乾きものばかりだが、とりあえずのつまみも手に入れた。ふっと、睡眠薬錠剤の小壜も、ハンドバッグに落とすように入れた。ぐるぐる巻いて麻紐で縛ったゴムホースまで袋に入れる。津山が帰らなかったら、あの部屋でガス自殺をしてやろうという漠とした思いもあったのだ。

鍵がかかっていた。不在のようだった。鍵を変えられているかもしれないと危惧したチエミだったが、杞憂だった。

タバコやアルコール、食料や整髪料などの臭いの混じりあった濁った空気が押し寄せる。小さな台所の窓を開けた。

店が終わって、男が帰るまでに、まだかなり時間がありそうだ。ベッドに腰かけて、持参したビールを飲む。男の体臭のするパジャマが、ベッドの端から垂れている。上着をたたみ、ズボンも丁寧に掌で押すようにして皺をのばして整える。つきあっているという若い女はここへは来ないのか。先日の、からみ合っていた白い裸身の女がそうなのか。胸うちを引っかくようなじりじりとした焦燥感が湧きあがる。若い女。私にだって若い時期はあった。飛びすさるように過ぎてしまったが。若さがそんなにいいのか。男が甘えるように乳房に口をつけたり、逆にチエミの髪をなでて、可愛いよと言ったのは、いつのことだったろう。思い出しても仕方のないことばかりが、きれぎれに浮かぶ。急に出現した息子の睦夫のことを考える。金が欲しかったのだろうか。私に会えず、津山に冷たくあしらわれただろうあの子は、どんな気持ちで帰ったのか。姉の所に居づらくなったのか。とりとめのない想いの切れ端が浮かんでは消える。それらをまとめて飲み干すように、またビールをあおる。つと、ハンドバッグに手が伸びる。小壜の蓋をねじ開け、錠剤を掌にざらざらとこぼす。喉につかえる数錠を、ビールで流し込む。まずい酒のあてだ。冷蔵庫に残っていた胡瓜に塩をふりかけて齧る。時計の針をぐるぐると逆まわしにして、一年前に戻したい。そんな子どもじみたことを願う自分を嘲ってみる。また睡眠剤をビールで飲みくだす。男を待つ間に、二十錠ほど残っていたはずの壜が空になった。意識が混濁してくる。

散らばった新聞の横に、けばけばしいカラー印刷の広告紙があった。なんということもなく拾いあげ、裏に鉛筆で字を書いた。中川睦夫様、中川睦夫様。その後が続かなかった。何を言ったらいいのか。顔の無い青年。いつのまにか、ベッドに突っ伏して眠り込んだ。

脇腹に痛みを感じて、深い闇をかきわけるようにうっすらと目を開ける。蹴り上げられたようだ。

「起きろ。何遍言わせるんだ」

のろのろと上体を起こす。男の姿がぼんやりと視野に入ってくる。周囲が目眩のように揺れている。顔面を平手打ちされる。何かを言おうとしたが、舌がもつれて意味をなさない。ベッドから転がり落とされ、薄い膜が溶けるように、しだいに意識が戻ってくる。横倒しになったビール瓶に触れた、冷やりとした感覚がある。

「帰れ。鍵を置いてけ」

また殴りかかってきそうな男を、腕を曲げて押し返す。乱れた髪をかきあげながら、チエミは埃くさい床の上に顔をつけ、また眠りにひきこまれ、意識を失った。

ふっと目が覚めた。男はベッドの上で洒落たペイズリー柄のアイマスクをつけて眠っている。そんな習慣は、以前にはなかった。若い女のプレゼントか。なんだ。気どりやがって。男が脱ぎ散らした衣服の中にも、よく似た柄のネクタイが見える。女の貢ぎものか。どっと灰色の塊が胃から逆流してきそうだ。男の顔の上に吐いてやろうか。憎悪の種が、水を吸ったようにふくらんでゆく。

ネクタイを握った。真ん中で半分に折る。男の首に巻きつける。輪になった中に、ネクタイの先端を入れ、両手でぐっと引いた。こうすれば絶対にはずれない。私を殴った分。私を蹴った分。火のついたタバコを押しつけた分。裏切った分。数をかぞえるように、チエミは両腕に力をこめて引いた。

男が一瞬、目を開き、手を首近くにあげ、声ともつかぬ音を発した。両手がぶるぶると痙攣したが、やがて両脇にだらりと垂れる。もう、どこへも行けないよ。あんたの好きな若い娘にも会えないよ。

台所から持ってきた包丁を片手に、男のパジャマも下着もずりおろす。俺のは大きいだろう。いつも得意げに見せていたもの。その根元に包丁を置き、体重のすべてをかけて押し切った。

夜が明けるらしかった。

24 高揚と寂寞と　サダの場合

昭和十一（一九三六）年五月二十日。

国会の予算総会で、三人の代議士から「しばし議事停止を」という緊急動議が出された。「稀代の妖女逮捕さる」という号外が出たという噂が広がっていた。休憩にして号外をとい う者が多かった。国会は、一時中断となる。

代議士のバッジをつけた男たちが、各種の新聞社の号外に、頭を寄せあい奪いあうように群がった。

報知新聞号外――稀代の妖女阿部さだ　品川駅前旅館で捕まる　天命尽きて今夕五時半問題のハトロン包み　大事そうに懐中に　微笑を浮かべて引かる――

東京日々新聞号外――尾久待合のグロ殺人　阿部定遂に逮捕　高輪品川館に潜伏中　遺書を認め自殺の一歩前で――

二・二六事件後の軍部による厳しい言論統制に、窮屈な思いを強いられていた記者にとっても、読者にとっても、サダの事件は飛びつきたいような興味尽きないものであったろ

毎日新聞社提供

う。

各新聞社は、ここぞとばかり本紙上でもセンセーショナルな表現で報道した。

逮捕され尾久署の捜査本部へ連行されるサダの写真や、やがて警視庁へと移送される写真を載せた。事件の全容、サダの生い立ち、各地での行状に至るまで、刺激的な大活字が世人を湧かせた。逮捕された品川館の番頭や凶行現場の尾久の待合満佐喜の女将の証言も出ている。

警官数人に取り囲まれて、連行されるサダは写真の中で少し小首をかしげるような姿勢で、微笑している。髪はゆるく後ろでまとめ、紅もさしている。鱗模様のお召をゆるやかに着て、鎖骨が見えている。帯は幅広に巻き、あでやかといってよいサダの表情に比べ、背後の制服の男も、サダの左腕をつかんでいる三ッ揃いの背広姿の男も右側の男も、緊張した顔である。が、その次の瞬間らしきもう一枚の写真は、サダの笑顔に負けないほど、どっと笑み崩れている。「私には吉さんのものだけが大事なの。旦那がたのは切らないから安心して」とでも言ってのけたのだろうか。

埼玉の坂戸にいた実兄は「死んでくれたほうがよかった」と、全国で注目の的になった妹について答えている。まことに正直な言葉だ。犯罪者の身内は、好奇と蔑みの目にさらされる。この兄の言葉を、責めることはできないだろう。兄妹、姉妹といってもこれまでのつきあいによって、その態度に温度差があるのも、当然である。

逮捕後、尾久署での取り調べを終え、サダは午後十一時には警視庁地下にある婦人独房へと移された。

長姉のとくや、サダとは腐れ縁といった関係の稲葉とその内妻、黒川ハナ等は、事件後の予審や公判中も、親身になって世話をしている。

二日間のあてどない逃亡と自死決行への心の揺れで、サダは疲れきっていた。逮捕されて安堵した。もう迷わなくともいいのだ、と気持ちは晴れた。

尋問されれば、何でも素直にはきはき答えることができる。愛しい石田とのことを詳しく語れるのは、サダにとって嬉しいのだ。緊張は解け、ホッとからだがゆるんでゆく。ただ、ハトロン紙に包んで肌身離さず持っていた大切な物を取り上げられたのが、唯一にして最大の不満であった。

「旦那さん、私の大事なあれ、いつ返してもらえるの」。取り調べのさなかに、サダは繰り返した。刑事は言い募るサダをなだめるのに苦労した。あれは重要な証拠品であり、そのままでは腐敗してしまう。検証が済めば、明日にでもアルコール漬のを、お前にも見せてやる。そう言った。

湿気臭いよどんだ空気の地下独房で、サダは数日来はじめて、落ちるように眠りに入った。

この時、サダの隣りの独房に収監されていたのが、性文化研究者として知られる小倉清三郎の妻、小倉ミチヨである。夫婦で性の研究雑誌『相対』を発刊し、夫と共に原稿を執筆。わいせつ文書出版販売の罪で、逮捕されていた。出獄後に、『犯罪百話』に収録された『相対会研究報告』に、「阿部定隣室観察十日間」と題してサダの様子を書いている。

小倉ミチヨ（一八九四—一九六七）は、愛媛県の農家の生まれ。小学校教員をしていたが、上京。弟の紹介で小倉清三郎と結婚。性研究団体「相対会」の機関紙『相対』の共同発行人として、自身の性体験等を記述。出版事務なども精力的にこなした。

独房の翌日の朝食は小倉ミチヨはパン。サダは和食。熟睡の後、未明に胃痙攣で痛い、痛い、背中を押さえておくれと騒いだが、やがておさまり眠った。朝食は、麦飯としゃびしゃびの味噌汁。看守に梅干をねだったが、聞き入れられぬ。まずくとも、なんとか食べ終えた。食後、尋問のため呼び出されていくサダの姿を、ミチヨは次のように書いている。

——行きがけに、チラと金網から私を見た。私はその後姿を見送った。並んだ看守と同じ高さの姿は、スラリとして、女にしては、むしろ高すぎはしないかとすら思われた。後へ垂らした髪の毛も姿に調和し、足の運び方にも、元は学生生活を送ったのではないかと思わせるような所があった。女の私でさえ、見とれるほどであった。——

サダの事件でとばっちりを食った外国有名人が二人いる。アメリカの喜劇王チャールズ・チャップリンと、フランスの詩人ジャン・コクトーである。本来なら大きく報道されたと思われるが、サダの事件で、いささかかすんでしまった。

サダ逃亡中の五月十九日付名古屋新聞には、〝帝都・待合のグロ殺人！〟と大活字が跳るその下に、〝屹度もう一度来ます〟名優のチャップリン氏——との文字とソフト帽にダブルのスーツ、蝶ネクタイ姿の笑顔の写真が載っている。長良川の鵜飼に興じ、長良川ホテルに宿泊した翌日、名古屋城を見たいと言ったが、時間がなく車中からの見学であったという。

独房での夜、ミチヨは〝風吹すさみ雨ふりてなやみしげく……〟と賛美歌を口ずさむ。隣房からは、清元の一節を唄う声が聞こえたと、ミチヨは綴っている。看守と話す声とはちがって、澄んだきれいな声だったと。

取り調べ中のサダは、問われるのが待ちきれないほどに高揚した気分だった。生い立ちや芸妓、娼婦、妾、高等淫売、そして女中へと辿った道を語ることは、まるで自分が小説の主人公になったように、面白かった。とくに、石田吉蔵との馴初めや二人で過ごした満佐喜での濃縮された流連の日々は、逃亡の際に身を隠し時間を稼ぐために見た「お夏清十郎」より、ずっと興味深い映画のようだと、自分ながら思ったりした。

しかし、独房に錠がおろされ、夜のしじまがひたと迫ってくると、サダは急に震えがくるほどの寂しさに襲われた。

吉蔵がよくいい声で聞かせてくれた清元を思い出すと、ひどく切ない気持ちになり、胸が押しつぶされそうだ。たまらず自分も口ずさみながら、遠ざかってゆく吉蔵の後姿をなんとかして引きとめたいと希う。早く死刑になりたいと思う。

雑居房から、大小さまざまな鼾や寝言がひびいてくる。東北訛りの寝言もある。

下腹が鈍く痛みはじめる。よく知っている痛みだ。月のものがめぐってきたらしい。サダは看守に声をかけた。

「毎月のお客さんが来たんだよ。チリ紙や脱脂綿はどうすりゃいいのさ」

「持ってきてやる。便壺へ捨てるんじゃないよ。大封筒をやるから、汚れ物はそこへ入れて、金網の外へ出しな」

サダはちょいと頭を下げる。女に課せられた厄介な数日。始まる前の下腹の鈍痛や、頭に鍋でもかむせられたような気重な感じ。何となくイライラしたり、音やにおいに敏感になる。

いつか、石田が、経血で汚した長襦袢の裾を気にするサダに、「いいってことよ、何でもありゃしねえや」と思いやり深い口調で言った声音が耳もとに甦える。吉さん、ほんとに優しかったね。あんたみたいな男に、はじめて会ってしまったんだ私。何人と数えきれないほどの男と肌を合わせたけれど、吉さん、あんたが一番、私を喜ばせるのに一生懸命だったね。もっと早く二人が会っていたら、こんな定めにならなかったかも。

大宮先生は、確かに真面目で親切な人だったけど、自分の肩書が傷つかないように、というのが先だったように思える。花柳病を治して真人間になれ、ずっと面倒はみてやる、小料理屋でもやったらどうか、と諭してくれる先生はいい人だった。その気になって、店を持つ時の見習いのつもりで住込んだのが石田の「吉田屋」だった。大宮先生が、私と吉さんを逢わせてしまった。不思議なめぐりあわせ。

いつも一番、世間の目を気にしていた先生を、とんだ目にあわせてごめんなさい。考えはじめると、サダの頭の中の時間は、後ろへ後ろへとさかのぼる。目が冴えて眠れない。

毎日、呼び出されてゆく取り調べ官の横で、冷たい顔の男が、書き物をしている。あの男の書いた物が証拠にされ、私は死刑になるのか。それでいい。もう早くキリをつけたい。

看守はいつも「お前は死刑にならないよ。さっさと寝ちまいな」と毎晩のように言うが。

サダの応答した言葉を綴り、まとめ上げたものが「予審尋問調書」である。戦前は、裁判に至る前に、予審判事が被告を取り調べ、証拠や供述により起訴するか否かを、決定するのが予審制度であった。現在とは異なり、密室で尋問し、弁護人の立会もなく黙秘権も認められなかった。冤罪を生みやすい。昭和二十二（一九四七）年に、この制度は廃止された。

大宮五郎宛の遺書に、サダは次のように書いた。

「あなたに御迷惑かけてすみません。あなたは何時も私を真人間にしてやるといって大変にかあいがってくれましたが私には物足りなかったのです。私はやむをえないことがあって死んでゆきます。……」

率直すぎるサダである。いつも金をくれて、生活の心配をしてくれる大宮に感謝しつつも女として性的に十全に満たされなかったと告白している。サダにとっては、性の充足感こそが、生きる活力、最大の要素だったのだろう。

また隣房から賛美歌らしきものが聞こえてきた。底なしの闇へ落ちてゆくような、今までに経験したことのない、しいんとした寂しさが、サダの身内をひたした。眠れない。薄っぺらな汚れた布団に横たわる夜のサダは、取り調べ室での高揚から、まっさかさまに孤絶した想いの中へ落ちてゆく。

警視庁での取り調べが終わり、六月一五日、平屋建ての市ヶ谷刑務所、未決女囚監房へと移された。昔ながらの伝馬町の牢屋の古材を使った堅牢な建物である。独房は三畳。畳は二枚。右半分は板敷で、水入れがあり、小さな洗面用の流しがある。左はセメント塗りの床。中央の小さな穴の下に便桶が置かれている。臭気はそこから立ちのぼる。

この時のサダの様子を思想犯として収監されていた福永操（一九〇七—一九九一）が、『ある女共産主義者の回想』（れんが書房新社刊）に書いている。

——一九三六年の初夏のころ、市が《ママ》谷刑務所の私の隣房（以前に熊沢光子さんが自殺した房）に新しく入れられた女があった。私はその女が房の前で当番看守と立ち話しているところをのぞいて見たら、おや、と思うほどの美人だった。ベージュ色の地に渋いあいの大柄なあやめを描いた絽ちりめんの友禅の単衣をなにげなく着こなして、半幅の絽の帯を「引っかけ」にかっこうよく結んでいた。背が高くすらりとした容姿で、色白で面長の日本的顔だちの美人で、髪はむぞうさに引っつめたアップにしてぐるぐる巻きに結いあげていた。（略）声はその容姿にそぐわないがらがら声で、興ざめだった。（略）毎夜、大きい声をだしてうなされていた。（略）男の名らしいのを呼んだりした。就寝中にうなされるのは殺人犯にきまっているから、なにか痴情事件であろうと思った。（略）めったに顔を見せない「次席」（副所長）がたびたびやってきて、看守に隣房の戸を開けさせて、入口からのぞきこんで長時間話してゆく——

福永操は、兵庫県出身、東京女子大学英語専攻部に入学。在学中に社会科学研究会を結成し、政治に目覚めた女子学生を組織する。二十歳で日本共産党に入党。昭和三（一九二八）年に検挙。昭和九（一九三四）年二月に治安維持法違反で再逮捕。起訴、服役。福永の記している熊沢光子（一九一一―一九三五）は、検事をしていた父の任地福井県に生まれ、愛知県第一高等女学校卒業後、上京。日本共産党の幹部といわれ、大泉兼蔵のハウスキーパーとなる。男に献身的に仕えることが、革命への自分の任務と信じた光子だったが、大泉は特高警察のスパイになっていた。同志によるスパイ査問時に光子も拘束され、自殺を要求されるも、大泉が騒いだため自殺決行予定の当日、逮捕。昭和十（一九三五）年三月二十五日、のちにサダが収監される独房で縊死した。

市ヶ谷刑務所でのサダの日々は、朝九時から午後三時まで、東京刑事地方裁判所の予審廷へ自動車で出廷し、取り調べを受けることだった。

サダが、ここへ移送されてまっ先にしたのは、恋しい石田吉蔵の供養のための花を買うことだった。瓶はなく花籠は頼めば貸してもらえた。雑誌類や菓子も、金を出せば買ってくれる。「主婦の友」や「婦人倶楽部」、時には講談本も読んだ。

花はオレンジ色の野暮ったい金盞花や紅白の石竹など、花もちのよいものが多く入れられた。新しい花を、と頼んでも「まだ枯れていない」と不許可になる。百合や薔薇は手に入らなかった。

雑誌からの知恵で、サダは有毒の植物に興味を持った。トリカブトや夾竹桃の写真が出ている。トリカブトの花は、変わった形だが、紫や藍色の優しげな美しい花弁だ。毒のあるのは、塊根だというからまず手に入るまい。夾竹桃は、濃い桃色の花が、油照りの夏の盛りに、あちこちで咲いているのを、見たことがある。暑苦しさが増すような花で、好きではなかったが、この花の茎や葉などから出る乳汁に毒があるという。ふっと、その乳汁を飲んで、去ってゆく石田を追いかけたい気持ちになった。毒は、苦いのか。苦しいのだろうか。

新聞で、自分が変態だの色情狂だのと騒がれているのを知った今では、世間には未練がない。ただ、恋しい男の一番好きな部分を、自分だけの物にしたかった。それだけなのに。

花屋に注文したが、夾竹桃は届かなかった。生花には向かぬ花なのだろう。一面の濃い桃色の花に埋もれ、その茎からしたたる乳汁を飲んで死んでゆくというサダの夢は打ち砕かれた。

秋になった。サダは東京帝国大学の先生の、精神鑑定を受けさせられた。梅毒、淋病などを調べる血液検査の結果は、弱陽性。性についての鑑定結果は、性的興奮極期（オルガスムス）が長く深い傾向にあるが、異常とまでは言えない、性的倒錯とも認めがたい。死体損壊については、残忍性淫乱症（サディズム）や節片淫乱症（フェティスム）に属する傾向あり、と報告される。精神異常や心神耗弱もなし、とされた。

長姉とくや稲葉たちから、再三、弁護士をつけるように忠告された。だが、サダはもうあれこれと自分のことを語るのに、飽きはじめていた。石田の性器を切断し、愛し気に持ち歩いたことを「女なら誰でもそう思うのではないでしょうか。実際にしないだけのことで……」と本心を語ったが、取り調べの予審判事も、医学博士にも、しっかりと理解してもらえたとは思われぬ。わかってくれない。弁護士もわかりはしないだろう。

しかし、サダは、ようやく太田金次郎弁護士を受け入れることに合意する。辣腕の有名な士だという。それでも、サダは不満だった。自分を異常性欲者として扱い、犯行当時は判断能力がなかったという方向で弁護する方針が見えたので。

昭和十一（一九三六）年十一月二十五日。第一回公判が開かれる。報道陣はむろんのこと、傍聴を希望する者の数は、これまでに無いほどだった。

開廷に先だち、傍聴人に「笑ったり、拍手したり、法定の峻厳を保持しないものは、即刻、退廷とする」と注意があった。「興奮禁止令」と新聞に報じられたものである。

しかし、アルコール漬の石田吉蔵のペニスや牛刀などが証拠品として提示されると、法廷中に、どよめきの声の波が立ち広がった。おお、ともああ、ともつかぬ嘆声のさざ波。

サダはじっと目をこらしてそれを見た。誰にも指一本触れさせまいと希った物が、同じものではなくなっている。どこかですり替えられたのでは、といぶかしく思った。

25　二〇〇一年　萌子の場合

墨をゆっくりと磨る。なめらかで冷たい硯の肌の上に、わずかな水滴をしたたらせる。その跡を消すように、静かに墨を上下に動かす。水滴が、少しずつ墨の色に変わってゆく。独特の匂いが、しだいに立ちのぼる。

萌子は深く息を吸い、その匂いを残らず、というように胸までとりこむ。しっけくさいような古びた匂いが好きだ。心がだんだん平らかになってゆく。

頭をからっぽにするには、墨を磨るのが一番いい。逆に、考え事をする時にも有効だ。

書道を始めたのは子どもの頃。親に言われるままに、近所の書道教室に通った。先生の落ち着いた、丁寧な物言いが、母の、いつもせかせるような甲高い声と違っている。ふんわりと包み込むような、少し低い声。子どもにも、丁寧に優しく発せられる先生の声。萌子はそれに惹きつけられた。

勉強も運動も、これといってとびぬけたものが無い萌子を、母はじれったがった。何故、母がそんなにも自分を追いたてるようにし、その成果が目に見えるようなものでないと、大げさにため息をついて落胆するのか、子どもの萌子にはわからなかった。

兄は優等生で、スポーツでも活躍するタイプだったから、小言をいわなくともよかったのだろう。母には母の理想の子ども像があり、自分を家庭に縛りつけた不満の代価を、子の成績に転嫁して、満たされたかったのかもしれぬ。今になって、萌子は少しわかるような気がする。いつも何かにいらいらしていた母。その矛先が、動作も遅く、積極性に欠ける自分に向けられるのを、迷惑に感じて育った。母の期待に応えることがない自分を、申し訳なく思い、どうすることもできずに立ちすくむ思いを胸に溜めて成長した。わかっていても、人を押しのけて前へ出ることは嫌いだった。目立たぬ存在であり続けた。

母を失望させたまま、普通の短大へ進み、会社勤めをし、さしたる感動も無いままに、結婚した。早く家を出るには、それが一番容易な道であったから。二児を得て、育児に専念した。内職程度の賃仕事をしながら。

母は私に、何を望んでいたのだろう。母自身の人生を、本当のところ、どう生きたかったのか。墨を磨る手をゆっくり動かしながら、萌子は思った。

硯の小さな窪みが、色を変えてゆく。墨の匂いがいっぱいになった頃、液体もすっかり墨色になっている。真新しい習字用紙をフェルト地の下敷きの上に載せ、文鎮でいざらないようにする。

筆にたっぷりと墨汁を含ませる瞬間も、好ましい。ゆっくりと筆の穂先にまで浸みこんだ墨を、紙へと移す。その緊張感も、好ましい。白い紙が墨汁を受け入れ、形が現れる。自分の呼吸が、形になってゆくようなゆるやかさが良い。

両親の仲は、子どもの萌子から見て、淡々しいものに写った。二番目の子どもだから、双方ともに、若い頃の情熱などは、もう減ってしまっていたのか。

父親の、公務員として可もなく不可もないようなその性質は、萌子が受け継いだようだ。職歴の波風の少ないところは、萌子の夫、始に通じるものがある。社会通念として、男は外、女は家庭を守り育児、という考え方が強いなかで、母は自分の生き方の伸びてゆきたい芽を、幾度も自ら摘みとり、切り取ってきたのだろう。母の心の中にどの程度の情念や、不本意をかこつマグマが存在したのか、萌子には想像できない。母と娘で、そのような会話をしたこともなかった。萌子に、母の内面への想像力が、無かったせいかもしれぬ。

いつも不機嫌な人。私を支配しようとする人。期待しては裏切られる口惜しさを険しい表情であらわした人。早くこの人から離れたいと思わせた人。それが萌子にとっての母だった。父は時折、萌子を釣り堀に連れていった。夏祭りの夜店で、ビニールの球に水が入ったものを、釣り上げるゲームをしたがる萌子を、黙って辛抱強く見守ってくれるような所もあった。

両親ともに、平均年齢より比較的早く、病没した。兄夫婦が近くに住んでいたので、父母の晩年も最期も、そつなくとりしきってくれた。両親がもっと長く老後の人生を生きていたら、もっと別の貌を見せたかもしれない。

もしかしたら、母は本当は優しい穏やかな表情もできる人だったかもしれない。いらいらと焦らず、自分自身も萌子をも、そのまま受け容れ、ゆったりと談笑する老母になっていたかもしれない。

自分の胸に尋ねてみる。よくわからない。母を怒らせないように、気をつかうことに疲れて、早々と結婚して家を出たのだから。

萌子は子どもたちに、はじめから何かをとくに期待することを辞めている母親だった。冷たいのかもしれない。娘の雅美は、萌子とは逆に、それが不満だったかもしれぬ。息子の和也はどうだろうか。二人とも、もっと母に関心を持って育ててほしかったかもしれない。

どちらにしても、もう遠く過ぎてしまった。

筆を動かす。力を入れると、その分、微妙なにじみが出る。曲げる箇所で筆を撓め、ぐっとこらえていた息を吐くように筆先を撥ねる。自由になる。

春にして……と書いた。十四行詩《ソネット》の一部。君を離れ……と続ける。墨がにじむ。少し斜めになってしまった。

『春にして君を離れ』。聞き慣れぬ題名の文庫本。この間の別れぎわに、栗原準が手渡してくれた本の題名。誰の作品？　読めばわかるのに、あえて尋ねた。もう渡し終えたという風情で、視線を遠くへ投げている準が、低い声で答えた。アガサ・クリスティー。好きなんだ、この本。ミステリー？　ちがうよ。読めばわかるよ。迷惑だったら放ってもいい。

実りある心の婚姻に、許すまじ、邪魔だては。／世は移り、人は変われど、まことの恋は／摘まれて朽つる花のごとく／はかなきものにあらざれば。

薄暗いホテルのバーのカウンターに座った彼が、自分用の強いカクテルの、グラスの縁に塩が光っているものをのけ、コースターに万年筆ですらすらと書いた詩句。少し右上がりの角張った文字。

あの夜から、もうかなりの月日が過ぎた。寒かった夜。何も起こらなかった夜。起こさなかった二人。今はもう晩秋だ。栗原準は、また海外出張だろうか。

あの夜、バーで萌子のために彼が選んだ酒は、フランス産の口あたりの良いリキュールだった。小ぶりのグラスから立ちのぼった柑橘類の香り。無色の酒が手の中で揺れた。コアントローという名だったろうか。

水族館内をゆっくりとめぐって時間を過ごし、軽い食事の後、いいの？と萌子の顔を覗きこむように準が尋ねた。こくりとうなずいた。

どこへでも、彼についてゆく覚悟はできていた。逃げ出せば、一人になった時、悔いるだろうと思った。エレベーター内でも、長い廊下を歩く時にも、背筋を伸ばしていた。

彼の泊まっている部屋の中に入ると、準が背中で扉を閉ざした。コートを着たまま、萌子を抱きしめた。苦しいほどの力。しばらくそのままだった。それだけだった。

目の前に、準の首筋があった。唇をつけたかった。夫とは違った湿った苔類のような体臭が、萌子の鼻腔に満ちた。

やがて両腕を解くと、ゆっくりと萌子のコートを脱がせ、ハンガーにかけ、自分のものも、同じようにした。

顎で、小さな円テーブルのある窓辺を指した。すぐ脇に、ベッドが誘うように位置していたが、準は椅子にかけた。萌子もそうした。

視線がからみ合い、先に準のほうがそらした。口笛を吹くような唇の形をして、息を細く長く吐いた。萌子はその息の音を聞いていた。準の心が、たかぶりから少しずつ平らかになってゆくのがわかる。座禅を組む僧侶をチラと思った。

「僕は結婚が遅かったから、まだ息子は十一歳なんだ。こんな話、聞いてくれる?」

うなずく。彼が語るのなら、どんな話も聞きたかった。

「はじめは、ただ個性の強い子だと思っていた。まだほんの幼児の頃から数字が好きで、どうでもいいような数字を覚えている。祖父の家のやたらと長い電話番号も、すれちがった自動車のナンバーなんかもすぐ覚えてしまう。はじめは、親に似ず頭の良い子だなと、誇らしくさえ思っていた。変わった子だな、というぐらいの認識だった。けれど……」

栗原準の顔が、苦いものを含んだ時のように、ゆがんだ。瞳の色が翳った。

「学校へ行くようになって、彼は問題児だと言われた。数字のこだわりのほかに、小さな音も大きな音も、音に敏感。過剰に反応するんだ。周囲の子がカンペ、昔は筆箱といったよね、あれをわざと一勢に落としたことがあったらしい。息子はパニックになって、教室から走り出して、校門の外へ出てしまったんだ。学校から呼び出されて。もし自動車事故にでもあったら、と。学校側は責任をとれないって言うのさ。息子の心の傷のことではなくね。児童精神科の受診をすすめられた。知的障害の無い自閉症とも、アスペルガー症候群ともいわれた。どの診断が正しいのか、いまだによくわからない。今は……だんだん不登校になっている……」

きっとこの人も、この人の妻である女性も、苦しんでいるのだろう。萌子は、はじめて準と共に暮らす女性の存在を強く意識した。十一歳という男の子が一番苦しいにちがいないが。萌子はテーブルの木目模様を、意味もなく掌でなぞった。

「近頃は海外出張の多い部署になってね、力になってやれないんだ。ダメな父親なんだ」

萌子は、ただ首を横に振った。ダメなんかじゃない、貴方は子どもに寄り添っている。

「私こそ、ただ訊くことしかできない……」

栗原の手が伸びて、萌子の髪に触れた。子どもの頭をなでるように、優しく何度もなでた。

「少し飲んでもいいよね」

連れ立って、下の階のバーへ移った。

結局、あの夜は返そうと思った彼のカシミアのマフラーを、またも襟元に巻かれて帰ってきた。また次があるという証のように。

彼が好きな本だといって手渡してくれた文庫本は、何度も読まれたらしく、ページの角が少しまるみを帯びてふくらんでいる。早川書房刊『春にして君を離れ』アガサ・クリスティー著。中村妙子訳。

最初は、ミステリーなのかと思った。

ゆっくり惜しむように、読み進んだ。葬儀場のアルバイトの休憩時間に。夜のひとりの台所で。文字を追いながら、栗原準を追っていた。私に伝えたいことが、この一冊の中にあるのだろうか。

有名なイギリスのミステリー作家、アガサ・クリスティー。その百以上の作品は、ほとんど全世界で翻訳され、今なお多くの愛読者を獲得している。十九世紀末に生まれた作家が、二十一世紀にもいまだ、熱心な読者に迎えられている。

主人公は、温厚で人望のある弁護士の夫と、三人の子ども（今はみな成人している）を持つ恵まれた主婦、ジョーン・スカダモア。どこにも犯罪の匂いはない。

歳若くして結婚し、異国で家庭を持つ末娘が病いを得たと聞いたジョーンは、頼り甲斐ある母親の役目を果たすべくバクダッドへと駆けつける。しかし、若夫婦はなぜか、もうすっかり治ったから、と母親に早く帰国してくれとしきりに言う。

ロンドン郊外の家への帰路、ジョーンは降雨で線路が流された交通麻痺により、砂漠の真ん中の鉄道宿泊所《レストハウス》に足止めされる。いつイスタンブールまでの列車が来るか、まったく不明。そんな宙吊りの状況にたった一人で置かれたジョーン。いやになるほどのたっぷりした時間。周囲は殺伐とした砂漠。まずい食事。

彼女は、はじめていやおうなく、自分のこれまでの来し方、夫や子どものことと、正面から向き合わざるを得なくなる。

フラッシュバックする夫や子等との人生上のあれこれ。重大な岐路だったかもしれないきれぎれの場面。とりわけ印象的なのが、農場主になる夢を、妻に反対されて弁護士を続けている夫、ロドニーと、犯罪者の妻となっても、凛として幼い子どもを守り、園芸や野菜作りに汗を流すレスリーという女性との関係。

十月のある夕刻、二人が四フィートの間隔を空けて並んで座り、はるか彼方の田園風景に見入っている所を、ジョーンは見てしまう。二人は言葉も交わさず、ただ夕焼けの空の下に坐していた。四フィート。約120センチ余もの距離を隔てて。

その夜、夫は十四行詩《ソネット》を口ずさむ。準がコースターにすらすらと書いた詩句。やがて、働きづめだったレスリーは癌になり、逝く。

彼女の死後、夫ロドニーは強度のノイローゼ前駆症状と診断され、二カ月の静養入院生活を送る。病気に障るからと、妻ジョーンは手紙も、見舞うことも、禁じられたことがあった……。あれはいったい何だったのか？

自分たち夫婦は、健全でどこから見ても人の羨む円満な家庭を築いてきた。ジョーンはそう思ってきた。チラとも疑ったことが無かった。

砂漠の真ん中の鉄道宿泊所で、彼女ははじめて不安にかられる。夫は、はたして自分を愛していたのか？　子どもたちは母である自分から、何故そそくさと離れていったのか？

――そんな風に追いつめられてゆく主人公の心理が、まさにミステリーの女王と呼ばれるアガサ・クリスティーの巧みな構成と文章力で描出されてゆく。

栗原準は、自分を弁護士のロドニーに重ねているのか。だから、ホテルの自室にまで同行した私を抱きしめるに留めたのか。

でも……、と川端萌子は墨の匂いを吸い込みながら思う。私は、四フィート離れて、白く光る田園風景を見下ろしていたレスリー・シャーストンとは似ても似つかない。何の取り柄もない女だ。何かと戦ったことなど無い。

深い意味は無いのかも。ただ自分の愛読書を手渡したにすぎないのだろう。

私は、この小説の中の女性の誰とも似ていない。平凡な中年の主婦だ。萌子はひりひりする胸を意識する。仕方ない。現実を見なければ、と思う。最終部分で、夫ロドニーは心の中で、妻ジョーンを哀れむ言葉を発する。

萌子は、心の声を伝えることなく妻を受け入れる夫を、とても日本的だと思う。言えばいいのに、と思う。私は？　私も本当のことを夫に語っていない。栗原準は？　わからない。何故、この本を渡したのか。

さまざまな想念が、折角の墨の匂いに包まれた書の時間に雑音のように入ってくる。何かが、きしきしときしむ。萌子は筆を置く。

目を上げて、小さな庭の片隅に花をつけている秋明菊を眺める。うす紅と紫色のまじった小ぶりの花が、優しげに風に揺れている。何の手入れもしないのに、毎年、気づいたら花を咲かせている。なぜともなく、吐息がもれた。

娘の雅美が、珍しく家に姿を見せた。洋菓子の小箱を持っている。話がありそうな様子だ。コーヒーを沸かそうとすると、布製のショルダーバッグから、何かを取り出した。ハーブティーの茶葉が薄い布の小袋に入っている。あんなにコーヒー好きだったのに、といぶかしげな目のまま、萌子は透明なティーポットにハーブの小袋を入れ、熱湯を注いだ。カモミールやジンジャーのまじった独特の香りが立ちのぼる。

「好みが変わったのね」

「このほうが、気持ちが落ち着くから」

「休みをとったの？」

「そう。有給休暇、貯めてたから」

目を細めるようにして、庭を見ている。娘の視線の先のもみじに、萌子も目を留める。少し色づいてきた葉もあれば、かたくなに緑を守っているような濃緑の葉もある。

「私、子どもを産むの。その節はよろしく、とお願いに来たわけ」

視線を庭に投げたまま、雅美が言った。萌子は驚いた時の癖で、思わず鎖骨のあたりを拳でトントンとたたいた。

「産休も、もう申し出てあるの。出産直後の一カ月ほど、この家に置いてもらえると助かるんだけど」

男友達のことや結婚の話題を、ひとり住まいの雅美から聞くことがなかった。友人が結婚したとか、誰やらが失恋して落ち込んでいるといった話題は、時に雅美が電話してくるついでに、チラということはあった。ところで貴女はどうなの、と本人に話題を振ってみても、別に報告するほどのことは無い、といつもかわされていたのに。そんな雅美が、いきなり子どもを産むと言う。誰の子？　結婚は？

いくつもの言葉を発しようとして、娘の強い視線にさえぎられた。

「今は、何も聞かないで。言いたくなったら聞いてもらうわ。シングルマザーでいきます」

思いなしか、腰のまわりが太くなっている雅美のからだを見る。衿元が大きく空いていて、下へ流れるようにふんわりしたマリンブルーのチュニックが、腹部を覆っている。下はオフホワイトのパンツ。

「覚悟はあるの？　お父さんや会社には説明できるの？」

我ながら、つまらない質問だと思うが、言葉がすべり出てしまった。

「わかってくれる人は、わかるし。わかってもらえなくとも、私産むから。育てるから」

一つの命を生み落とし、人として育てあげるまでに、どれほどのエネルギーや物心両面の手当が要ることか。それを、今この娘に言っても、たぶん撥ねかえされるだけだろうと萌子は、つと目を閉じた。闇は急には訪れない。

26　赤い獄衣　サダの場合

昭和十一（一九三六）年十二月二十六日。

赤い色にもいろいろあるものだ、とサダは思った。洗いざらしの色落ちしたみすぼらしい赤。元は朱色に近かったのかもしれない。上着ももんぺのような下ばきも、下ばきの紐も、ペラペラの人絹の赤い獄衣。

赤は重罪犯の獄衣。軽犯罪者のそれは青色。これも色あせて灰色に近いような青だが、自分の身にまとっている赤い獄衣よりは、いくらかましにちがいない。栃木刑務所へと向かう護送車に身をまかせながら、サダはぼんやりと思う。

年の瀬が迫ったこの日、朝から雪が降っている。車中とはいえ、寒さが身に刺さるように染み入ってくる。東京から栃木まで、三時間。列車での護送では、ファンレターが毎日届くサダのこと、何か異変があっては、という司直の判断で、特別に自動車での移送となった。編笠の下から雪にさえぎられる街並みを眺める。

判決がおりたのは、十二月二十一日。

主文　被告人を懲役六年に処す。未決勾留日数中百弐拾日を右本刑に算入す。

押収品中腰紐一本（昭和十一年押第七二一号の一）及、肉切庖丁一挺（前同押号の一九）はこれを没収す。

訴訟費用は全部被告人の負担とす。

この日も外は雪が降りしきった。逮捕当時のような熱狂的な野次馬は減っていた。日に日に強まる軍部の圧政で、世相は萎縮している。

裁判長、細谷啓次郎の声を、サダは被告席にしっかり起立して聞いた。六年という獄舎に囚われる歳月が、どれほどの長さなのか、実感が湧かない。興奮状態のうちに捕らわれた直後は、ひたすら死刑を望んだサダ。しだいに日常の中に生かされると、死はどんどん遠のいていった。

検事の求刑は懲役十年であったから、温情判決といえるだろう。細谷裁判長は、サダに今日より五日の間には、控訴する権利があると、言い添えた。深々と頭を下げたサダは、控訴はしないと即答した。

二・二六事件、尾崎秀実事件。のちに極東軍事裁判などを担当した名弁護士、竹内金太郎主任弁護士や、面会に来てくれる長姉や稲葉などは、控訴するように事前にサダにすすめていたが、サダにそんな気は無かった。

前述した福永操の『あるおんな共産主義者の回想』によれば、

――女囚だけを収容する栃木刑務所は、小さい古い木造建築であった。既決囚を収容する刑務所だから「工場」と称する大きい作業場があり、塀の外には畠もあって、四人作業で野菜などを作って四人食料の一部にするらしかった……（略）――　とある。

市ヶ谷刑務所で隣房にいたサダと、思想犯の福永操との再会。不思議な縁である。

――ここに入って少し経過したころ、雑役囚の婆さんが、看守のすきを見て、小さい声で私に「ねえ、十七番があなたによろしくといったよ」といった。（略）雑役は「お定だあね、知ってるんでしょ」といった。私は、あっと思った。そう思って見なおすと、たしかにそうにちがいないが、なんという変りかただろうと思った。（略）私は執行停止で出

獄して後に、これが有名な阿部定だということを知った。——と書いている。（傍点山下）

よろしくと言われた福永は、それ以後目が合えば微笑んだりしたようだ。思想犯、アカと言えばまるで伝染病患者のように忌み嫌う者が多かった時代に、サダはアカの女囚に親愛の情を示している。お上にたてついた者、になんとなく心意気を感じていたのだろうか。

ただし、福永は「十七番」と書いているがサダの著作という名目で出版された『阿部定手記——愛の半生』（新橋書房、昭和二十三年四月刊、定価五十五円）によれば、

——ややしばらく歩いていたうち、「第一監房十一番（私の獄中での称号）新入」の声と共にその一つの独房の中へ入れられたのでした。——（傍点山下）

と記している。この書物の記述の全体の流れが、いやに遜った言葉づかいや態度に終始しているのが、何かサダらしくない感じがする。聞き書きした者が存在するのであろう。

それはさておき、自分の称号を間違えることはないはずだから、十七番というのは、福永操の記憶ちがいと推察される。

市ケ谷刑務所で慣れたとはいえ、独房に足を踏み入れた直後に背骨にまで響く重々しい錠前のおりる音は、冷たさに震えるサダには、刑罰の斧のようにこたえた。

自由気ままが何より好きなサダが、規則ずくめで縛られる生活が始まる。

朝五時、鉦の音とともに起床。柱に備えつけの小さな鏡の中のサダは、青ざめてやつれている。髪を結う紐もない。許可されたのはピン一本のみ。それで手早く髪を束ねる。洗

面には、瓶に入った水を、少しずつ大切に使う。お白粉も紅も無いのは、まるで裸でいるように、頼りない心地だ。

身支度が終わると、独房の中央に坐る。扉に開けられた四尺四方の監視の窓から、看守が覗く。サダは教えられた通り両手をつき、「十一番」と自分の称号を大声で言う。

隣房から、またその次の房から、女たちの点呼の声が、高低入りまじり波のように順に響き、遠のいてゆく。姿勢を正したまま五分間を過ごすと、朝食の合図の鐘が鳴る。箱膳の一汁一菜のわびしい食事だ。死刑を思い描いていた身、有り難く麦飯としゃびしゃびの味噌汁を喉へと流し込む。

やがてガチャガチャと錠前をはずす音がして、作業場へと連行される。

サダに課せられた仕事は、色とりどりのセロファンを糊で小袋に貼ることだった。箪笥などの衣装の除虫剤となる樟脳入れだ。単調だが、ひたすら手指を動かしてできあがる品数を増やすことに専念すると、不安や後悔のもやもやした気持ちが薄れてゆく。やがて、昼食の合図の鐘が鳴るまで、サダは何度もかじかむ指先を息で温めた。

昼食後は三十分の休憩。市ヶ谷刑務所で見かけた独房の、きりりとした知的な容貌の女が、ここにもいた。看守が、「あれはお上にたてつくアカ、共産党だよ」と耳打ちする。ただの盗みなどではなく、大きな力に刃向かうアカという者に、サダはなんとなく尊敬の念を抱いた。市ヶ谷でも会い、栃木へ来ても顔を見ためぐりあわせに、獄舎の中のその女囚に小さく頭を下げたり、すれちがう時には微笑したりした。向こうも好意的な視線を送ってくれた。

ここでは、囚人向きの司法省が発行した刷り物が配布される。週一回、「人新聞」というものを読むことができた。季節の花や風景の写真入りで、政局などについては表面的な刺激の少ないもの。知名人のインタヴュー記事もある。善良な生活に導くため、模範となるような人物が選ばれている。

「運動！」のかけ声で、また重々しい錠前がはずされ、運動場へと出される。独房のよどんだ空気から、外へ出るとピリピリ類に刺さるような寒気も、いっそ清々しかった。

「十一番、ラジオ体操をしなさい」

女看守に言われても、サダはラジオ体操など知らないのでできない。手本を見せてくれる。それについて、ぎこちなく手を広げ、足を上げる。自分の生きてきた世界は、大かたの女たちとの暮らしとは、かけ離れているのだろう、とサダは思った。

三十分の運動が終わると、また作業所で小袋貼り。寒さでかじかんだ指に息を吹きかけるが、赤く腫れた手指のしびれは、なかなか元に戻らない。これまでの生活とまったく違う時間で区切られた一日を、看守に注意されながらこなしてゆくことに、はじめはそれほど、苦痛を覚えなかった。むしろ新鮮でさえあった。

四日に一度は、入浴の時間もあった。十人ほどが同じ方向をむいて湯船につかる。私語禁止。太った背中もあれば、老化したたたるんだ背中もある。他人の背を見つめながら、大勢の女囚の汗や脂で灰色によどんだ湯につかる。それでも、入らないで冷えきった固いせんべい蒲団に横になるよりは、いくらかからだが温まったほうが、眠りにつきやすい。

最初の一年は、規則に従うことが、恋しい吉蔵を死なせてしまった悔いをやわらげた。彼への償いをしているように思われる。サダは、模範囚といってもよかった。須田所長のはからいで、教誨師に吉蔵の冥福を祈る読経を唱えてもらったり、静かな美しいメロディの曲を、オルガンで弾いてもらったりした。大きなろうそくも灯してもらった。

サダ自身も、なんとか覚えた法華経を唱える。吉さん、許してくれるかい。手を合わせると、鼻の上をくしゃとゆがめる子どものような吉蔵の笑顔が浮かぶ。予審の時、何度も訊かれた。「男の局部を切断したのは異常性欲の故か?」と。そのたびに、サダは答えた。

「いいえ、好きで好きでたまらなかったからです。みんな女はそうしたいのではないかしら。世間が怖いからそうしないだけで」

自分は異常ではないと思う。そのサダの気持ちは、変わることはなかった。たとえ有名で有能な弁護士の竹内金太郎先生であろうと、刑を軽くするために、私を変態だの一時的に気がふれていただのと言うことは、サダが承服できぬことの一つだった。

世間でのサダの事件をめぐる解釈は、いくつもあった。歌人、斎藤茂吉は『暁紅』という歌集で、次のような歌を詠んでいる。

○サダイズムなどという語も造りつつ世人《よびと》はこころ慰むらしも
○この二人の男女《をのこをみな》のなからひは果となりけり罪ふかきまで
○行ひのペルヴェルジョを否定して彼女しづかに腰おろしたり

ペルヴェルジョとは、性的倒錯のことである。「青鞜」の平塚雷鳥は、サダの家庭環境や教育が悪かった、と否定的な硬い意見を述べている。良家の子女の出である彼女に、からだの欲するままに生きようとしたサダは、理解の外にあったのか。茂吉のほうが柔軟である。

石田吉蔵の一周忌を、サダなりに読経したり、手を合わせたりしてすませた後、何とはなしに、サダの心の中に変化が現れた。月に一度の生理が来る前あたりになるとイライラが昂じてくる。何もかも嫌になる。自分で自分を押さえることができない。頭の中で、また青びかりする背の蜥蜴が蠢きはじめる。自分でも気づかぬうちに、叫んでいる。

「十一番。静かに」

のぞき窓から看守が厳しい表情でにらむ。

「頭が痛いんだよう。眠れやしない」

大声を出す。看守が、なだめるように言う。

「目をつぶってお経でも唱えなさい」

「誰でもいいから、男と話がしたいんだ」

頭を掻き毟る。蜥蜴が暴れる。

「十一番、みんな我慢をしているんだ。寝なさい」

房の中の水を溜めておく瓶までが、目ざわりでいまいましい。蹴りとばそうとするが、足もとがふらつき、倒れてしまう。他の房の女たちが、耳をすませてサダの様子を面白がって窺っているのがわかる。

暴れた翌朝は、食欲も無い。作業所の手仕事も、やる気が出ない。からだがだるく、何もかも気に入らない。だらだらと時間を過ごした。夜がことに辛かった。眠れない。二坪余りの房内を転がりまわった。

その夜は、ことに頭が痛かった。何故ともなく涙があふれる。胸苦しい。舌を噛み切って死んでやろうか。

「おーい、ハサミをおくれよう」

大声で叫ぶ自分の声を、他人のもののように聞いた。また尻尾をくねらせ蜥蜴が暴れ出す。ハサミでなら舌を切れるかも。

「ハサミだよう。死んでやる」

駆けつけた看守が、鍵を開けてサダを取り押さえようと入ってくる。サダは、雑巾がけをした汚れた水を、看守の頭からざぶりとかけた。

懲罰房へ連行されると、いきなり殴り倒された。

「こんなことをやった者は、刑務所始まって以来だ」

看守長と看守の二人が、まだ身もだえするサダの顔面を打ち、膝で倒れたサダの背を踏みすえた。

縄で後ろ手に両手を縛り、それを首から胴へと廻して締上げる。身動きも、息をするのも辛かった。独房へと引っぱられるサダの姿を面白がって眺める女囚もいる。サダは腫れあがった目で、にらみ返した。独房の、畳を上げた板の上に、芋虫のように放り出される。そのまま、翌日まで転がされていた。

女教誨師が、呼び出しにきた。戒めの縄がとかれても、両腕のしびれはしばらく治らない。自分よりも年若い色白の教誨師に、教誨堂へ導かれた。

「十一番、どうしたのです。吉蔵さんが見ていますよ。そんな貴女を見て、吉蔵さんは喜びますか」

サダはうなだれた。看守長に殴られた時よりも、胸にこたえた。

白く細い指を鍵盤の上に置き、足踏みペダルに両脚を載せると、教誨師は静かにオルガンを弾き、小さい声で歌を唄った。どこかで聞いたことがあるような、異国調のそよ風のようなメロディ。教会から流れてくる歌かもしれない。サダの荒々しくささくれだった心に、触れてくる。染み入ってくる。殴られて腫れあがり、細くなったサダの両眼から、さらさらと流れ出すものがあった。

昭和十二（一九三七）年七月七日。盧溝橋事件勃発。八月には、国民精神総動員実施要項が閣議で決定された。映画の巻頭に「挙国一致」「銃後を護れ」という字幕が現れる。十一月、天皇に直属の最高統帥部である大本営が、宮中に設置される。東京の三宅坂の陸軍部の大門に墨痕淋漓の真新しい「大本営陸軍部」の表札が、麗々しく掲げられた。

昭和十三（一九三八）年四月、国家総動員法公布。八月一六日、ヒットラーユーゲント来日。

昭和十四（一九三九）年、五月。ノモンハン事件。ネオン全廃。パーマネント禁止など軍国主義支配の空気が、重苦しく庶民生活を圧迫してゆく。九月、ドイツのポーランド侵攻をきっかけに、英仏対独宣戦により第二次世界大戦勃発。白米が禁止される。

昭和十五（一九四〇）年、九月。日独伊三国同盟ベルリンにて調印。十一月十日。紀元二六〇〇年式典、皇居前広場でおこなわれる。「日本書紀」の神武天皇即位より算出して二六〇〇年に当たるとして、神国日本の思想を国民に浸透させるためであった。

戦争の影響が刻々と色濃くなってゆく息苦しい時代を、閉ざされた世界にいるサダは身をもって実感することがなかった。

皇紀二六〇〇年の恩赦により、昭和十六（一九四一）年、五月十七日出獄。石田吉蔵を手にかけた日から五年目の運命の日だ。

真夜中に長姉が出迎えに来ていた。獄衣を脱ぎ、縮緬の長襦袢に手をとおす。なんという優しい肌ざわりだろう。姉が後ろからお召を着せかけてくれる。その軽さと暖かさに、涙ぐみそうになるサダであった。

深夜の出獄は、竹内金太郎弁護士らのはからいである。本名での生活は困難であろうと、司直の認めた変名「吉井昌子」という姓名が用意されていた。栃木刑務所の四年五カ月余、女囚四十一番としてのサダは、またも偽名の女として戦争が迫りくる世間へと放たれた。

27 夢のつづき　チエミの場合

朝らしかった。チエミは津山のアパートを後にした。足もとが、ふらつく。タクシーを拾った。髪の乱れた様子のおかしい女ひとりの客。酒の匂いもする。

運転手は警戒するような侮るような顔つきで、バックミラーを見た。

「どこまで」

「どっか猟銃店知らない?」

料理店の聞き間違いか。パンタロンスーツの女は、濃い目ばりが半分はげ、化粧全体が崩れている。水商売風。そう若くはない。眉をひそめた切迫した表情。暗い魅力を放って美しいともいえた。

「ドカンとやる猟銃?」

「そうだよ、本気」

「夫婦喧嘩でもしたわけ?」

わざと陽気なふりをして聞いてみる。うんと、女は首だけで返事をする。どこか宙を見ている目つきだ。

「中央線沿いの東に一軒あるけどなあ、こんな朝早ようは、店開いとらんわ」

「いいよ、そこへ行って」

女は小さな紙包みを胸に抱いている。鋭い目つきが、急に焦点を失い、落鳥寸前の鳥のまぶたが閉じるように、目をつむりそうになる。からだがぐらりと揺れる。

「朝っぱらから酔っとるんか?」

「睡眠薬と酒。ピストルが欲しいの」

「ぶっそうやなあ」

呂律がまわらなくなっている。面倒な事件にまきこまれるのはごめんだという思いと、ちょっと面白い女だなという興味がもつれ合う。

案の定、T銃砲店には灰色のシャッターが降りていた。女はハイヒールの足で、シャッターを蹴ろうとし、大きくよろめいた。走り去ろうかと逡巡していたタクシーに、倒れこんでくる。

「どっか、何か飲ませてくれる店、知らないかなあ。開いてる店、そこへ行って」

寝ぼけたような洋灯のついた店先で、女は降ろされた。蔓に覆いつくされかけた古い木の扉を押す。開いた。珈琲の香りが満ちている。

「コーヒー頂戴」

古びたビニールレザーの椅子に、倒れこむように坐る。チエミは、手にしていたものが、じっとりと湿り気を帯びていることに気づく。

テーブルの上に、ナフキン立てがある。乱暴にナフキンを抜き取ると、湿った物をテーブルに載せ、紙で覆う。赤い色がにじんでくる。再度ナフキンを取り掌の中で細長い物を転がした。物体は、十円硬貨の包のような形で、上にも下にも簡単に動いた。もう温かみは無い。チエミはふんと鼻をならした。

中川チエミの逮捕は、早かった。事件を知った新聞や週刊誌は「戦後の阿部定事件」とセンセーショナルに書きたてた。


チエミが法廷に入ると、傍聴席の最前列の青年と目があった。胸がつまった。捨てたも同然の長男、睦夫。間違いない。目の奥からジワリと湧いてくるものがあった。

判決

本籍　岐阜県高山市冬頭町一九九番地
住所　名古屋市昭和区南分町四二番地
　飲食店従業員　　中川チエミ
　　昭和十四年五月十五日生

右の者に対する殺人、死体損壊被告事件について、当裁判所は、検察官宇野博夫出席のうえ、審理して、次のとおり判決する。

　主文

　被告人を懲役七年に処する。
　未決勾留日数のうち四〇〇日を右刑に算入する。

　理由

犯行までの経緯
（略）
証拠の標目
右の事実は
一、被告人の当公判廷における供述

一、第一回から第三回まで、第五回及び第六回各公判調書中の被告人の供述部分
一、被告人の検察官に対する供述調書七通
一、医師X作成の死体検案書及び鑑定書二通
一、実況見分調書二通、検証調書二通、捜索差押調書二通、写真撮影報告書
一、身上調査照会回答書戸籍謄本及び判決書謄本
一、押収してある包丁一本（昭和五十七年押第二九三号の一）及び手紙一枚を綜合して認める。

弁護人の主張に対する判断

弁護人は、被告人の本件犯行は、予めアルコールとともに多量の睡眠薬を服用し、その影響下になされたものであるから、被告人は、心神喪失ないし心神耗弱の状態にあった旨主張する。

そこで、検討すると、前掲証拠品並びに医師X及び同Y作成の各鑑定書、第四回公判調査中の証人兼鑑定人Xの供述部分、証人Cに対する当裁判所の人文調査書等の関係証拠によれば、被告人は犯行前日の午後九時頃から午前十二時ころまでの間に自殺の目的でビール中瓶一本と睡眠誘導剤ベンザリン五ミリグラム錠二〇錠を飲み、さらに缶ビール二本を飲んだうえ、約四時間眠り込んだのち、自然の覚醒状態で目を覚まし、本件に及んだ。アルコールとベンザリンの影響により犯行当時、被告人はなお酩酊状態にあったことが認め

られる。

しかしながら、被告人の脳波所見に異常は見られず、精神病を疑わせる何ものもなく、アルコール、薬物中毒の発現も認められない。犯行当時の意識の混濁や障害はなく、清明な意識のもとで犯行をおこなっていること、犯行自体及びその前後の行動の記憶も、大筋において損なわれていない。一連の行動は、概ね合目的的に遂行されており、犯行に至った経緯、動機も被害者との従前の関係や被告人の性格等から十分に了解できることなどが認められる。

以上によれば、被告人は、本件犯行時前記のような酩酊状態にあり、そのためある程度、抑制力が減退していたとしても、理非善悪を弁識し、これに従って行動する能力が著しく減弱した精神状態にまでは至っていなかったと認めるのが相当である。

なお前記X鑑定は、ベンザリンとアルコールによる被告人の酩酊状態は、それ自体は単純酩酊のやや高度なものに類するとしながらも本件犯行当時、これに激しい情動が加わり、そのため意識障害の程度が一時的により高度なものとなり、激しい興奮のもとで、平素抑制していたコンプレックスが顕在化し、欲動的に犯行がなされたもので、複雑酩酊に近い、より重い意識障害の状態に陥っていたから、限定責任能力を認める旨の結論を導いているので付言すると、およそ犯罪行動、とくに酩酊を伴う激情犯においては、その行為の過程において、激しい情動を伴うものであるが、量刑斟酌すべき事情として考慮すれば足りるところであって、責任能力減免の基礎にはなりえない。
よって弁護人の主張は理由がない。
法令の適用（略）
……法定の加重をした刑期の範囲内で被告人を懲役七年に処し、同法二一条を適用して未決勾留日数のうち四〇〇日を右刑に算入する。訴訟費用は、刑事訴訟法一八一条一項但書により被告人に負担させないこととする。
よって、主文のとおり判決する。
昭和五九年三月二八日
名古屋地方裁判所刑事第四部
裁判長　裁判官　橋野善典
同　服部　治
同　宮島元夫

28　戦中・戦後　サダの場合

階段を下りた所で、どうぞと渡された茶封筒は、思ったより薄い手ざわりだった。謝礼と印字されている。気落ちしたが、表情には出さず、サダは文藝春秋社の社員と、共に去ってゆく男の後姿に頭を下げた。

昭和二十二（一九四七）年、晩秋。サダは二階の自室で、作家坂口安吾との対談をした。文春創刊『座談』十二月号の、目玉記事である。

黒縁眼鏡にぼさぼさ頭の坂口安吾は、よく喋った。

——阿部さんをほんとに悪い人間だと思っている者は一人もありませんよ。（略）率直におやりになったというだけで、みんな同感して、なにか懐かしむような気もちがあるんじゃないかと思うのですよ。

安吾はサダを〝阿部さん〟と呼び、丁寧な物言いで、サダを擁護する言葉を言い続けた。『堕落論』で、〝生きよ、堕ちよ〟と書いた彼は、古着屋で工面した江戸小紋に渋い半巾帯姿のサダを、すぐに気に入ったようだ。酒でも出したいサダだったが、さすがに手に入らず、稲葉が用意した葡萄を洗って平皿に盛って、男にすすめた。

何故こんな対談が、一流の出版社の手で企画されたのか。戦後、軍国主義から解き放たれた世の中に、エロ・グロ・ナンセンス全盛期と呼ばれる出版界の現象が起きた。

阿部定事件はその絶好の餌食とされた。サダの、率直で詳細に答えている予審尋問調書は、戦前に何者かの手によって持ち出された。本物の調書を模し、和綴じの『艶恨録』として、ひそかに売り出された。九十二ページ、一冊五十円で闇から闇へと流通した。他の人気雑誌が五十銭、単行本が、一円から二円の頃に、いかに好事家が喜んで買ったかがわかる。

この調書を元にして、お定本が出た。『愛欲に泣きぬれた女・あべさだの辿った半生』冬木健著、国際書房刊。『昭和好色一代女・お定色ざんげ』木村一郎著、石神書店刊。等々。

サダは昭和十六（一九四一）年五月、栃木刑務所から実姉につきそわれ、深夜出所して車で巣鴨の東京拘置所に入った。翌日、拘置所脇の保護団体両全会で、社会へ出るについての心がまえと諸注意を説諭された後、姉の大井町の家へと引きとられた。軍国主義が日々の生活の末端にまで及んでいることに、サダは驚いた。しばらくは、身も心も弱っているのを自覚した。ぶらぶら病いと姉は言った。

配給物資を受け取るための配給手帳には、吉井昌子の名が記されている。米も砂糖も衣料キップも、これ無しには生活できない。姉や義兄たちの食べものも乏しい中で、サダは肩身が狭かった。サダの出獄をかぎつけた花柳界の者が、大金を餌に、満州へ行かないかという話を持ってきたりする。サダはただ、石田の菩提を弔ってひっそりと身を隠していたかった。

——十二月八日。ハワイ午前七時四十五分。日本軍第一次攻撃隊一八三機米軍艦カルフォルニアに突撃。八時四十九分。第二次隊一六七機がネバダ、テネシー等を突撃。陸軍報道部長大平、「わが帝国陸海軍は……」と真珠湾攻撃と対米英宣戦布告、開戦を発表した。「亜細亜ははじめて亜細亜になるのだ。日本を盟主とする亜細亜民族の大行進は始まった。民族の大いなるロマンの夜は明けたのだ。（略）いよいよ米英相手の戦争が始まったことは大きなショックであり、エライことになった、とまず思ったが、真珠湾の大戦果にはまったく驚き、同時に歓喜興奮した。——」作家・尾崎一雄の文章である。講談社刊『あの日この日』下巻より。

サダは、上気した顔つきで口々に話す近隣の人々に圧倒される思いでいた。同時に、ホッと安堵のため息をついた。これで日常生活はふっとび、私のあの事は、もう忘れ去られてしまうだろう。国全体が開戦で湧き立ち、非常時になればなるほど、私は自由になれる、と思った。不格好なもんぺ姿も、綿入りの防空頭巾も、そう思えば嫌ではない。

日銭稼ぎの女中奉公をするサダに、腕の良い左官だという山田某が、結婚を申し込んだ。姉の家から出るには、この話を承諾するのが一番てっとり早く、無難だった。真面目そうな山田に、サダは吉井昌子として深くうなずく。婚姻届も披露宴も、時節柄……と省略できて好都合だった。

姉夫婦に両手をついて礼を言い、風呂敷包み一つを持って玄関の敷居をまたぐ。その足で、まず仏壇屋へと行く。小さくても良い。どうしても、吉蔵のための仏壇が欲しかった。

女中奉公で貯めた心付けで、箪笥の上にでも置けそうな、一番小ぶりの仏壇が買えた。

上野谷中の真島町の日光荘アパートが、新居となる。山田には、病死した亭主のための仏壇をどうしても、傍らに置きたい、と許しを乞うた。口数の少ない山田が、あっさりと「好きにしたらいい」ときっぱり言ってくれたのが、身にしみて嬉しかった。

世相は日増しに、軍国調に染められてゆく。雑誌「主婦の友」も「婦人倶楽部」も、競って聖戦といい、兵士を称え、靖国神社に参拝する赤児を抱いた若い夫人の姿を、聖母子像と誌上で崇めた。鬼頭鍋三郎画伯の描く美しい未亡人像は、靖国神社の大祭で、記念絵葉書として、遺族に配布される。サダは、靖国神社の大鳥居が印刷された五拾銭札を、まじまじと見る。近所の主婦が、ともするともんぺや簡易上着を着たがらないサダに、憲兵に目をつけられると危ないよ、と忠告してくれる。子どもたちの遊ぶカルタも戦時色に染まっている。イセノカミカゼ　テキコク　カウフク。ネエサンガ　ヌフ　ラクカサン。

アパートの隣りの部屋から聞こえてくる、小学生が読む修身の教科書の文言に、目を丸くするサダである。

「日本ヨイ国　キヨイ国、世界ニ一ツノ神ノ国。

日本ヨイ国　強イ国、世界ニカガヤク　エライ国。」

流行歌さえも変わってゆく。人気歌手淡谷のり子の唄うブルースは、退廃的でよくないと禁止になる。食糧難は日増しにつのり、代用食という言葉とともに、庶民は我慢を強いられた。まさに〝欲しがりません、勝つまでは〟だった。家々の庭は家庭菜園になり、わずかな野菜が食卓にのぼる。

昭和二十（一九四五）年、三月十日の東京大空襲は、国民を震えあがらせる。三二五機の敵機が下町を襲い、死者は推定十万人を下らなかったが、その真実はまだ知らされない。

サダの住むアパートが焼夷弾で焼き払われたのは、同年の四月十三日。八重桜が咲き盛っていた。深夜のことで、サダ夫婦は、身一つで火の粉の舞う中を、風下へと逃げた。防空頭巾に降り注いだ火の粉で、サダの頭の上がこげくさい。山田がはぐように防空頭巾を脱がしてくれる。道端の防火用水の中に沈める。じゅっと小さな音がした。

この夜、飛来した敵機は大空襲と言われる三月十日よりも多く、三五二機。死者は約二千五百人であった。

命からがら山田と手を取りあって落ちのびた先は、山田の知人のつてで、やっと見つかった農家の離れ屋だった。茨城県の宗道である。

東京で罹災した夫婦ということで、周囲はサダと山田を比較的あたたかく迎え入れてくれた。無口だが真面目な山田と垢抜けたさばけた様子のサダに、村人は興味を示した。サダを〝東京の奥さん〟と呼んで、農作物の育て方を手とり足とりして教えてくれる。

サダは朴訥な近所の人たちに、素直に頭を下げ、珍しいことの多い質素な暮らしを日々送った。自分の手で育てた葱を摘み、早起きをして、味噌汁に刻んで入れる。みかん箱に布をかむせた食卓まがいの上に、乏しい朝食を並べ夫婦で向き合って食べる。サダのこれまでの人生に無かった平凡で静かな安らぎの時間。こんな生活が、自分を待っていたことに、サダ自身が驚き、面白がってもいる。

八月十五日、暑い晴れた日。ラジオから「御聖断」なるものが雑音まじりで国民に届く。敗戦。無条件降伏。神ノ国も世界ニカガヤクエライ国も、吹き飛んだ。

山田は東京へ帰りたがった。サダは初めて知った安らいだ田舎暮らしのままで、ひっそり生きていたかった。山田は男として退屈ではあったが、燃えさかる炎に追われる中で、自分を守ってくれた、という思いをサダは大事にしたかった。東京へ戻れば、何かしら凶々しいことが起こりそうな予感があり、サダをおびえさせた。

しかし、東京で仕事がしたいという山田の熱意にほだされて、いっとき東京へ戻った。想像を超える廃墟と、すさんだ人々の群れに、二人はたじろぐ。

誘ってくれる者があり、埼玉県川口市の民家の二階を借りることにした。

朝五時頃には起き出す山田に朝食を用意する。昼は外食券食堂なるもので、どうにか腹ごしらえしてもらう。「黒い泥焼きのような……汚いねじパン……少しプンと来る鱈二片、キャベツ少々。これもまた敗戦の味である」と徳川夢声が『夢声戦争日記』に書いている。

満員電車に、時にはぶらさがったまま、物のように運ばれてゆく毎日を、不平も言わずに山田は左官仕事に精を出す。サダはそんな亭主に、行ってらっしゃいと声をかける毎朝に、ごく普通の世話女房になれた思いで安心していた。

ある日、用達しに東京へ出た。姉の許へ顔を出し、茶菓子がわりの蒸し芋を食べ、人形町の洋服屋へ向かう。闇市で手に入れた着物と、少しはましなワンピースを交換してもらうはずだった。いくら田舎暮らしとはいえ、着道楽のサダに、少しのお洒落は必要だった。布製で、持ち手だけが木製の手提げ袋と風呂敷包みをかかえて、本屋の前に通りかかった。

バラック小屋だが、大きな文字のビラが幾枚も貼り出されている。ブリキ缶の上に板を渡した台。そこにドギツイ原色の表紙の雑誌が並んでいる。「りべらる」「猟奇」など。奥にはまださまざまなゾッキ本がある。活字に飢えている人が多いのだろう。雑誌も本もよく売れているらしい。

視線を引っぱられるように、一枚のビラに目が留まる。足をすくわれたように、サダは立ちすくんだ。封印してきた自分の本名が、ドロ絵具の文字になって踊っている。

〝愛欲に狂った女　阿部定！　好評発売中　十万部突破！〟阿部定の横にあざとい朱色の二重丸がついている。

胸を鈍器で打たれたような衝撃だった。ザラザラの仙花紙の本を、震える手で買った。定価五十円也。心の中で、カランと何かが音をたてた。吉井昌子の名が、奈落の底へ落ちたのだろうか。

出所後も、何くれとなくサダの身のふり方を心配してくれる昔からの腐れ縁ともいうべき稲葉國武の所にまっ先に駆け込んだのが、良かったのかどうか。今となっては、サダには判断がつきかねる。

サダも石田も稲葉も、ひどくゆがめられ、興味本位に書かれた書は、下品で読むたびに、どぶドロを頭から浴びせかけられたように、全身を真っ黒く汚された思いがした。

自分を色ぐるいの悪女そのものに描かれていることを、百歩ゆずっても、石田まで蔑みに満ちた悪意のにじむ筆で描かれていることに、強い憤りを覚えた。ひたすら、石田に申し訳ないと思った。稲葉も稀代の悪党として登場する。

「名誉毀損で訴える」。稲葉は即決した。もう後へはひけない。田舎では、垢抜けした身ぎれいな吉井昌子。東京で焼け出され、川口へ落ちのびてきた品の良い「東京の奥さん」。優しくて気さくな人。職人の世話女房。サダの戦後の生活を、貧しくとも安らかにしていたもののすべてが、ビシビシと音を立ててひび割れ、はがれ落ちてゆく。

山田の驚愕。近所の人々が受けた衝撃。もう川口には居られなかった。

「何か事情のある女だとは思っていたが、まさかあの……」

山田が途中で絶句した姿が、忘れられない。もっと罵られても殴られても、覚悟はできていた。

すぐさま、新聞が書きたてた。

毎日新聞昭和二十二（一九四七）年九月五日付――訴え出た阿部定――。〝お定色ざんげ〟を相手どり――最近例の阿部定さんの尾久情事を種にしたエロ実話本やエロ劇がはんらんしているが、当のお定さん（四四）がウソだらけの本を見てはとても耐えられぬと四日名誉き損で東京地検に訴え出た。相手は「昭和好色一代女　お定色ざんげ」の著者千代田区神田神保町二の四、珍書研究会の木村一郎、同書の出版社中野区上高田二の三四八、石神書店主、石神想月の両氏で、告訴人はお定さんとその仮住い先で書中にも登場する台東区坂本二丁目二六の四、稲葉國武さんの二人。（略）問題の書はB六判で百七十ページ、二カ月間に十万部売りつくした。（略）

毎日新聞昭和二十二（一九四七）年九月九日付――いびられて口惜し――お定さん心境語る――

自分の過去を取りあげた書に憤慨、その出版社と著者を名誉き損で告訴した阿部定さんは世評を思い表面に立たず、居所も極秘にしていたが、八日午後四時、同じ告訴人の稲葉國武氏方で、紺のワンピース姿で本社記者に対し次のように語った――彼女は「か弱い私が更正しようとするのにどうして世間は冷たいんでしょう」と嘆きの涙にほほをぬらし（略）

沈黙の中に閉じこもった男の背中の丸みが、脳裏にやきついている。戦争末期、迫ってくる炎の中を、しっかり手を握りあって逃げた爆撃の夜。男に守られているという思いを、はじめて味わったサダだ。無口で、無趣味で、働くことだけに一生懸命に見えた男。やはり本当の私をまるごと受け入れてはくれなかった。

たとえようのない寂寞たる思いが、身を噛む。山田は黙って姿を消した。大切にしていた左官道具の包みと共に。彼もまた、人には言えぬ事情を抱えた男かも知れぬ、とサダは諦めの霧のようなものに包まれて、思った。足掻いても足掻いても、どうにも浮き上がれぬ人間が、この世にはいる、と苦い唾液を飲み込むように考えた。

坂口　しかし、世の中の評判というものを、そんなに問題にする必要はありませんよ。一体、あなたはあの事件を後悔なさってますか……僕は悪い事件じゃないと思うけど。

サダ　そりゃア、別に後悔してませんね。今でも、あんなことしなきゃよかったかしらん、と思うけども、やっぱし、そうですね。ちっとも後悔してないんです。死んだ人に悪いけどもネ……それが自分でも不思議なんだけど。

坂口　いや、不思議じゃない。それが大切なことなんですよ。あなたがそういうことをハッキリおっしゃるべきですよ。

（略）

あなたの情熱の問題だ。それをあなたがやり通そうという、命懸けみたいなものを持って事に当たらなければダメですよ。人にちょっと言われて引っ込んだりしちゃ……。

サダ　ええ、今度は……。

坂口安吾と話しているうちは、気力が湧いてくるような、本名で顔を上げて社会を渡っていけそうな思いにとらわれたサダである。

しかし、稲葉夫妻の住む下谷、猫道と呼ばれる密集した陋屋の二階で、この先どうしようと、暮れなずむ空をぼんやり眺めていると、なぜ石田と共にあの時、死んでしまわなかったのかと、幾度も胸に去来した悔いが、またせきあがってくる。茜色に染まる空。「吉さん」と声に出し、後に続く言葉が無いことに、救いはどこにもありはしないと気づく。下を見ると、路地を痩せた三毛猫がゆっくりと歩いてゆく。

訴訟事件は、結局のところ、サダの平穏な暮らしを破壊し、いくらかの和解金でうやむやにされ、サダの口述をゴーストライターがふくらませて書き上げた本を出版することで、けりがつけられてしまう。サダの失望は大きかった。『阿部定手記――愛の半生』訴訟を起こした翌年四月に、新橋書房から刊行。定価五十五円。

濃霧消え　菊一枝に　秋日より

そんな一句で、本はしめくくられている。霧が晴れたわけでもなかった。

坂口安吾は、サダの印象を次のように書いている。

——阿部さんに会った感じは、一ばん平凡な下町育ちの女という感じであった。（略）すこしもスレたところがない。つまり天性、人みしりせず、気立てのよい、明るい人だったのだろうと思う。（略）

変質的なところが少しも感じられない。まったく、まともな女なのである。（略）僕がお定さんに、なんべん恋をしましたか、と言ったら、たった一度なんです、それがあの人なんです、三十二で恋なんて、おかしいかも知れないけど、でも一度も恋をしないで死ぬ人だってタクサンいるんでしょう、と訴えるように僕を見た。（略）八百屋お七がなお純情一途の悲恋として人々の共鳴を得ているのに比べれば、お定さんの場合には、さらにより深くより悲しく、いたましい純情一途な悲恋であり、やがてそのほのぼのとしたあたたかさは人々の救いとなって永遠の語り草となるであろう。

恋する人々に幸あれ。

サダは稲葉のすすめで、本名で舞台に立った。劇作家、長田幹彦主宰の劇団で、『昭和一代女』の中の一幕「浮寝鳥」の女中役。演技の訓練も発声練習もろくに受けずに、人前に出る無謀さは、その興行成績の惨憺たる数字によく表れている。興行収益は、女囚の更生のための事業に寄付するとうたって、「阿部定文化事業後援会」などという名目までつけた。しかし、真面目に生きる女中役のサダの硬直した演技に、観客は白けるばかり。やはり世間は、もっと強烈なエロチシズムを求めたのだろう。

舞台が終わり、楽屋の鏡に向かってドーランをガーゼでぬぐいながら、サダは自分の居場所の定まらぬ空虚さを感じていた。それなのに、翌昭和二十四（一九四九）年、浅草の百万弗劇場というキワモノを上演することの多い小屋に、また出ることにしたのは、地方興行に出たものの借金ばかりが嵩んでしまったせいもあり、稲葉のすすめに、半ばやけになってしまったともいえる。

本も売れず、女優としても失敗し、自信を失くしたサダには、やはり小料理屋の仲居や女中の仕事しかなかった。京都や大阪を移り歩いた。

京都・宇治の「菊屋旅館」は、サダのおかげで、かなりの繁盛ぶりだった。大阪はミナミのバー・ヒノデ。朋輩たちからは、嫌がらせを受けた。

そんなサダを、大阪まで引き抜きに来た男がいた。浅草、清島町（現、台東区東上野）にある「星菊水」の創業者、丸山忠男である。戦後のどさくさの中で、まだ若い身ながら屋台ひとつから商売を興し、やがてさまざまな趣向をこらして、「星菊水」を始めたやり手である。民謡酒場をはやらせ、絶倫料理などもうたい文句にし、割烹料理屋を大きくしていた。サダの噂を耳にして、知人の紹介で、当時はまだ高嶺の花であった飛行機に乗って、大阪のサダの前に現れた。

「是非、うちの〝星菊水〟の看板仲居になってほしい」

まだ三十代だった丸山の、恐いもの知らずで猛進してくる熱意に、サダはうなずいてしまう。スカウト料十万円。他の中居が月給三千円のところ、特別待遇として二万五千円を出すという。当時として、破格の待遇であった。

――御挨拶
その後は久しく御無音にうち過ぎ失礼申し上げおり候、朝夕涼しさを加え日一日と秋色深きけふこの頃、（略）わたくしこと、空ゆく雲の流れの身をひと年あまり浪花の地に過し（略）思いがけなきえにしの意図も不思議なる神仏の御引合せにて、なつかしのふるさと、浅草に、その名も高き「星菊水」さまの御温情（略）ひと時の御清遊、御浅酌の御席にて、心からなるお相手を……なにとぞ末長う御愛顧のほど（略）
星菊水にて　阿部定

他人が作った挨拶状だが、書が好きで、なかなかの達筆と言ってくれる人もいるので、サダは自筆で宛名を書いた。知人、昔の客、世話になった司法の関係者にまで送りつけた。

他の仲居や女中等から、妬まれたり好奇の目で見られたが、年を経た今となっては、腹をくるより他はない。笑顔で酌をして廻り、客によってはわざと伝法な口調で相手をして、座を賑やかにした。事件のことに触れてくる客からは、さっと身を引き相手にならない。それでも歳のわりに美人だ、座持ちがいいと、評判が良かった。看板仲居としてのサダの起用を考えた丸山の勝利だった。

保険仲介業を看板に、金貸し業もやっている稲葉に、サダは訴訟や旅興行で世話になった分として、まとまった金額を、渡すことができた。高い給料のほかに、チップが大きな収入になった。下谷の猫道の二階が、サダの久しぶりに落ち着ける居場所となった。

近所の主婦や洗濯屋のおかみさん等とも、世間話をしたり、気が向けば上がりこんで、茶菓子をつまんで談笑もした。隣りの物干し台へひょいと足をかければ、飛び移れそうな建てこんだ界隈の日々を、サダは安らいだ気分で過ごした。

朝、ゆっくりと目覚める。ときには刑務所時代の、ガチャリと重々しい錠前の音が半醒の定の耳の奥に響く。一瞬おびえが走る。深呼吸をし、頭を振って、もう終わったよ、と自分自身に呟く。

稲葉の妻ハナが用意してくれた朝昼兼用の食事をとる。ハナは化粧もせず、白髪の目立つ頭を小さくまとめ、地味な装いなので、近所の人は、サダの母親と思っているらしい。サダも「お母さん」とハナを呼ぶ。稲葉とサダが年の離れた夫婦と思う者もいる。ハナとラジオを聴いたり、レコードを楽しんだりした後、サダは銭湯へ行く。

湯上がりのほてったからだを団扇であおぎ、諸肌を脱ぎ、鏡台へ向かう。この頃流行している近所の女たちが羨しがる三面鏡だ。丹念に肌の手入れをする。目尻の小皺や頬のたるみが気になる。ホルモン注射をすすめる者もいるが、効果があるかどうか。パーマを当てた髪を結い、縞の着物に着替える。縞の着物が、サダの代名詞のようになっている。

四十代最後の歳にスカウトされたサダは、「星菊水」の看板仲居として、以後十二年間を勤めあげる。その間に、東京料飲同志会から、優良従業員として表彰された。百二十名の代表として、神妙な表情のサダが、表彰状を受け取っている写真が、昭和三十四（一九五九）年九月十三日号の「週刊現代」に載っている。

客の中で、言い寄る男はうるさい程いた。サダは自分の勘で、信用のできそうな者しか相手にしなかった。そんなよく選んだつもりの男も、長くは続かない。

「俺のものと、あの石田のと、どっちが大きい？」

サダの一番嫌いな言葉を吐く男のからだから身をよじって離れ、男の腹を蹴ってものも言わずに去る。

石田吉蔵は、唯一無二の存在なのだ。誰とも比べることは許さない。そんなことを聞きたがる男は、有名人であろうと大金持ちであろうと、我慢できない。一瞬にしてさめる。

性に淡白だった大宮五郎も、吉井昌子として睦み、本名を知って黙って去った山田も、たとえ興奮のさなかといえど、そんな言葉を吐く男たちとは違って、懐かしい人間に思われる。

とりわけ、その人生を台無しにしてしまった男、サダをいつも親身になって案じてくれた大宮五郎には、心の隅で手を合わせて詫びている。二人とも消息は知れぬが、サダの心の中で、良い人として生きている。

栃木の刑務所で服役中、親鸞の本と日蓮に関する本を、たくさん読んだサダは、日蓮宗の信者になっていた。

身延山の麓にある日蓮宗総本山、久遠寺へ休みのとれた日に一人で参るサダである。「星菊水」での高給と日頃もらったチップを貯めたまとまった金で、石田吉蔵の永代供養も頼むことができた。

長い石段を登る。息が切れる。吉蔵に近づくようで嬉しい。吉蔵の戒名は、全法院心空吉道居士。


昭和四十一（一九六六）年、貯めた金と「星菊水」の丸山社長が、退職金がわりに出資してくれた資金で、台東区竜泉に、おにぎり屋「若竹」を開店する。還暦を過ぎた六十一歳での再スタートだ。自立しなければ、と心に誓ったのは、腐れ縁だった稲葉國武が亡くなったことが、きっかけになったのかもしれない。長いつきあいだった。横浜時代の彼に性技のあれこれを実地に教えこまれた。愛憎がこんがらかって、肉親以上の存在だった。稲葉、享年七十六。

「若竹」は、地下鉄日比谷線の三ノ輪駅から徒歩数分。わずか十坪あるかないかの小さな店だが、サダにとっては自分の城、晴れ舞台だ。カウンターとテーブル席。手伝いの女性は、三味線が上手でサダをよく助けてくれた。奥に六畳の和室があり、押入れや小さな流し台も備わっている。テレビ局が取材に訪れたりし、繁盛した。おにぎり屋というより飲み屋だった。「星菊水」の馴染客や有名無名の男女の客が来た。家賃、二万五千円は、滞ることなく支払えた。

――女剣劇の座長の浅香光代さん(75)は、勘所を押さえた彼女の客あしらいの手練手管に感心することしきりだった。

「ちょっとホーさん、こちら浅香光代さんよ。チップ差し上げて」と、ほろ酔いの彼女がしなだれかかると連れの男は目を細めてうなずくばかり。

平成十八(二〇〇六)年六月十日付
朝日新聞be版「愛の旅人」より
サダは浅香光代の母親トキとは、旧知の仲で、若い頃トキに借金したこともあった。

数多いサダのファンの中に、暗黒舞踏で名の知れた土方巽がいた。

土方は昭和三(一九二八)年に、秋田市に生まれている。サダの十三歳年下。「若竹」でサダに会う以前からサダの信奉者を名乗っていた。若くして、ノイエ・タンツを学び、やがて上京。異能の舞踏家、大野一雄の公演を神田共立講堂で観て、深く感じるところがあり、自身も「禁色」と題した前衛的舞踏を公開する。「舞踏とは命がけで突っ立つ死体」と称したり、「ただ身体を使うというわけにはいかん。身体には身体の命。心だって持っている」と言う。調和と過剰、美と醜、形式と情念といった対立項にこだわり、倒錯美を追究すると言ったりした。そんな土方にとって、サダはまさに情念に生きた女王であったのかもしれない。裸体の白塗りや男根を布で巻いたいでたちの舞踏は、当然のように、正統派の従来の舞踏界からは、異端として蔑視され、差別された。

しかし、大野一雄をはじめ土方巽、麿赤兒、大駱駝艦等の舞踏を支持する人々もいた。澁澤龍彦、瀧口修造、埴谷雄高、三島由紀夫等々。

昭和四十四（一九六九）年の八月。カメラマン藤森秀郎が、「若竹」の座敷で、着物姿でかしこまった土方と、六十四歳のサダの正座した写真を撮影している。土方は長髪を後ろでまとめ、黒っぽい着物に羽織姿。サダは染めているだろう黒髪を、髱《かもじ》を入れてつんもり高く結いあげ、単衣に博多の半幅帯で、真面目な表情で正面を向いている。どちらかといえば、寂し気な不安そうな面持ちといえる。

サダの後ろに、鏡台などが写っている。

同年、土方の発する言葉の魔力にからめとられたのか、サダは石井輝男監督の手による映画で、自宅（台東区坂本）から「若竹」へ出かける途中、浅草の吾妻橋あたりで立ちどまり、カメラに向かって事件について、短い言葉で語り、軽く会釈してそそくさと歩み去る姿を見せている。

「あの人は喜んで死んだんだからね……人間、一生のうち一人じゃないかしら、好きになるのは……」サダの後ろを都営バスが走り抜けてゆく。

映画の題名を、サダは公開されるまで知らなかったのではないか。「明治・大正・昭和猟奇女犯罪史」。サダの役を女優賀川ゆき絵が演じている。

この題名の映画が公開されて以降、サダはまた、「若竹」を閉めて失踪する。昭和四十五（一九七〇）年、春のことである。店の経理をまかせていた若い男に資金を持ち逃げされたとの噂が広まった。以後、十カ月たらずを、大阪で身をひそめるように暮らした。この年の大阪は、万国博覧会で活況を呈してはいたが、やはりサダは東京へ舞い戻る。

ふるさと浅草の匂い。雑多な食べものや人々の発するちょっと猥雑な匂い。サダはそれが好きだ。幼い頃から馴染んだ匂い。雑踏をあてもなく歩いていると、肩をたたく人がいる。

奇縁の人である。島田国一。サダと吉蔵が流連を続けた果てに、事件を起こした待合、満佐喜のまさに隣室で、仲間と花札に興じていたという人物だ。呉服を扱ったり、鉄工所を経営したり、印刷屋を手がけたりしている。不動産もたくさん持っていた。サダが山田とはじめて所帯を持ったアパート月光荘も、島田の所有する物件だった。「星菊水」の丸山社長に、大阪にいたサダを紹介したのも、他ならぬ島田である。「若竹」の店をたたんで、また漂流するサダを、彼がひょいと掬い上げた。

自分の経営する千葉県の、客室二十ほどの勝山ホテルで働かないか、と誘う。サダ六十六歳。ふらふらしているようでいて、人生後半のサダは思えば働きづめだった。その疲労の蓄積と年齢故に、からだのあちこちが傷んできている。とくにリュウマチが、サダを苦しめていた。

奇縁といえば、島田の妻になっていた節子とも、サダは不思議な縁の糸でつながっている。会って、話して、サダはその偶然に驚いた。サダが吉井昌子として山田と過ごした川口市で、二人は近所の人間として出会っていたのだ。終戦後の昭和二十二（一九四七）年のこと。まだ十代だった節子は、横浜で罹災し、みなし児となる。川口へ嫁いだ姉を頼って身を寄せた。川口市本町。節子はお下げ髪の女学生だった。当時、隣組で配給物資を分けるクジ引きがあった。食糧難で、誰もが必死で目を血走らせている中で、吉井のおばちゃんは、クジにはずれるとあっけない程さっと引きあげる。その潔よい姿が、節子に好印象を残していた。

今では、サダは病み疲れた六十六歳の老女である。節子はいたわる思いで、サダに仲居としての呼び名は何にする？　と尋ねた。

「私ね、新派のお芝居『日本橋』のこうが好きだからこうって呼んでほしい」

泉鏡花原作の「日本橋」は、水谷八重子が置屋稲葉の看板芸者、潰し島田が似合う孝《こう》を演じて評判だった。素足に吾妻下駄の姿が粋な芸者。気風がよくて鉄火肌で、実は純粋な弱い女。不幸を背負ったような主人公だ。

　自分よりずっと年若い節子を、サダはママさんと呼んで甘えたり、我儘を言ったりした。そのサダが、半年もたたぬうちに、勝山ホテルの名前入りの箸袋を切り開いて便箋代わりにした三枚に、書き置きを残してふいと姿を消してしまった。

ママ様
御免なさいねお詫申します
いろいろ思いやり下さって
心配頂いてまして心から厚く
御礼申し上げます
いつ迄もいつ迄もおそばに
居てと思い居りましたが
からだが悪くてはどうにも

おつとめが出来ません
重いものは持てない
台所は出来ないと

勝手な事ばかり我がままして
本当に本当に悪うムい《ござ》ました
とりあえず東京でからだ直して
考えなほします　あらためて
又ママのおそば元居さして頂く
事もありませうし　東京で又
お目もじ申し上げることも
ありましょう
どうか此勝手なフルマイを
お許しください　お目もじの上
お願いするのが心苦しく
やむなくこうした事を致しました

重ね重ねお許し下さい
七月八月が済みましたら
お伺いさせて頂きます
東京で社長様にお目に
かかります
くれぐれもご立腹なきよう
お詫び申し上げます
ショセン私は駄目な女です。

こう

29 身延山と下部温泉　サダの場合

身延の駅に降りる。久しぶりだ。リュウマチを患い、勝山ホテルの仲居の仕事を、放り出してから何年になるだろう。不義理をしてしまったという後ろめたさを、いつも感じながら、全身を針で刺されるような痛さに襲われると、布団をかぶって痛みに耐えることで、つきつめて考えることから逃げる。痛みだけに真向かう。日によって、痛みはどこにもないこともある。波のように、打ち寄せたり、ひいたりだ。熱もなく、歩行もしっかりできる日は、雲がきれ、陽がさしこんだように、気分まで晴れやかになる。

ぶあつい痛みの雲がやってこないうちに、と間借りの部屋を出てきた。いつもなら、駅前のずらりと並んで客待ちをするタクシーに手を上げるサダだが、今日は自分の体調の良さを確かめるように、バス乗り場へと歩く。かなりの人が並んでいた。歩けることが、何かの恵みのようで、嬉しい。

石田吉蔵の永代供養を頼みに来たのは、もう二十年近くも前のことだ。あの時はまだ、山頂へ行く道は整備されておらず、ロープウェイも設置されていなかった。私はまだ、足腰はしっかりしていた……と、サダは思い返す。あの頃は名物仲居として「星菊水」の人気者だった。給料も破格、チップも多く、働くことが嫌ではなかった。

昭和三十年、七月……。忘れないよ。麻緒の夏草履を脱いで手に持ち、足袋はだしになって登った急勾配の二八七段の菩提梯。それを這うようにして登りきったんだ。薄い夏足袋の足裏が、陽に灼けた石段の熱を吸って、火傷のように痛んだよ。それでも、がんばった。さすがに息が切れて、途中から追い抜いた若者が、戻ってきて手をひっぱってくれた。汗がしたたって、目に入ると痛かったもんだ。

永代供養料は一万円。あの当時としては、相当な出費だった。それでも、あんたにこんなに立派な戒名がもらえて、嬉しかったよ。「全法院心空吉道居士」。昏のぶあついお坊様だったね、確か。読経の声は、よく響いて吉さんに届いている気がしたよ。私にも、優しい口をきいてくれた。あの菩提梯を登ったことをほめてくれた……。あの後も御布施を何度も送ったよ。二、三度お参りもしたし。

今は、杖が欲しいと思ってしまう。からだの芯がしゃんとせず、リュウマチが牙をむく時は、激痛が全身を走って、立ち上がることすら辛い。

バスに揺られながら、サダは自分に話しかけている。梅雨もまじかだろう。葉桜の緑が、うっとうしいほどに濃い。バスの窓からはじめて訪れる場所のように、サダは外の景色を目で追う。風が吹くと、木漏れ日がチラチラと動く。あちこちに、紫陽花が咲いている。

こんなところに学校があったのか。運動着姿の少年少女たちが、照りかえしで白く輝く運動場を駆けている。夢でも見ているような気分だ。

千葉の勝山ホテルへ、島田国一に拾われるようにして身を寄せたのが六十六歳だったろうか。今では自分の歳もしっかりとはわからない。まだ若い女将の節子にも特別扱いで大事にしてもらったが、それがかえって心苦しく重荷だった。

他の女中たちの意地悪な目もあった。サダの体調によって寝たり起きたりの勤めぶりは、彼女たちから見れば、怠け者、横着者に映ってあたりまえだと思う。

ふらりと東京へ戻り、小さな部屋を借りた。日蓮上人の本を読んだり、経を唱えたり、しばらくは万年床で半病人のように過ごした。

難しいことはわかってはいない自分だが、寺に入って修行をさせてもらい、尼にしてもらえないか、と弱ったからだで考えた。

昔、小料理屋で働いたことのある滋賀県大津市の知り合いが、寺に関係のある人だったのを思い出し、手紙を書いた。

地方巡業にまわっていた頃、世話になった愛知県犬山市の尼寺にあてて、同じような文章をしたためて、送った。

横柄だったり、言葉だけは丁寧だったりの違いはあっても、断り状であることはどこも同じだった。ナシのつぶてよりはましか、と自嘲して、拒絶の手紙を破り捨てようとした。関節が曲がって、指に力が入らない手では、ちぎることもできなかった。

プラスチックの洗面器に張った水に手紙をひたす。柔らかくなった紙を、小さくちぎった。文字が小さな紙切れの上で、蟻のように見える。幾匹もの蟻を、指先であちこちに動かし、洗面器の池にみたててしばらく遊んだ。よるべの無さが、夕暮れと一緒に降ってくる。

終点でバスを下りると、見慣れた身延の山門通りだった。商店の構えや看板などが、新しくなったものもある。小さな店が軒を連ねた道筋はまっすぐの一本で、それほどの変化は無い。

電車に乗り、バスを乗り継いできたせいか、腰が重く痛んだ。名産ゆば、水晶、甲州名物印傳などと看板を掲げた店の合い間に、食べもの屋がある。暑い季節になっているので、名物のほうとうも、食べる気がしない。

「星菊水」で元気に働いていた頃は、ここで紫水晶の数珠を買い、あそこの店でトンボの模様の印傳の紙入れを求めた。紙入れは、愛用していたが、クリーニング屋の奥さんがあまりに欲しそうにするので、やってしまった。数珠はどこで失くしてしまったのか。今は、浅草で買った菩提樹の数珠を身につけている。朋輩たちへのみやげに、安い水晶の根つけをたくさん買った記憶がある。

山門の左手にある観光案内所の男と目が合う。

「タクシーを呼んであげようか」

男が声をかけてきた。そんなによぼよぼの婆さんに見えるのか。見えるのだろう。露芝の絽の単衣によろけ縞の夏帯姿だが、背がまるくなり、足もとがおぼつかないから、同情してくれたのか。

ここから女坂をゆるゆると歩いて登ってゆく川辺の道も風情があって悪くないのだが。七十歳を目前にしたリュウマチ病みの女には無理なのだろうか。日蓮上人の御廟所や草庵跡があり、小ぎれいな寺がいくつもあった。そんな寺へふらりと寄り、庭を見せてもらったこともある。自分のことを、若くして夫と死別し、子どもも姑にとられてしまった嫁のなれの果てだなどと作り話をし、茶をふるまってもらったりもした。

タクシーは、あっという間に、久遠寺に着く。サダは、大きく息を吐いた。〝吉さん、本堂へ来られたよ。ここは変わっていないね〟

タクシー代を払う時、財布の中を確かめるように見る。昔は自分の持ち金なんぞ、あまり気にしたことはなかった。病がちになり、金が乏しくなった今は、やはり気にしてしまう。

木立は以前より丈高く立派になっている。空気がいい。五重塔も大鐘のおさまった鐘楼も、昔のままだ。サダはホッと安心の吐息をまたついた。しだれの瓔珞桜も妙法桜も、満開の折に来合わせると、花の色香に包まれてこれが極楽の入り口か、と想わせてくれたものだ。

本堂の広い階段を、一段一段、手をつくように腰をかばいながら登る。陽を吸った木肌が足裏に優しさを感じさせる。ふうわりとからだ全部を包み込むような香が流れてくる。線香の中に檜や杉の香までが織りこまれているような気がする。サダは座りこんで、膝や足首をさする。ここは別世界だ。私のような業の深い罰当りを、そのまま抱きとめてくれる。

香華につつまれて、頭を垂れていると、しだいに疲れが去り、心が澄んでくるような気がする。リュウマチで、からだ中を痛みが責め苛むような日の、絶望的などす黒い思いも、早く吉さんのそばへ行きたいという焦燥感も、この先のわが身のよるべなさも、すこしずつ、真綿でなでられているように、消えてゆく。おみくじを引いてみる。——我於無量。百千万億。阿僧祇劫。修習是難得。……願いあと少し待つこと。必ず成就する。病気は長引かせればわるし。……多くの月日を送り読誦し奉るところの法華経の功徳は虚空にも余りぬべし——

普通の寺社のおみくじのような、細長い紙で、枝にくくりつけるようなものではなく、四角なポチ袋様のものに入っている。中には、三つ折りの厚紙に、聖人の言葉や経文の一部が印刷されたものがある。サダには、よく理解できぬ箇所もあるが、願いはいつか叶うと読みとれて、ホッとする。病は少々、不安が残る。

ロープウェイは、昭和三十八（一九六三）年に完成したという。サダは、はじめて身延山頂の奥の院まで行こうと思った。

案内嬢が、高低差七六三メートルとか、ダイアモンド富士が見える日があるというようなもう幾百回も口にしただろう説明を、無表情でしている。その合い間に、テープでブッポウソウの涼し気な鳴き声と、鶯の巧みな鳴き声を流す。十名ほどの乗客を箱型の乗り物に閉じ込めて急斜面を登ってゆく。

春を過ぎた頃の鶯は、俳句では老鶯とか、晩鶯というんだ、とサダの掌に指でなぞって教えてくれた男の顔が浮かぶ。さがり眉と、目尻の皺の数まで覚えているのに、名前が思い出せない。眼下の富士川のくねりや樹々が風に揺らぐのを見ながらサダは小さく頭を振る。男はいつも、女にものを教えたがる。

吉さんは、そんな風じゃなかった。また吉蔵を思ってしまう。ずっとずっと昔の男を、老婆になっても忘れることができないのは、どういうことなのだろう。

テープのブッポウソウの声が、遠くなったり、近くなったりする。気圧の加減か、耳がポーンと栓をされたような感じだ。

頂上に着く。ここまでお聖人様は、歩いて登られたのか。お手植えの杉と書かれた丈高い立派としかいいようのない杉の大樹に手を触れる。七〇〇年の風雨に耐えたといわれる杉のかさついた樹皮をなでる。陽なたくさい匂いと脳の奥までつーんとするような爽やかな匂い。

栃木刑務所の若い優しい教誨師に、「何故、日蓮様なの？　親鸞様じゃないの？」と聞かれたことがある。どちらについても、刑務所の図書館から借りて、独房で何冊も読んだ。キリスト教徒らしい女教誨師は、別段とがめるような口調ではなく、サダの傾いた心のありようが知りたいといった感じだった。

何故といわれても、自分でもよくわからない。直感としか言いようがない。まるで歌舞伎にでも出てくるような法難の数々。子どもにも理解できるような絵図に描かれた日蓮の生涯。幾度かの迫害にくっせず、邪法を信じているから、この国に災害が起き蒙古襲来などの困難が生じると、法華経を信ぜよと幕府に諫言する強靭な心。なによりもその像の力強い容貌が、サダをとらえたのかもしれない。関東の出であることも、親しみがもてた由縁なのだろうか。

親鸞の京を中心にした生涯や、妻帯し寺をもたずに、九十歳まで生きたことが、サダに何らかの感情を与えたのかもしれない。日蓮の強烈なカリスマ性に、すがりたかったのだろうか。

サダの心の中にも、たくさんの矛盾した思いが渦巻いてはいる。日蓮がしきりに説く「親の恩」というものと、自分の心の内にわだかまる親への想い。サダには、わからない。母は自分を人形のように着飾らせ、甘やかした。それは、愛情なのか自分の気晴らしなのか。父は一時の怒りから、サダの人生を根底から変えてしまった。芸で身を立てる芸妓ではなく、身を売る女として、置屋へ売りとばしてしまった。サダが普通の女の人生から、遠く隔たった大もとは、父のこの所業にある。

子どもたちの不行跡と自身の気の弱りもあり、畳屋を店じまいし、田舎に引っ込んだ父親。その最晩年は、病苦でやつれ果て、排泄の世話をするサダに、骨ばった両手を合わせた。

「お前に、こんなに世話になるとは」と言って絶句し、皺深い目尻に涙をためたが。

こうした両親を、尊べとお聖人様はおっしゃる。確かに、父母があってこそ、自分が今ここにいる。それに否《いな》は無い。それでも素直になりきれぬ自分も、どこかに残ってる。

見上げる杉の大樹の根方《ねかた》に、小さな可憐な花が咲いている。サダは後から来た若い女に尋ねてみた。

「この花の名前、知ってる?」

「はい。九輪草ですよ。茎がすうっと長くて、その先に花が重なっているでしょ。そこが、ほら、五重塔のてっぺんにある九輪に似てるから九輪草。サクラ草に似てますね」

女は右手首に巻いた数珠をまさぐりながら、教えることが嬉しいというように、笑ってみせた。

山頂の奥の院、思親閣に参った後、展望台で、富士山を見た。白い雲のかたまりがあり、美しいはずの左肩をおおいかくしている。雲よ、早くそこを退いておくれ。サダは呟く。食堂があったが、まだ食欲が無い。

ロープウェイで降りている途中から、急に左の耳がふさがれたような感じになった。案内嬢の声も、テープのブッポウソウの声も、すっと遠のいた。音量のつまみを限りなく小に近づけた時のように。

小さな方形の箱の中で、自分だけが何かの膜に包まれて、他の人から遠のけられて落ちてゆくような……気分。唾を何度も飲み込んでみる。片耳を押さえ、首を傾けてみる。やっぱり何をしても、左耳が聞こえない。気圧のせいだろうか。

身延から特急で一駅先が、下部温泉だった。まだ元気だった頃は、日帰りで新宿まで戻ったものだ。リュウマチで悩んでいる今、武田信玄が傷を癒やしたと言い伝えのある効能あらたかな温泉に、身をひたしてみたい気持ちになった。

駅を降りて、清らかなせせらぎに沿って歩いた。目の前を、燕が鋭角に横切って飛ぶ。宿屋のガレージの軒先に、巣があるらしい。みやげもの屋や食べもの屋を見るともなしに歩いて進み、何のいわれもなく、一件の宿の玄関脇の紫陽花の淡い藍色に魅せられて歩をとめた。

　空裂きて　飛び交わすなり　つばくらめ　顔より大き　口開く雛

短歌になっているのかどうか。サダは口の中で言葉の切れ端のようなものを転がしながら、玄関に立った。

古い木造の二階建てだ。温泉は地下にあるらしい。

浴衣地のワンピースを着たまだ若い部類の女将らしき人が、案内してくれる。

二階へと足をかけ、思い直したように一階の奥の部屋へとサダをいざなった。歩運びのおぼつかなさに、目をとめたのかもしれない。

トイレも洗面所も共同で、サダの部屋のすぐ前だ。掃除はゆきとどいている。六畳ほどの部屋に落ち着いて、サダは窓を開けた。すぐ下に下部川が、涼し気な音を立てて流れている。他の客の気配がほとんど無いのも、気が安らぐ。

若い頃、名古屋の大宮五郎に連れられて、いろいろな温泉に行ったことを思い出す。先生は、お金に無頓着なところがあった、とサダは遠い目をする。仲居さんに多すぎる心付けを渡したり、まったく忘れていてサダに言われて懐中から紙入れを出したりした。

大宮先生、吉さんの事件にまきこんでしまってすみませんでした。私、先生の人生をメチャクチャにしてしまったのでしょうね。先生は根っからの堅物で、こんな私に、いつも真面目になれ、お前の面倒はみてやるから、と生徒を諭すような口ぶりでしたね。今、どこにどうしておられますか。いくつになりましたか。もう死んじゃったのかな。顔の記憶も薄れかけた大宮に向かって、サダは話しかける。

むくんだ両脚を投げ出し、床の間に掛けられた松と白鷺の掛軸をぼんやりと見る。瀬音が、遠くなったり近く聞こえたりする。まだ左耳は手でふさがれたような感覚だ。こうしてからだのあちこちが故障して、歳をとって死んでゆくのだろう。

吉さんが許してくれるのなら、早くそばへ行きたい。いつだって、命の尽きることを恐れる気持ちはない。無駄に生きすぎてしまってこのザマなのだから。サダが考えるのは、もう後ろ向きのことばかりだ。景気が良くなったとか、経済大国になったとか、新聞やテレビは報じているようだが、サダにはそんな実感はない。この国が、どこを目指しているのか不明なまま、ただ急いでばかりいるようでサダには危っかしく思える。明治生まれのサダからすれば、物があふれ、驚くほど便利な世の中になったとは言えるが、それで人々が幸せになったのかどうかは、わからない。

階下へ行く。ここの温泉は、源泉そのままを引いた37度ぐらいのお湯の湯舟と、熱い湯の浴槽とが並んでいる。

まずはからだを温める。窓からせせらぎの音にまじって、鈴を振るような美しい野鳥の声らしきものが、流れ込んでくる。遠く近く。

温泉浴場として、さして広くはないが、いまのところ客はまだ、サダ一人らしいので、遠慮なく湯舟の中で手足を伸ばせる。腕の内側の肉がいつのまにか、醜く垂さがっている。湯につかっているうちは、乳房も浮力で上がっているが、湯から身を起こせば、力なく低い位置に垂れている。歳月は残酷だ。

からだ全体が温まったところで、低温の浴槽へと移る。昼は重だるく、痛みも出てきていた腰や膝が、思いなしかゆったりとほぐれてゆく感じがある。冷たいという程でもない人肌のような湯温が、心地良い。痛みに効いている気がする。

夕食を運んできた初老の女に尋ねた。

「あのきれいな声で鳴いているのは、何ていう鳥なの?」

「ああ、あれは河鹿です。鳥じゃなくて、蛙の一種」

雄の蛙が、相手を誘うために鳴いていると言う。

「あんなきれいな声だから、姿も美しい蛙?」

「いやいや、みっともない黒っぽい茶色で、岩と間違えそうな蛙だよ」

急に、左耳の中にも、美しい玉を転がすような鳴き声が流れ込んできた。栓がはずれたように、聴力が回復したらしい。

「あと二〜三日も泊まっていかれたらどうですか？　そしたら蛍の飛ぶのも見えますよ。うちの車で近くまで送りますよ」

山菜の煮付けや、川魚の焼きものの皿を並べながら、女がいう。下部の蛍は有名で、遠くからも蛍を見に来る馴染みの客が、毎年いるそうだ。

サダは、頭の中で懐具合を勘定する。それも良いかもしれない。からだも調子が良くなるかも。金が尽きたら、この旅館で何か仕事をさせてもらおうか。いや、もう何の役にも立てぬだろう。こんなリュウマチ病みの婆さんでは。——金のないのは躄《いざり》と同じ、お銭《あし》がなくては歩けない——そんな昔から聞いたり、自分も口にしてきた言葉が、頭の中に甦る。

目を閉じる。薄闇の中にせせらぎの瀬音が混じってくる。遠くで河鹿も鳴いている。

どこで見た光景だろう。ぼんやりと、しだいにはっきりと、田園風景が浮かんでくる。稲田が、波のようにうねる。稲のまだ青くさいような匂いと宵闇の中を、少し湿ったような風が吹いてくる。

小さな光の塊りが、すっと流れては消える。あちこちで、点滅している。

いつのまにか、サダは少女になっていた。朝顔の花の浴衣に、三尺帯の桃色が腰の上でふわふわ揺れている。天花粉の匂いをまとっている。誰かがサダを呼んでいる。振り返る。

「サーちゃん、ほら蛍」

サダは手を差し出す。誰かが、小さな黒い虫を、サダの両手で囲った掌に入れてくれる。両掌のすきまからもれる淡い光。そっと、そっと。サダは掌の中の光の粒を、大事に守って立ち続ける。

30　笠松刑務所を出る　チエミの場合

睦夫は、笠松刑務所へ、たびたび面会に来た。週刊誌に「戦後の阿部定　名古屋に」と扇情的な見だしで、面白おかしく書きたてられるような犯罪をおかしたこんな母親の公判を、傍聴に来てくれた息子。それだけで、チエミは涙をあふれさせた。幼い命を奪おうとした母。ひどい凍傷を負わせた自分。捨て子のように姉に預けっぱなしにした睦夫。母と名乗る資格は無いと、自分に言い聞かせて生きてきたチエミだった。

時に、乏しい稼ぎの中から仕送りをしたといっても、幼い子を成人するまで育てあげる上でのさまざまな苦労に比したら、砂粒ほどのことでしかないと、チエミは想像する。男との性愛に溺れて、正気を失ってしまった自分。申し訳なさと、こんなまっすぐな男に育ててくれた姉への感謝の気持ち。自責の念。その思いを手放さずに、辛い刑務所暮らしを耐えた。

「母さん、ここを出たら一緒に暮らさないか」

遮蔽ガラスの中央よりやや下部の、まるい通気孔が空いた部分から届いた睦夫の言葉。嬉しかった。胸がつまって、言葉にならない。

有り難うと短く言って深く頭を下げた。しかし、そこまで甘えてはならないと、自分を戒めたチエミだった。

塀の中から世間へと放たれた時、迎えてくれたのも睦夫だった。姉からの手紙と、当座の着替えを持ってきてくれた。

空を見上げる。少し曇っているが、広い空がある。早春のなま暖かい風が、じかに頬に触れる。

頭ひとつ背の高い睦夫と、名古屋駅構内のきしめんの店に入った。人波が多く、その流れが早くてついてゆけないような、気おくれを感じる。そんな自分の傍らに、睦夫がいることは、なににも増して、チエミを力づけてくれる。

鰹だしの効いた醤油味で、上にほうれんそうと薄いかまぼこ。麺の上で削りぶしが湯気にひらひらと舞うのが、チエミのきしめん。それが好きだった。だが今では、平らな皿にサラダと一緒にのったもの。衣だけがやけに大きい海老天がのったもの。味噌カツが坐っているきしめんまである。チエミは、自分が笠松刑務所で過ごした時間と、娑婆に流れる時間の差を、感じてしまう。

岐阜県羽島郡笠松町中川にある女囚刑務所での生活は、もちろん辛いものではあった。チエミにとって、女ばかりの集団生活は、中学を卒業して就職した紡績工場で経験しているが、刑務所は別世界であった。

笠松刑務所は、戦後まもない昭和二十三（一九四八）年に、笠松女子学院として設立された。当初は全国の女囚のうち、品行方正な受刑者を集め収容する構想で建てられ、収容人員は六十名程度で、織物作業に従事させた。

時代とともに、女囚の数が増え、増改築されて、定員は五百名を超えるようになった。作業場は五ヶ所。裁縫、電化製品の部品を扱う所、七宝焼の下仕事をする所など、さまざまである。チエミに与えられたのは、紙袋作りだった。看板作業のように世間に宣伝しているのが、七宝焼に関するものだったが、現実にはバリ取りといわれる余分な土をかき取るだけの単純作業にすぎない。

社会復帰のための職業訓練に力が入れられ、美容師、ボイラーの運転、ビルハウスクリーニング等の資格が得られる。チエミの担当になった刑務官榊原は、一見こわそうないかついからだつきの中年の女だった。余分なことは、ほとんど言わない。無闇に怒鳴ったり、侮蔑するような言葉を投げつける他の多くの刑務官の中で、右目が少し斜視のこの担当さんを、チエミは信用できそうだと値踏みした。チエミの勘は当たっていた。

犯罪が特異なものであることを、面白おかしくあてこすり、ささいなことで罵声を浴びせたり、こづいたりする刑務官を、低くて重みのある一言で、ぴしゃりと黙らせるだけの威厳が、榊原にはあった。チエミはかばわれている気がして、嬉しかった。自分よりも歳下かも知れぬ彼女を、時にもう何年も会っていない姉の姿に重ねてしまうこともある。感謝の思いを微笑にこめて榊原と視線を合わせようとする。と、榊原はぷいとそっぽを向く。はぐらかされたようで、チエミは戸惑った。

美容師の資格を取ろうかと、美容過程を希望した。底意地悪くチエミの犯罪を揶揄し、やっていない規則違反をチンコロ（告げ口）する女囚と、それに便乗して嫌がらせをする指導員に、傷つけられて挫折してしまった。

榊原が独房へチエミを送りながら、静かに言った。「我慢するんだ。一日も早くここを出ることだけを考えて」

市バスに乗り、名古屋市北区深田町と書かれた地名の場所を、睦夫とともに捜した。指定された保護司の家である。

途中のパン屋で、焼き菓子を買った。何か手土産を、といって睦夫が買ったのだ。商店街を抜け、角を曲がった住宅街の中に、小さなクリーニング店があった。保護司の家だった。開け放たれた店先には、湯の匂いのような独特の空気が流れている。立ったまま、台に向かって天井からぶらさがったコードの先の重そうなアイロンを動かしている男の姿が見えた。アイロンから蒸気が吹き出す。

「裏へまわりな」

怯んだ様子のチエミに気づいた男が、アイロンを持ったまま、顎をしゃくった。砂利を敷いた空地が駐車場になっている。その片隅に、野水仙が花をつけている。茎が折れたものも、真っ直な葉にもたれるように咲いている花もある。その白さが、目に痛かった。駐車場の奥が住居になっている。

戸口の小さいブザーを押す。睦夫が、チエミの布製のボストンバッグを持って、支えるように隣りで頭を下げる。心強かった。

「よく来たね。長い間、ご苦労さんでした。私、中村礼子。わかってるよね。まあ上んなさいよ」

板敷のダイニングキッチンへ招じ入れられた。雑多なものが置いてあるが、清潔な感じがする。人がいつも出入りする親しみやすい雰囲気が、ポットや炊飯器の置かれたたたずまいから伝わってくる。

「こんな良い息子さんいるんだから、あんた大丈夫だよ。頑張りんさいよ」

番茶だけどといって、礼子が外郎《ういろう》とお茶を勧めてくれる。チエミは、歯にくっつくこの菓子が好きではない。

「このすぐ近くの縫製工場が職場だよ。一服したらつれてったげます。ちゃんと寝泊まりできる部屋もあるからね。何かあったら、いつでも相談に来てね」

チエミと睦夫が、保護司の中村礼子に連れられていったのは、ほとんど女ばかりの工場だった。ミシンの音が、まるで盛夏の蝉の声のように、響きわたっている。男の働き手は、事務に一人と赤児の抱っこ帯の完成品を大きな青い籠に入れて、トラックに運ぶ数人。

最初の話では縫製の仕事と聞かされていたが、礼子が帰ってゆくと、工場長は口調を変えて、お前は工場内と便所の掃除係だ、と言い放った。

工場の外づけの金属製の梯子段を上った突きあたりの、物置小屋のような部屋が、チエミの寝泊まりする場所だった。天井が三角になっていて、まっすぐ立てば、頭がベニヤ板にぶつかる。睦夫が顔をくもらせたが、チエミは大丈夫というように、笑顔を作ってみせた。

出所以来、いくつ仕事を変わったか、数えきれない。住みかも変わった。保護司の中村礼子は、そのたびに身元保証人になり、励ましてくれた。

「人の口に戸は建てられんけど、あんたさえしっかりして、真面目に働いたら、なんにも恥じることはないからね。頑張りなね」

臨時雇い、アルバイト、パートタイマー、派遣社員。呼び名はいろいろだ。正規の社員にはなれなかったから、いつもボーナスというものと、無縁だった。

睦夫が最寄りの駅まで迎えに来てくれるというので、やっと東大阪の姉の許を訪れる決心がついた。外郎のみやげの箱が、いやに重い。胸のあたりに鈍痛がある。約束の場所に、睦夫が車を停めて待っていた。

「景気いいの？　車なんか乗っちゃって」

「中古車に手入れて、安くあがった。俺の仕事だからさ」

照れたように言って、助手席のドアを開けてくれる。

明け方、重い胸痛で目覚めることが多くなったチエミだ。肩や顎もしめつけられるように痛む。起きて、深呼吸をしてぼんやりと天井を眺めていると、痛みは眠気とともに、しだいに薄らいで消える。耐えられぬ程の痛みではない。睦夫や姉には、黙っていようと思う。

この痛みに襲われるたび、チエミは雪の中で、自分の両手が奪ってしまった幼児の命を思う。血迷った末に、ひきしぼったネクタイで、息絶えた一まわり歳下の男の顔が浮かぶと、心の中の消しゴムで消そうとする。

姉は膵臓癌の義兄の介護をし、去年の暮れに見送って以来、元気がないと、睦夫から聞いていた。それでも、チエミの中の姉は、しっかり者で、頼りになる瓜実顔の姉だった。よろよろとからだを揺らしながら、チエミにもたれかかるように抱きついた姉。髪は白く薄くなり、額にも目尻にも深い皺が刻まれている。口角の脇には、溝のような二本の線。

「ごめんなさい。長い間……」

あとは涙が吹きこぼれ、喉につまって言葉にならない。つき出た肩甲骨が、掌に当たる。チエミは泣きながら、姉の背をなでた。

「わかってる、うん、うん……」

姉の声は、こんなにしゃがれて、細かっただろうか。

睦夫がテーブルの上にビールを置き、コップを並べる。ホットプレートが真ん中に置かれている。

「やっぱ、大阪は粉もんでしょ」

場を明るくするように、睦夫は言うと、冷蔵庫から用意してあったお好み焼の材料を出してくる。

「そやそや」

姉とチエミは泣き笑いのぐちゃぐちゃの顔で、睦夫の手さばきを見つめた。

高く積み上げられた線切りキャベツの山の上に、豚肉や烏賊が乗っている。熱したプレートの上で、それらがゆっくりと姿を変えてゆく。長い歳月が、溶けてゆくような思いだ。

睦夫がもうちょっと缶ビール買ってくる、と出ていった。姉妹を二人きりにしてやろうという気のきかせかたが、チエミには嬉しかった。

「なんであの子、あない良え《え》子になったか、教えたろか」

姉が改まった声を出した。鉄板の上の焼けこげを、へらで掻き寄せながら。

中学生の頃は、普通なみに反抗期で、はらはらもした。それも過ぎて、専門学校へ行かせてくれと切り出した頃。改った顔で、睦夫が言ったという。足のひどい凍傷の跡のこと。時折、送金してくれる実母だという人のこと。

「そいでな、腹くくってみんな喋ったんや」

姉が静かに言う。雪の中で、母のチエミがしたこと。あんたには、幼い弟がいたこと。あんたとお母さんも死ぬとこやったと。貧乏と暴力に追いつめられて、それしかもう無いと思った母さんを、許してやってくれんか、と。

「あの子、長いこと黙って凍傷の跡をなでておったよ。そいで、『母さんにも、こんな傷が残っとるんか』言うたで」

うなずくと、あの子はなんかさっぱりしたような顔つきになったで。人が変わったみたいに良え《え》子になったわ。

「凍傷の跡のおかげって訳かな」

チエミの顔がゆがんだ。

31　前へ　萌子の場合

　こんなにいい匂いのするものだったのか。柔かいぐにゃぐにゃする赤ん坊を、両腕で抱き直す。よく眠っている。自分も二人の子を産み育てたのに、娘の産んだ赤ん坊は、まったく違った生きものに思われる。

　産まれたての嬰児の口は、まるで傷口のようだ。押すとまだ柔かい頭頂。すべてがミニチュアのような手足。小さなあくび。哺乳瓶に上手に吸いつく舌。きれいな沢の水のように無臭の尿。健康のシンボル、少しも汚さを感じさせないわずかな量の便。

　娘の産んだ小さな命。なんの理屈もなく、ただ愛おしかった。この子の父親が誰であろうとかまわない。萌子はまた原点にかえって、自分の心を覗きこむように思う。雅美がそれでいいのなら、決心がついているのなら、かまわないではないか。いくつかの困難や苦労が待っているとしても。

　夫の始は、渋い顔をした。差別語でも、もう死語になっているのでは、と思う言葉を娘にぶつけて、彼女を深く傷つけた。

「私生児として生まれて、その子が幸せになれると思うのか?」

「そんな言葉をこの子に使うのなら、もう私はそんな父親、貴方を人間として認めない」

雅美の怒りは当然だと思う萌子だが、姑にしてみれば、娘やその子の将来を常識的に考えて案じているのだろう。言葉の感覚が鈍く、表現力の拙い姑だと萌子は知っている。シングルマザーとしての覚悟を決め、理解の質に濃淡の差はあっても、職場の上司や同僚の了解をとりつけて事を進める雅美を、偉いと思う。育児休暇を申請し、からだの回復とともに社内保育所への入園許可ももらっている雅美。大手の会社だから可能なことだろうが。古い因習に囲まれ、周囲と合わせることで、組織からはじき出されずに今までやってきた夫。彼は彼なりに娘や孫の、平穏ではないだろう人生を思って、発した言葉なのだろう。だが、もう少し雅美を信じてやったらどうだろう。親が子の人生の責任を取りきれるものではないのだから。

それとなく、夫に雅美の気持ちを汲んでやること、雅美そのものをまるごと受け入れてやったら、と話したかった。けれども、夫との会話の時間は、ほとんど無い。休日は、あまり上手ではないゴルフに、つきあいだの一言で、出かけてしまう。夜の食事の後は、疲れたと言い、ソファに横になり撮りだめした戦争映画のＤＶＤを観ている姑。萌子の語りかけようとする気持ちは、萎えてしまう。

カトリック系の産婦人科にかかっていた雅美なので、産まれてくるまで赤児の性別は調べない方針のまま、産み月を迎えた。

十一月未明、産ぶ声をあげたのは、小さな男の子だった。まるで鉛筆のキャップのような小さな性器と二つのまるいもの。腫れぼったいまだ開かない瞼。握りしめている拳。

自分の息子の時には、会社の繁忙期と重なったせいもあったのだろう。あまり病院にも顔を見せなかった姑。雅美ひとりの出産に渋い表情だった姑が、新生児室のガラス窓に、長い間おでこをつけて、まだ名前も無い嬰児をじっと見つめている。

「可愛いもんだなあ」

こぼれ落ちた言葉。萌子は夫の顔を見た。思いがけなかった。中年から初老に入ろうとしている男の、はじめて見るいい表情だった。この人のこんな顔つき……と、萌子は拾いものをした気持ちになった。

「宙《そら》に決めていたの。お腹にいる時から。男の子でも女の子でも」

雅美が、不思議に柔らかに湿った声で、両親に告げた。

雅美と宙が身を寄せたしばらくの間、川端家の中心は宙になった。気に入った玩具を与えられたように、宙に心を奪われている夫が面白くもあり、おかしくもあった。帰宅するとまっ先に宙のもとへ行く。覗きこみながら、ネクタイをゆるめ、自分の頬もゆるめている。

萌子が育児をした頃とは、格段の差で便利な育児グッズがあふれている。離乳食もかなり吟味して作られたものが、コンビニで手に入る。子育てが、まるでファッションのように、あれこれアドバイスする雑誌も売られている。

孫は可愛い、と一般に言われる。自分の子育ての頃は、責任感や世間的常識にとらわれていて、余裕がなかった。人間として多少の経験をつんできた年齢になり、命の尊さ、愛おしさに目覚めるのだろうか。

宙のいた日々は、なんと早く過ぎていったことか、と萌子は柱のカレンダーを見ながら振り返る。産後のからだが回復した雅美が、アパートの自室に戻り、社内保育所へ宙を預けるようになった。

時折、宙が発熱して保育所で預かってもらえないから助けて、と雅美から電話が入る。葬祭場のバイトのシフトを臨時で変えてもらい、熱でぐったりした宙を迎えに行く。運転免許をとらなかったことを、悔いるのはこの時だ。顔にも手足にもふっくらと肉がついた宙は、重くなっている。長い間、抱いていると腰が辛かった。この子の成長と、自分のからだの老化の進行は、同じくらいの速さだろうか、などと思ってしまう。

栗原準とは、メールで交信が続いている。いつの間にか、むっくりと寝返りがうてるようになり、きょとんとした表情でこちらを見ていたり、サークルベッドの柵につかまり、とびきりの笑顔で、はずむように全身を揺する宙。そんな幼い子を見ていて、ふいに準の息子のことを思い出す。アスペルガーと言われ、いじめにあって不登校気味だという会ったこともない小学生のことを。

あいかわらず外国出張が多いらしい準が、空港の待合室の男女の姿態を、ボールペンでスケッチした葉書を送ってくる。エアメールに添えられた数行の文字を繰り返し読む。絵をみつめて、描かれた異国の男女の言葉を想像する。乾いた草が、慈雨に甦るように、一通のエアメールの葉書に慰められる。細い糸が、まだつながっているのだと、胸うちに酸素が送りこまれたように思う。

萌子の息子の和也は、大学を中退して、ドキュメンタリー映画の製作会社で働いているらしい。日々の詳しい動向は知らなくとも、彼から送られてくる数行のメールで、安否がわかり、萌子は満足する。たとえ電報のように素っ気ない文字でも、家族だと思えるのだ。先日は、フィリッピンのゴミの山を漁って暮らしている子どもたちの姿を追って、現地の日本人で教師をしている人の部屋に泊めてもらっている、と知らせてきた。自分のしたいことを仕事にできるのは、何よりだと思う。健康には気をつけてほしい、と祈るように息子の顔を思い浮かべる。

バイトで得た金で、大きな地球儀を買った。青や黄緑色の混在する球体は、萌子を少し優しい気持ちにしてくれる。机の上に置いたそれに、指を当てる。準のいる国、行った国、息子のいる国。球体をぐるぐる廻してみる。小さな唐辛子ほどの日本。いつか、どこかへ飛んでいきたい。宙がもう少し大きくなったら。雅美が私の手助けを必要としなくなったら。自分の気力や体力は、その時期までもつのだろうか。透明な耐熱ガラスのカップの中で、紅茶がすっかり冷めてしまっても、まだ萌子は地球儀を廻しつづけている。

まるい目の仔猫のイラストに惹かれて、喫茶店のドアを押した。カウベルのようなのどかな音が響く。ドアの把手にも、窓にも、レジのカウンターにも、さまざまな肢体の猫たちが描かれ、こちらを見ている。道路に面した側のカウンター席の前は、外からも内側からも、程の良い視野が届くように、十センチ間隔ぐらいに打ちつけた木製の棒状のものが、カーテンがわりに並んでいる。その棒にも、金属の仔猫が腕をからませたり、木製のオリーヴの枝が斜めに飾られたりしている。枝に小さなフライパンやカップ、三カ月や星がぶらさがっていて、可愛らしい。

コーヒーを頼んでから、落ち着いて店内をもう一度見まわす。壁ぎわに、大きな書棚が据えてあった。『発達障害とは』『女性のアスペルガー症候群』『発達障害だって大丈夫』。同じような傾向の本が並んでいる。あちこちのテーブルの上に、透明なガラス容器が置かれ、ローズマリーの小枝が刺してある。涼やかな印象だ。また、名前も知らない準のひとり息子のことが、頭の中でふくらんでくる。宙はいまのところここの書棚にあるような症状は示していないが、これから先、どうなるかわからない。

手洗いに立つと、カーテンの陰の小テーブルに、この店のパンフレット、発達障害の子と親の会、一緒に語ろう会等のビラが、手に取りやすく置いてある。

準の住居の近くにも、こんな店があったら、親も子も、少しはホッと息がつけるのではないかと、萌子は思った。自分たちの育て方が悪かったのでは、といらぬ自責の念にからめとられてほしくない。次は、ランチタイムに来ようと、自分に言って萌子は席を立つ。


「ブックカフェ猫の子」は、発達障害の人をサポートする就労継続支援B型事業所として、運営されている。アスペルガーや発達障害で苦しむ人、生き辛さを感じている人や、仕事を辞めたり、病院に通っているがまた就職したいという人のための居場所、リハビリの場として開かれている。いつでも誰でも、トレーニングするつもりで来ていいんだよ、と佇猫たちが話しかけている。

萌子は、自宅から散歩の範囲に入るこのカフェへ、しばしばランチに寄ったり、栄養のバランスの良いスムージーを飲みに来たりするようになった。書棚の本を借りることもある。

キッチンで、客の視線から逃れてできる洗い物、料理の下ごしらえ、掃除を希望する人もいる。ホール内で客に水を出す係、テーブルの後片付けなどからはじめて、自信がついたら、オーダーを取ったりする係にもつける。人には接すること無く、静かな場所でメニューをパソコンに打ち込んだり、箸袋を作るといった仕事もできる。そろそろ助走もO・

K。急な体調不良での休みも取れるよう、スタッフは多めにいる。

いつか、準の時間のある時、ここへ一緒に来ようと思う。貴方たち親子は孤立してはいない、と知らせたいと萌子は心から思う。

最近届いたベルギーのブリュッセルからの葉書。グランパレスのスケッチ。いつも持ち歩くバッグからまた、取り出して眺める。会いたい思いが、急にふくらみ、萌子は全身で準の腕の中に飛び込みたくなる。

この店のオーナーのKさんは、発達障害で苦しみ若くして自死した息子を持つ人だ。息子は、家族への感謝の気持ちとともに、病気の当事者やその家族が、本音で語り合える場所があれば、という言葉を残して旅立った。Kさんは、息子の意志をカフェという形で支援する場を提供している。

店の常連客となった萌子は、バイトや宙の病気で急に呼び出されることもあるが、何か自分でできることがあれば、手伝いたいと、若いスタッフの一人に言ってみた。「猫の子」にたどりつく前の、もう少し年少の子どもたちの居場所は無いのだろうか、とも聞いてみた。小学生にも、自閉症やアスペルガー症候群、注意欠如多動性障害、学習障害などに該当する児童がいるのではないかと。

「ブックカフェ猫の子」の本日のランチは、白木のプレートに載ったもの。スープのカップ、小茄子の煮びたしの上にすりおろした生姜、麩と豚肉のチャンプルー、玄米ご飯。色鮮やかな線切り人参の柔らか煮。みかんのゼリーの小さいカップ。幼い日のままごとを思い出させる。優しい心遣いの品々だ。

ポニーテールの女性が、地図を書いた紙をくれた。学童保育所を兼ねた不登校の児童を受け入れている施設が、このカフェの姉妹支援所のような形で、あるという。

萌子の使う地下鉄の最寄り駅から二区離れた位置だ。地図に書かれた池は、すぐにわかった。貸ボート屋が、ベニヤ板で閉ざされている。柳が枝を垂れている。若みどりが美しい。池の端のほうは、葦や蓮が繁茂している。まだ花芽はきていないが、蓮の花が開いたら、こんな街なかにオアシスみたいだ、と萌子は風に波打つ葉群をみつめる。池の東側には小さな公園風の空地がある。ブランコやすべり台が設置されている。タバコの吸殻や飲み残しのペットボトルが転がっている。

教えられたとおり、ぐるりと池の周囲をまわり、廃寺らしいひと気の無い寺の前を過ぎる。寺と道をはさんだ向え側の低層マンションの一階に、尋ねる場所があった。

ドアに木彫りの看板があった。「学童と親の会ひよこの家」。

書道などとかしこまって言わなくてもいい。墨で何でも書いてみる。形でも絵でも模様でも。子どもたちと、墨を使って遊べたらいい。家にあった紙や筆を、あるだけ袋に入れて持参している。私にできるだろうか。萌子は大きく息を吸い込む。思いきって、ドアをノックする。

エピローグ　二〇〇五年五月

「サーちゃん、いい天気ねえ、散歩しましょうねえ」

車椅子に乗せられる。介護士の制服から、人工的な芳香がふわりと顔にかかる。この人誰だろう。私の遊び仲間？　サーちゃんだなんて。低い位置から、声の主を見上げる。この頃、目にかすみがかかったようで、よく見えやしない。つやつやした頬。首筋にも張りがある。浅草へよく遊びに行ったお仙ちゃんか。裁縫のお師匠さんちへ通っていたっけ。一緒におしるこ食べたね、あたいのおごりでさ。

ここはどこだろう。妙な動く椅子に無理やり乗せられて。気持ちのいい風が吹いてくる。手で髪を撫でる。髷が無い。かもじでふくらませて結いあげた髷。じゃりじゃりと手に触れる刈り上げ頭。なんだって私をこんな頭にしたんだい。まるで男の頭じゃないか。

「私の髪、誰が切っちゃったのさ」

怒りが湧いてくる。いつも自分に一番似合う髪に結って、しっかり化粧しているのがこのサダなんだよ。こんな頭！　サダは動く椅子から降りようとする。腰が立たない。足に力が入らない。

「ダメよ、サーちゃん。急に立ったりしたら」

甘ったるい声が、また上から降ってくる。

「あんた誰?」

「いっつも一緒の……あ、そうだ。クイズです。当ててみて。正解だったら、あそこでアイス食べよう」

「お仙ちゃんだろ、あんたいつでも梅の花の風呂敷で裁縫道具包んでさ、ほら〝みよし屋〟でおしるこおごったよ」

「ブー、残念。は・ず・れ。でも細かいことよく覚えてるねえ」

若い張りのある声。笑っている。薔薇の花がいっぱい。甘い匂い。風が吹く。縞目のようになって、匂いと風がからまって流れてくる。瞼が重くなる。眠い。誰かの声。遠くなる。眠い。お日様が頬に当たっているのに、遠くで蛍が飛んでいる。

えっ、今どこにいるの私。吉さん、いつ会えるの?　今度いつ会えるの?　私、あんただけだよ。ほんとにほんとに好きになったのは。二月の寒い日だった。はじめて会ったのは。そいで五月。鯉のぼりが空を泳いでた。あれでお別れだった。けど、一番好きな人。ああ、眠い。

「サーちゃん、もうじき百歳のお誕生日だね、みんなでお祝いしようね」

夢のあわいから声が降る。目を開けているのか、つむっているのかわからない。蛍が淡い光で舞っている。瑠璃色の小さな蜥蜴が立ちどまって、振り返る。もういいよ。お前、もういいんだよ。もう一度振り返った蜥蜴が薔薇の茂みに姿を消す。

そんなに急がなくても、まだデパートは閉まりゃしないさ。つい急ぎ足になるチエミは、自分に語りかける。転んだらダメだから。昔、名古屋に流れついた頃に住んだ場所に近い、学生向きのコーポに住んでいるチエミだ。ふりだしに戻ったみたいだが、池があって緑が多く、大学があるので若者が多く、気が晴れる。

葬祭会社のバイトも、今日は休みだ。鶴舞公園の端の竜ヶ池は、今日もどんよりとしたみどり色だ。

誰かのために、心をくだいて品物を選んで贈るという行為が、こんなにも嬉しいことだったとは。

東大阪に住む息子の睦夫が、歳の離れた若い女性と結婚したと知らせてきた。相手の女性は子づれの再婚だという。貧しい生活の中で、父親のDVを受け、逃げるように十代で同級生と結婚。女児をもうけたが、相手の男もまた暴力をふるい、パチンコ依存症で借金を重ねたあげく、失踪したという。まるで北海道時代のチエミそのままだ。何十年も前、母子心中を決意せざるを得なかったチエミと同じだ。

睦夫は女性と連れ子を受け入れ、もう籍も入れたという。照れたような口ぶりで電話をしてきた。

その女の子は、今年小学校の一年生だという。チエミは、デパートの子供服売り場の店員に言う言葉を、もう何度も心の中で繰り返している。「六歳の孫娘。どんな服を喜ぶかねえ」

池のまわりを過ぎ、茶店の前も速足で通り過ぎる。小さい池に、ツンツンと剣先のような葉が伸びている。菖蒲池だ。爽やかな芳香が漂ってくる。小さな橋を渡ると色どり鮮やかな薔薇園。カメラを構えた男や女がいる。子ども連れもいる。いつか、私の贈った洋服を着た女の子と、その母親と、父親になった睦夫も一緒に、この公園を散歩できたらいいな、とチエミは空想する。小ぎれいに末枯れた老女を乗せた車椅子が、ゆっくりとチエミの脇を通り過ぎる。老女は眠っているのか。


「ひよこの家」の子どもたちが書いた字や絵を表装してもらうために、萌子は嵩ばるそれ等をショッピングカートに入れて、表具屋へ向かっていた。公園を斜めにつっきると、近道だった。スウェーデンの小学校の子等と、美術作品の交換をする話がまとまったのだ。

「ブックカフェ猫の子」のスタッフの一人が、フェイスブックで親しくなった美術家のもとを訪れたことが、きっかけだった。

「ひよこの家」での萌子は〝墨のおばちゃん〟とか〝スミちゃん〟と呼ばれている。

準からは、近くオランダへ行く仕事があるから、向こうの子どもたちのことを調べてみるとメールが届いた。萌子の「ひよこの家」での活動を、いいねと励ましてくれる。そして、追伸として、息子と妻も近くの支援グループに、時折だが通うようになった、とあった。

大輪の薔薇の花々。アーチにからみついた可憐な蔓薔薇。どれも芳香を放って初夏の風に揺れている。萌子は頬に風を受けながら、夢想した。空港のなめらかな床を、スーツケースを引いて歩いている自分。手にした搭乗券には、栗原準が滞在する国の名。迎えに出ていてくれるだろうか。そんな時がくるのだろうか。いつか、ひとつに溶け合いたい人。

午後五時を告げるメロディが、時計柱から流れてくる。シューマンのトロイメライ。急ぎ足で地下鉄の通用口へ向かう初老の女とぶつかりそうになる。同じ職場で、顔を合わせる人だった。なんとなく会釈する。片足を覗きこむポーズの少女のブロンズ像の向こうに、眠っている老女の車椅子を押す介護士の姿が見える。

トロイメライは、老女の眠りによく似合う。そう思いながら、萌子は何故ともなく微笑んで、カートを引っぱり、歩き出す。

完

＊主な参考文献

『阿部定正伝』堀ノ内雅一、情報センター出版局、一九九八年
『昭和十一年の女 阿部定』粟津潔・井伊多郎・穂坂久仁雄、田畑書店、一九七六年
『日本の精神鑑定』福島章他編、みすず書房、一九七三年
『「週刊朝日」の昭和史』一巻、朝日新聞社、一九九〇年
『犯罪の昭和史』1、作品社、一九八四年
『命削る性愛の女阿部定〈事件調書全文〉』本の森編集部、コスミックインターナショナル、一九九四年
『あるおんな共産主義者の回想』福永操、れんが書房新社、一九八二年
『はじめての愛』丸山友岐子、かのう書房、一九八七年
『目で見る名古屋100年』上巻、郷土出版社、一九九九年
『阿部定』関根弘詩集、土曜美術社、一九七一年
『阿部定手記』前坂俊之編、中央公論社、一九九八年
『毒婦伝』朝倉喬司、平凡社、一九九九年
『さいごの色街飛田』井上理津子、新潮社、二〇一五年
『一億人の昭和史2 二・二六事件と日中戦争』毎日新聞社、一九七五年

[著者紹介]
山下智恵子（やました・ちえこ）
1939年、名古屋市生まれ。
1961年、名古屋大学文学部卒業。
1976年、『婦人公論』女流新人賞受賞。
著書に、『砂色の小さい蛇』（BOC出版部）
『女の地平線』（風媒社）
『幻の塔——ハウスキーパー熊沢光子の場合』（BOC出版部）
『野いばら咲け——井上光晴文学伝習所と私』（風媒社）

装画／イミック新子
装幀／三矢千穂

サダと二人の女

2018年8月10日　第1刷発行　（定価はカバーに表示してあります）

著　者　山下 智恵子
発行者　山口 章

発行所　名古屋市中区大須1丁目16番29号
電話 052-218-7808　FAX052-218-7709
http://www.fubaisha.com/
風媒社

乱丁・落丁本はお取り替えいたします。　＊印刷・製本／シナノパブリッシングプレス
ISBN978-4-8331-2101-9

山下智恵子

野いばら咲け

井上光晴文学伝習所と私

戦後という時代を全力疾走で生き抜いた稀有な作家・井上光晴。彼が全身全霊を込めて、その文学精神を継承しようと取り組んだのが、「文学伝習所」だった。その生徒として身近に接し続けた著者による生身の井上像。

一六〇〇円＋税